Vampyr

Brigitte Melzer wurde 1971 geboren und kam über Fantasy-Rollenspiele zum Schreiben. Ihr Erstlingswerk »Whisper – Königin der Diebe« gehörte zu den drei besten Manuskripten, die für den Wolfgang-Hohlbein-Preis 2003 eingereicht wurden. »Vampyr« ist der Beginn einer Trilogie. Brigitte Melzer lebt und arbeitet in München.

Brigitte Melzer

Vampyr

CARLSEN

FSC
Mix
Produktgruppe aus vorbildlich
bewirtschafteten Wäldern und
anderen kontrollierten Herkünften

Zert.-Nr. SGS-COC-1940
www.fsc.org

Veröffentlicht im Carlsen Verlag
Juli 2009
Mit freundlicher Genehmigung des Ueberreuter Verlages

Umschlagfoto: iStockphoto / Duncan Walker / Famke Backx
Umschlaggestaltung: formlabor
Corporate Design Taschenbuch: Dörte Dosse
Druck und Bindung: GGP Media GmbH, Pößneck
ISBN 978-3-551-36680-1
Printed in Germany

Alle Bücher im Internet: www.carlsen.de

Dun Domhainn –
Schottische Highlands im Jahre 1533

Unsägliche Hitze. Der Geruch von brennendem Fleisch – ihrem Fleisch –, der sich beißend in ihrer Nase festsetzte. Das Feuer zehrte an ihrem Leib und fraß das Leben heraus. Flammen leckten über ihr Gesicht, wie ein hitziger Liebhaber, dessen feuriger Kuss ihre Schönheit zerfließen ließ, als wäre sie eine Maske aus Wachs. Längst hatte sie aufgehört sich gegen die Ketten zu wehren, mit denen die Wachen sie an den Pfahl gebunden hatten.

Das Ende war nah.

Wie sehr hatte sie den Tod herbeigesehnt, als die ersten Flammen über ihren Leib gezüngelt waren. Jetzt wollte sie ihn nicht mehr. Jenseits allen Schmerzes und der Angst lag der drängende Wunsch nach Vergeltung. *Bezahlen sollt ihr! Alle, die ihr dasteht und zuseht, wie ich brenne!* Ihr eigener Bruder hatte sie ausgeliefert! Er hatte Dinge gesehen, die nicht für seine Augen bestimmt waren. Ihr Blick fiel auf die Kinderleichen, die die Männer aus ihrem Versteck geborgen und am Rande des Burghofes abgelegt hatten.

Die Hitze raubte ihr den Atem, brannte in ihren Lungen, die sich immer wieder krampfartig zusammenzogen, dennoch hörte sie nicht auf zu schreien. Die Ruinen ihrer Lippen formten die Worte, derer sie sich so viele Jahre bedient hatte, um *ihn* zu rufen. Sie rief nach dem Unendlichen und erflehte seine Hilfe.

Während das Leben aus ihrem Körper wich, glaubte sie etwas zu sehen. Zuerst nur ein Gesicht, schließlich eine menschliche Form, die sich langsam aus den Flammen löste. Dann senkte sich die Dunkelheit über ihren Geist. Ihre Seele entstieg ihrem Körper, bereit ins Reich des Todes überzugehen. Doch die Hitze hielt sie gefangen, hinderte ihre Seele daran, die erlösende Schwelle zu übertreten. Sie sah sich selbst, bis zur Unkenntlichkeit verbrannt – noch immer an den Pfahl gekettet, der ihren toten Leib auf dem Scheiterhaufen hielt. Schreie überlagerten das wütende Fauchen des Feuers, doch dieses Mal waren es nicht ihre eigenen.

Als die lodernde Gestalt des Unendlichen ihren toten Leib emporhob und damit den Lohen des Scheiterhaufens entstieg, brandete wilder Triumph in ihr auf. Unter den Clankriegern brach Panik aus. Die Männer begannen zurückzuweichen, bis der Priester, der sie zum Tod in den Flammen verdammt hatte, allein vor dem Scheiterhaufen stand: ein Gebet auf den Lippen, das schmucklose Kreuz, das er an einer Kette um den Hals trug, hoch erhoben.

Den Unendlichen vermochte das nicht aufzuhalten.

Er legte ihren Leichnam in den Staub. Die Flammen, die seinen Leib umspielten, erstarben und gaben den Blick auf seine schattenhafte Silhouette frei. Die Welt um sie herum erstarrte, als der Unendliche sich über seine Dienerin beugte und seine Lippen auf ihre presste. Ein heftiger Ruck erschütterte ihre Seele, zog sie fort von den Grenzen des Todes, zurück in ihren Körper.

Der Kuss des Unendlichen bewahrte sie vor dem Ende, doch es war nicht der Atem des Lebens, den er ihr einhauchte. Es war etwas anderes, ungleich Mächtigeres, das ihren Leib sich in seinen Armen aufbäumen ließ. Ihre Zähne gruben sich in seine Lippen, schmeckten das

Blut, das daraus hervorquoll. Ihr Herz begann nicht zu schlagen. Ebenso wenig erfüllte ein einziger Atemzug ihre verbrannten Lungen, als sie sich in seinem blutigen Kuss verlor. Ihre verkohlte Haut glättete sich, wurde blutrot, dann rosig. Neues Haar spross und fiel in goldenen Locken über ihre zarten Schultern. Beseelt von dem Wissen um ihre neue Macht und dem Durst nach Rache erhob sich die Ushana.

Glen Beag –
Schottische Highlands im Jahre 1727

1

Bleiern graue Unwetterwolken hingen über Asgaidh, als trachteten sie danach, den Ort unter ihrer Last zu erdrücken. Trübes Tageslicht quoll zäh durch die Gassen, ohne mehr als einen geisterhaft grauen Schimmer auf dem regennassen Kopfsteinpflaster zu hinterlassen. Catherine strich sich eine feuchte Locke aus der Stirn und zog ihren Umhang enger, um sich vor der Novemberkälte zu schützen. Sie stellte sich auf die Zehenspitzen und schaute über die Köpfe der Menschen hinweg, die sich vor dem Podium im Zentrum des Marktplatzes versammelt hatten. Der Regen hatte das Holz des Podestes dunkel gefärbt. Lediglich unter dem Samtbaldachin war ein helles Quadrat trocken geblieben. Noch war der Holzthron darunter leer, doch bald würde er kommen: Martáinn MacKay, der Earl von Glen Beag und einst ihr Freund. Ein Freund, dem sie heute nicht mehr unter die Augen zu treten wagte.

Ein Ellbogen traf Catherine in die Seite. Die Menschen drängten nach vorne, näher an das Podium heran. Wie von einer Flut wurde sie mitgerissen, musste sich treiben lassen, wohin die wogende Menge sie brachte. Immer näher wurde sie an die Reihe von Clankriegern herangeschoben. Die Männer, allesamt in die grün-schwarzen Kilts der MacKays und schwarze Uniformjacken gewandet, hielten den Weg für ihren Herrn frei.

Zu nah! – Viel zu nah! Wenn Martáinn zum Podium

ging und seinen Blick über die Menge schweifen ließ, konnte ihr das zum Verhängnis werden. *Vielleicht erkennt er mich nicht mehr.* Seit ihrer letzten Begegnung waren vier Jahre vergangen – eine lange Zeit, die sie verändert hatte.

Unwillkürlich wanderten ihre Augen nach Norden, wo sich Dun Brònach auf einem Felsplateau erhob. Die grauen Burgmauern schienen im Gegenlicht anzuwachsen, dem Himmel entgegen, während ihr Schatten nach dem Ort griff. Im Talkessel darunter, von zerklüfteten Felswänden und Wäldern eingeschlossen, kauerten sich die Häuser Asgaidhs aneinander, als wäre Dun Brònach ein zum Sprung bereites Raubtier, das sich jeden Augenblick herabstürzen könnte.

Früher einmal war Dun Brònach Catherines Zuhause gewesen. Ein Ort der Wärme und Freundschaft. Doch Glück war zerbrechlich wie Glas. Binnen weniger Stunden war ihr Zuhause zu einem kalten Ort geworden, voller schmerzlicher Erinnerungen und der Aussicht auf eine Zukunft, dunkel wie der Stein, aus dem die Mauern erbaut waren. Catherine hatte Dun Brònach und das Glen Beag mit dem festen Vorsatz verlassen, niemals zurückzukehren. *Damals konnte ich nicht ahnen, dass Martáinn am Leben ist.*

Ihre Augen hefteten sich erneut auf die Krieger. Nein, vermutlich würde Martáinn sie nicht erkennen. Früher hatte sie edle Gewänder und kostbaren Schmuck getragen und ihre Zofe hatte ihr das Haar zu einer kunstvollen Frisur aufgesteckt. Heute sah sie aus wie ein Bauernmädchen. Gehüllt in ein schlichtes braunes Kleid, die üppigen rotbraunen Locken zu einem einfachen Zopf geflochten. Catherine hatte gelernt mit dem Nötigsten auszukommen und manchmal erstaunte es sie, dass es ihr genügte.

Blicke berührten ihren Nacken. Sie wandte den Kopf. Unzählige Augenpaare begegneten ihr aus der Menge, streiften sie gleichgültig, ehe sie weiterwanderten. Was sie spürte, war etwas anderes. Jemand beobachtete sie. Seit sie vor zwei Tagen in Asgaidh angekommen war, gab es immer wieder Momente, in denen sie sich verfolgt fühlte. Doch jedes Mal wenn sie sich umsah, fiel das Gefühl von ihr ab, als hätte allein ihre Bewegung es vermocht, den heimlichen Beobachter in die Flucht zu schlagen. So war es auch jetzt.

Catherine entschied, sich zurückzuziehen. Schritt für Schritt kämpfte sie gegen den Strom von Menschen an, einen Wirbel aus Plaids und Tartanmustern. Sie bahnte sich einen Weg – fort von den Wachen des Earls – zum Rand des Platzes. Ellbogen trafen sie, Füße traten auf ihre, Schultern schoben sie zur Seite. Die Luft summte und schien von zahllosen Unterhaltungen zu vibrieren. Immer wieder drangen Gesprächsfetzen an ihr Ohr, die in ihrem Geiste das Bild des jungen Earls aufblitzen ließen, wie die Menschen ihn sahen.

Als Martáinn vor vier Jahren von einem Jagdausflug nicht zurückkehrte, sandte der Earl die Clankrieger aus, um nach seinem Sohn zu suchen. Sie kamen mit Martáinns Leichnam zurück. Von Wölfen bis zur Unkenntlichkeit zerfetzt, waren seine sterblichen Überreste nur noch an den Gewändern zu erkennen gewesen. Martáinns Tod hatte den Earl und seine Frau so sehr mit Gram erfüllt, dass sie kurz darauf freiwillig aus dem Leben schieden. So war Roderick Bayne dem alten Earl – Bruce MacKay – an die Macht gefolgt. Anfangs hatte es Gerüchte gegeben, die Roderick mit dem Tod der Herrscherfamilie in Verbindung brachten, doch diese waren rasch verstummt. Catherine kannte den Grund dafür. *Wie konnte es so weit kommen, Vater? War dein Wunsch nach Macht so groß?*

Vor einigen Monaten dann war Martáinn plötzlich überraschend ins Glen Beag zurückgekehrt und hatte sein Recht auf das Land geltend gemacht. Roderick hatte ihn verlacht, da hatte Martáinn ihn öffentlich zum Zweikampf auf Leben und Tod gefordert – und gesiegt.

Die Menschen liebten Martáinn. Dennoch waren auch Stimmen zu vernehmen, die ihn mit seinen einundzwanzig Jahren zu jung für die Verantwortung hielten, die mit dem Titel des Earls einherging. Tavian MacKay, der erste Earl von Glen Beag, hatte einst – als vierter und jüngster Sohn des Chiefs – diesen abgelegenen und unbedeutenden Teil des Landes erhalten. Seither hatte immer ein MacKay im Tal die Macht in Händen gehalten. Dann war Roderick Bayne gekommen. Die Freude darüber, dass mit Martáinn nun wieder ein MacKay den Titel des Earls trug, war letztlich größer als alle Zweifel an seinen Fähigkeiten.

Catherine war erstaunt, wie viel sie aufschnappte. Eine Mischung aus offen ausgesprochenen Worten und dem, was nicht gesagt wurde. Doch die Menschen wussten nur, was man sich hinter vorgehaltener Hand erzählte – ein Wirrwarr aus Wahrheit und Mutmaßungen. Sie hingegen wusste, was wirklich geschehen war.

Endlich erreichte sie das Ende des Marktplatzes. Ein letzter Schritt, dann war sie aus dem Gedränge heraus und fand sich in der Einmündung einer Seitengasse wieder, fernab von den Wachen und dem Podest. Auch von hier aus würde es ihr gelingen, einen Blick auf den Earl zu erhaschen. Das war alles, was sie wollte: ihn noch einmal sehen. Nur deshalb war sie zurückgekehrt. Es war ihre Art, mit der Vergangenheit abzuschließen. Danach wollte sie Asgaidh den Rücken kehren und das Leben, das sie während der vergangenen Jahre geführt hatte, wieder aufnehmen.

Die meisten Menschen kamen über die Hauptstraße auf den Marktplatz, so dass Catherine im Schatten der eng stehenden Häuser beinahe allein war. Weißer Rauch kräuselte sich aus den Kaminen, wurde vom Wind aufgenommen und verteilt. Der würzige Geruch von Torf erfüllte die Luft. Catherine suchte unter einem Dachvorsprung Schutz vor dem Regen. Hier lagen überall Holzstapel und Reisigbündel, deutliche Anzeichen für den bevorstehenden Tag der Ushana.

Catherine erinnerte sich an viele Gelegenheiten, bei denen sie Ushanas Geschichte gehört hatte. Als sie noch jünger gewesen war, hatte sie ihren Vater immer angefleht das Licht nicht zu löschen, wenn er sie zu Bett brachte. Der beruhigende Schein einer Laterne hatte die Albträume, die die alte Überlieferung in ihr weckten, in die Dunkelheit zurückgedrängt. Mit den Jahren war der Schrecken geringer geworden, doch selbst jetzt genügte der Gedanke daran, um ihr eine Gänsehaut über Rücken und Arme laufen zu lassen.

Ushana, die Schwester des ersten Earls von Glen Beag, war mit finsteren Mächten im Bunde gewesen. Der Hexerei angeklagt, hatte sie einst ihr Ende auf dem Scheiterhaufen gefunden. Der Legende zufolge war sie noch in derselben Stunde aus dem Tode zurückgekehrt, um Vergeltung an ihren Peinigern zu üben. Ihr Hass hatte ein Inferno entfesselt, das Dun Domhainn und alles Leben innerhalb der Burgmauern ausgelöscht hatte. Einzig Mary, die Frau des Earls, und ihr neugeborener Sohn waren entkommen. Mary MacKay hatte eine neue Burg – Dun Brònach – in unmittelbarer Nähe Asgaidhs errichten lassen. Ihre Furcht vor Ushanas Rache war so groß gewesen, dass sie Zuflucht in endlosen Ritualen und Gebeten gesucht hatte, die ihren jährlichen Höhepunkt an Ushanas Todestag fanden. Ein Tag, dessen Riten nur einen Zweck verfolgten: Ushanas rachsüchtigen Geist von Asgaidh und seinen Bewohnern fernzuhalten.

Doch noch immer schien die Ushana allgegenwärtig. Selbst zu Lebzeiten von Earl Bruce, beinahe zweihundert Jahre nach ihrem flammenden Ende, hatte es immer wieder rätselhafte Todesfälle gegeben. Kinder waren auf unerklärliche Weise gestorben und Wanderer tot in den Bergen aufgefunden worden – die Gesichter in einer Maske nackten Entsetzens erstarrt. Kaum einer wagte es auszusprechen, aber in den Gesichtern der Menschen spiegelten sich ihre Gedanken und Ängste wider: Die Ushana sann noch immer auf Rache!

Eine Bewegung in der Gasse erregte Catherines Aufmerksamkeit. In einiger Entfernung kreuzten ein paar Männer in Plaids eine Einmündung. Die Gasse selbst lag verlassen da, so dass sie schon glaubte sich getäuscht zu haben. Da sah sie es erneut. Im Halbdunkel einer Nische standen zwei Männer beisammen und unterhielten sich leise.

Catherine wollte den Blick schon wieder abwenden, als einer der beiden seinen Umhang ein Stück zur Seite schlug. Eine schwungvolle Geste, die ihr seltsam vertraut erschien. Während sie sich noch fragte, an wen sie die Bewegung erinnerte, löste der Unbekannte eine Börse vom Gürtel und überreichte sie seinem Gegenüber. Einen Atemzug später zog er die Kapuze tiefer ins Gesicht, trat aus der Nische und verließ die Gasse. Der andere ließ die Börse mit einem zufriedenen Grinsen in den Falten seines Plaids verschwinden, ehe er in entgegengesetzter Richtung davonging. *Diebesgesindel!*

Der Klang eines Dudelsacks kündigte die Ankunft des Earls an und lenkte Catherines Aufmerksamkeit auf den Marktplatz. Zu hören, dass Martáinn am Leben war, war das eine. Es zu *sehen* das andere. Erst jetzt wurde ihr bewusst, dass sie noch immer nicht daran zu glauben gewagt hatte.

Sie war zu weit entfernt, um Einzelheiten in seinen Zügen auszumachen, aber nahe genug, um ein Aufflackern der alten Verbundenheit zu spüren, die einst zwischen ihnen geherrscht hatte. Ihre Hände begannen zu zittern, während sie beobachtete, wie er mit seinem Gefolge an das Podest heranritt, absaß und die Stufen erklomm; das rote Haar ein flammender Farbtupfen im fahlen Licht. Wie seine Wachen trug auch er Kilt und Leinenhemd. Einzig der grün abgesetzte Saum der schwarzen Uniformjacke und die kostbare Felltasche mit den silbernen Beschlägen hoben ihn von seinen Clankriegern ab.

Man bekam Martáinn nur selten im Kilt zu sehen. Schon vor Jahren hatte er entdeckt, wie viel praktischer Hosen waren. Seither trug er die traditionelle Highland-

Kleidung nur noch zu offiziellen Anlässen oder an Feiertagen. Für Catherine war es einerlei, was er trug. Allein sein Anblick genügte, ihr Herz schneller schlagen zu lassen.

Martáinn erreichte den Holzthron. Für einen Moment blieb er stehen und winkte in die Menge. Erst als er sich setzte, bemerkte Catherine den Mann, der seitlich des Throns Stellung bezog. Daeron ap Fealan. Der hochgewachsene Waliser stand aufrecht neben dem Earl und ließ seine Blicke wachsam nach allen Seiten schweifen. Den Mantel hatte er leicht zurückgeschlagen, den Daumen lässig am Waffengürtel verhakt. Ganz in der Nähe von Schwert und Pistole. Wie üblich trug er eine geschnürte Lederweste über dem Hemd und dazu Hosen. Eine Angewohnheit, die er in all den Jahren, die er nun schon im Glen Beag weilte, nicht abgelegt hatte. Im Gegenteil: Martáinn hatte sie von ihm übernommen.

Lag da ein verächtlicher Ausdruck in Daerons Zügen, wenn er Martáinn betrachtete? Derselbe Hochmut, mit dem er Catherine stets behandelt hatte?

Sie war dreizehn gewesen, als Daeron nach Dun Brònach gekommen war. Ein fünfzehnjähriger Knabe, der seinen Aufenthalt im abgelegenen Glen Beag der Freundschaft seines Vaters mit Martáinns Vater verdankte. Daerons Vater hatte sich gewünscht, dass die Freundschaft, die ihn und Bruce verband, auch zwischen ihren Söhnen herrschen sollte. Tatsächlich war Daeron schon bald zu Martáinns Schatten geworden. Es hatte eine Zeit gegeben, in der er auch freundlich zu Catherine gewesen war. Damals hatte sie den Jungen mit den wilden braunen Locken wirklich gemocht. Doch schon bald hatte er begonnen sich zwischen sie und Martáinn zu drängen. Catherine war immer häufiger Zielscheibe seiner Scherze und boshaften Bemerkungen geworden. Dennoch hatte sie seine Gegenwart beinahe drei Jahre lang ertragen. Und manchmal hatte sie ihm seine Gemeinheiten mit gleicher Münze heimgezahlt.

Martáinn brachte die Menge mit einer Geste zum Schweigen. Seine Worte schallten über den Platz und erklärten die Audienz für eröffnet. Auf einer Seite des Podiums sorgten Clankrieger dafür, dass sich die Männer und Frauen, die hier waren, um ihr Anliegen vorzutragen, in einer Reihe aufstellten. Weitere Wachen, mit Breitschwertern an der Seite und Musketen in Händen, hatten um das Podium herum Posten bezogen.

Auf ein Zeichen des Earls betrat der Erste das Podest. Ein hagerer Mann in einem einfachen braunen Plaid. Hastig zog er seine Kappe vom Kopf und verneigte sich, ehe er mit gesenktem Haupt vor dem Earl niederkniete.

Als er zu sprechen begann, nahm der Wind seine Stimme auf und trug sie über den Platz. »Mein Name ist Walter, Herr«, sagte er, ohne den Kopf zu heben. »Die Männer und Frauen Asgaidhs haben mich in dieser Angelegenheit zu ihrem Sprecher ernannt.«

»Dann trag dein Anliegen vor, Walter«, entgegnete Martáinn freundlich.

Die Finger des Mannes klammerten sich um die Kappe, die er vor der Brust hielt. »Herr, die Leute haben Angst. Seit Monaten verschwinden immer wieder Menschen. Vor drei Tagen machten sich einige von uns auf die Suche nach Hamish, dem Schmied. Er war schon einige Tage nicht nach Hause gekommen und seine Frau machte sich große Sorgen ... Wir fanden ihn in einem verlassenen Haus. Vollkommen blutleer.« Walter stockte, dann fuhr er mit belegter Stimme fort: »Wir durchsuchten das Haus und entdeckten einen verborgenen Keller. Es war entsetzlich! Überall waren Leichen. Manche bereits bis auf die Knochen zerfallen. Allein der Geruch –«

»Weiß die Wache davon?«, unterbrach Martáinn ihn.

Das Leben im Glen Beag war schon immer seine eigenen Wege gegangen, unberührt vom Wandel der Zeiten außerhalb des Tals. Während in den übrigen Highlands ein ständiger Kampf gegen den stärker werdenden Einfluss der Engländer tobte, hatte noch kein Rotrock seinen Fuß in das Glen Beag gesetzt. Manchmal fragte sich Catherine, ob die Engländer überhaupt von der Existenz dieses Ortes wussten. Auch die Schotten kümmerten sich nicht um das Tal. Es schien, als habe der Chief der MacKays es ebenso vergessen wie der Rest der Welt. Anders konnte Catherine sich nicht erklären, warum seine Gerichtsbarkeit es nicht vermochte, hier Einzug zu halten, obwohl Durness, wo der Chief seinen Sitz hatte, nicht mehr als sieben oder acht Tagesreisen entfernt war. Im Glen Beag sorgten seit jeher die Clankrieger des jeweiligen Earls für Recht und Ordnung. Ein Teil von ihnen war zur Wache abkommandiert; stationiert in Asgaidh, oblag ihnen der Schutz der Bewohner.

»Ja, Herr, die Wache ist natürlich alarmiert«, antwortete Walter. »Dennoch ...«

»Dennoch bist du besorgt und möchtest sichergehen, dass der Übeltäter gefunden wird.« Martáinn nickte. »Das möchte ich auch.« Er erhob sich und wandte sich an die Menge. »Bürger von Asgaidh, ich versichere euch, wir werden jenen finden, dem diese grässlichen Taten anzulasten sind! Ich werde dafür sorgen, dass die Wache Verstärkung erhält, nicht nur für die Suche nach dem Mörder, sondern auch, um euch vor ihm zu schützen. Niemand soll ...«

Ein leises Scharren schreckte Catherine auf. Ihre Augen wanderten durch die Gasse. Nichts. Wahrscheinlich nur eine Ratte. Oder ein Hirngespinst, geboren aus den grauenhaften Dingen, die sie gehört hatte. Sie wollte sich schon wieder dem Podium zuwenden, da vernahm sie es erneut. Es kam von einem der Dächer. Sie legte den Kopf in den Nacken. Regen schlug ihr ins Gesicht und machte es schwierig, etwas zu erkennen. Es dauerte eine Weile, ehe sie die Gestalt auf dem Schieferdach des gegenüberliegenden Hauses entdeckte, die sich auf dem Bauch Stück für Stück an den Dachfirst heranschob. Was hielt er da in seinen Händen? Catherine kniff die Augen zusammen, um besser sehen zu können – und versteinerte, als sie die Armbrust erkannte. Was hatte er vor? Martáinn! Aber was sollte sie tun? Wie konnte sie die Wache aufmerksam machen, bevor es zu spät war? *Und ohne dass sie mich bemerken.*

Als sie sah, wie der Mann anlegte, rückten alle Bedenken in weite Ferne. »Martáinn!«, schrie sie. »Ein Attentäter!«

Ihre Warnung gellte über die versammelte Menschenmenge. Für die Dauer eines Herzschlags erstarrte der Platz in Stille. Selbst der Regen schien den Atem anzuhalten. Ap Fealan reagierte rasend schnell. Er packte Martáinn und riss ihn zur Seite. Einen Wimpernschlag später schlug ein Bolzen krachend in die Rückenlehne des

Throns. Schreiende Menschen suchten ihr Heil in der Flucht, trampelten einander nieder. Martáinn stürmte, von seinen Clankriegern geschützt, vom Podium.

Mit angehaltenem Atem beobachtete Catherine, wie der Attentäter auf dem Dach in Deckung ging. Ihre Augen zuckten zwischen ihm und dem Hexenkessel, in den sich der Marktplatz verwandelt hatte, hin und her. Martáinn und seine Männer erreichten ihre Pferde. Wasser spritzte auf, als sie in gestrecktem Galopp davonpreschten. Die übrigen Wachen schwärmten aus und bahnten sich ihren Weg durch die panische Menge.

Auf der anderen Seite der Gasse glitt der Attentäter vom Dach. Es war derselbe Mann, der zuvor die Börse entgegengenommen und sie in seinem Plaid verstaut hatte. Seine Augen funkelten hell, als er sie direkt ansah. Er deutete mit der Armbrust auf sie, als wollte er sagen: *Du hast meine Pläne zerstört!* Dann ließ er die Armbrust fallen und zückte einen Dolch. Catherine wich erschrocken zurück. Ihr Blick fing die Wachen ein, die sich durch die letzten Ausläufer der Menge kämpften. *Sie werden nicht rechtzeitig hier sein.*

Menschen rannten stolpernd an ihnen vorüber, ohne ihr oder dem Mann mit dem Dolch Beachtung zu schenken. Er beschleunigte seine Schritte. Der Abstand schmolz. Alles in Catherine drängte zur Flucht. *Er wird mich einholen, noch ehe ich die nächste Gasse erreicht habe.*

Panisch suchte sie nach einem Ausweg. Da stürzte er sich auf sie. Die Wucht seines Angriffs warf Catherine zu Boden. Der Aufprall presste ihr die Luft aus den Lungen und erstickte ihren Hilfeschrei. Wasser spritzte auf. Sofort war er über ihr. Es gelang ihr gerade noch, einen

Arm nach oben zu reißen und den Dolch abzufangen, bevor sich die Klinge in ihre Schulter bohren konnte. Seine Züge waren in kalter Wut erstarrt, als er erneut die Waffe hob. Catherine bäumte sich auf und warf sich zur Seite. Knirschend fuhr der Dolch neben ihr in den Boden. Sie versuchte auf die Beine zu kommen, doch der Mann packte sie und drückte sie nieder. Sein Knie bohrte sich zwischen ihre Rippen und raubte ihr den Atem. Eine Faust traf ihre Schläfe. Die Welt franste aus und verschwamm. *Nein!* Blinzelnd kämpfte sie gegen die Leere an, in die ihr Geist zu entschwinden drohte. Dahinter lauerte der Tod. *Wenn ich jetzt ohnmächtig werde, bringt er mich um.*

Es gelang ihr ein Stück weit, ihre Besinnung zurückzuerlangen. In diesem Moment raste ihr die Klinge erneut entgegen. Catherines Hand schoss vor. Ihre Finger klammerten sich um das Handgelenk des Attentäters. Ihr Arm zitterte vor Anstrengung, während sie versuchte die Waffe auf Abstand zu halten. Wieder drohten ihre Sinne zu schwinden. Plötzlich wuchs ein Schatten über ihr auf. Ein Paar Arme legte sich um das Genick des Attentäters. Ein kurzer Ruck, gefolgt von einem trockenen Knacken, dann sackte der Angreifer über Catherine zusammen und raubte ihr endgültig die Sicht.

Geräusche drangen an ihr Ohr. Für einen Moment glaubte sie, es seien ihre eigenen Schreie. Plötzlich riss jemand die Leiche von ihr fort und zog Catherine auf die Beine. Ein fester Griff an ihrem Arm verhinderte, dass sie erneut stürzte. Sie sah auf, um sich bei ihrem Retter zu bedanken. Die Worte blieben ihr im Halse stecken, als ihre Augen auf den grün-schwarzen Kilt fielen.

Der Clankrieger schien ihren Schrecken nicht zu bemerken. Er übergab sie einem seiner Kameraden. »Kümmere dich um das Mädchen. Der Hauptmann wird wissen wollen, was es gesehen hat.«

*

Wasser tropfte von den Steinwänden und sammelte sich in kleinen Pfützen auf dem Boden. In der Wachstube war es kühl. Catherines Haar und ihre Gewänder waren noch immer feucht vom Regen. Fröstelnd saß sie auf einem Stuhl, die Arme um den Oberkörper geschlungen, und starrte auf den schartigen Eichenholztisch vor sich. Deutlich war sie sich der Wachen bewusst, deren Blicke sich eisig in ihren Nacken bohrten. Sie verfluchte sich dafür, dass sie sich in diese Lage gebracht hatte. *Ich wollte kein Aufsehen erregen und jetzt sitze ich hier und warte darauf, verhört zu werden. Sie seufzte leise. Warum konnte ich nicht einfach bleiben, wo ich war?*

Das Leben, das sie als Mrs Parsons Zofe in Edinburgh geführt hatte, war keineswegs schlecht gewesen. Dennoch hatte sie es nicht lassen können, noch einmal in ihre Vergangenheit zu reisen. Jetzt konnte sie nur hoffen, dass der Preis dafür nicht zu hoch ausfallen würde.

Das ärgerliche Kreischen der Türangeln ließ sie so heftig hochfahren, dass ihr Stuhl ins Wanken geriet. Ihr Blick flog zur Tür, wo sich eben ein Mann im Kilt unter dem Türstock hindurchduckte und in den Raum trat.

Farrell! Schrecken fuhr wie ein eisiger Blitz durch Catherines Adern. Unwillkürlich wich sie einen Schritt zurück und brachte den Stuhl zwischen sich und den Clankrieger. Farrell ging zum Tisch und zog seine Uniformjacke zurecht. Mit gerunzelter Stirn studierte er Catherines Züge. Sein Blick war derart eindringlich, dass sie glaubte darunter zu verbrennen. Ohne sein Schweigen zu brechen, bedeutete Farrell seinen Männern den Raum zu verlassen. Kaum war die Tür hinter ihnen ins Schloss gefallen, wandte er sich wieder Catherine zu. Sie starrte dem hochgewachsenen Krieger entgegen, als hätte er sie zum Zweikampf gefordert.

Während er sie betrachtete, wich die Härte aus seinem kantigen Gesicht und machte einem Lächeln Platz. In einer fließenden Bewegung, die sie einem Mann seiner Statur nicht zugetraut hätte, verneigte er sich. »Ich hätte nicht gedacht Euch eines Tages wiederzusehen, Catherine Bayne.«

Bayne. Der Name war wie ein Schlag ins Gesicht, offenbarte er doch, wessen Tochter sie war. »Ich habe nichts getan«, sagte sie schnell.

Farrell trat näher. »Warum glaubt Ihr, ich würde das annehmen?« Die Freundlichkeit seiner Worte ließ sie verwundert aufsehen. Natürlich war sie davon ausgegangen, dass er ihr die Schuld an den Ereignissen gab. Warum sollte die Tochter anders sein als der Vater? Doch statt sie zu packen und in eine Kerkerzelle zu sperren, sagte er: »Setzt Euch.«

Sobald sie Platz genommen hatte, trat er einen Schritt zurück, lehnte sich gegen den Tisch und verschränkte die Arme vor der breiten Brust. Im Laternenlicht entdeckte sie erste Anzeichen von Grau in seinem langen schwarzen Haar. »Der Warnschrei. Das wart Ihr, nicht wahr?«

Sie nickte, nicht in der Lage zu sprechen. Ehe er erneut das Wort ergreifen konnte, klopfte es. Einen Atemzug später erschien ein Clankrieger auf der Schwelle. Farrell ging zur Tür. Er wechselte einige gedämpfte Worte mit der Wache und nahm etwas entgegen, bevor er den Mann mit einem Nicken entließ und zu Catherine zurückkehrte.

»Wie ist es Euch gelungen, den Mann zu töten?«, wollte er wissen.

»Töten?« Catherine runzelte die Stirn. »Ich habe nicht ... Eure Männer haben doch ...«

»Als meine Männer hinzukamen, war er bereits tot.«

Wenn keiner von Farrells Männern sie gerettet hatte, wer war es dann gewesen? Und wie hatte er ungesehen entkommen können? »Da war noch jemand. Ich dachte ... Ich weiß nicht, wer es war. Ich konnte lediglich einen Schatten erkennen.«

»Keiner meiner Männer hat jemand anderen als Euch und den Attentäter gesehen.« Er warf einen Dolch und eine Börse auf den Tisch. Münzen klimperten. »Das haben wir bei ihm gefunden.«

Zum ersten Mal wurde Catherine bewusst, was sie zuvor in der Gasse beobachtet hatte. Kein Handel von Dieben, sondern die Bezahlung eines Mörders.

»Catherine, ich bin nicht mehr nur ein Mitglied der Burgwache. Ich bin der Hauptmann der persönlichen Leibwache des Earls. Ich bin für seine Sicherheit verantwortlich. Es ist wichtig, dass Ihr mir alles sagt, was Ihr gesehen habt.« Er sprach noch immer freundlich, doch in seinen Augen lag eine Härte, die keinen Widerspruch duldete. Er würde alles tun, um Martáinn zu schützen. Das war es, was auch sie wollte. Getrieben von dem

Wunsch, Farrell zu helfen, berichtete sie, was sie beobachtet hatte und wie es zum Kampf mit dem Attentäter gekommen war.

Nachdem sie geendet hatte, hing sein Blick noch immer an ihr. »Würdet Ihr den Mann, der ihm die Börse gab, wiedererkennen?«

Sie schüttelte den Kopf. »Ich konnte sein Gesicht nicht sehen.« *Die Bewegung, als er seinen Umhang zurückschlug.* »Aber etwas an ihm kam mir merkwürdig vertraut vor. Ich weiß nur nicht recht, was es war.«

»Dann begleitet mich nach Dun Brònach.«

Seine Forderung war so erschreckend, dass sie aufsprang. »Auf keinen Fall! Ich werde nicht –«

»Bitte«, sagte er ruhig. »Wir müssen den Auftraggeber ausfindig machen.«

»Woher wollt Ihr wissen, dass er aus der Burg kommt?«

Sie wusste die Antwort, bevor er sie aussprach. »Wenn er Euch wirklich bekannt sein sollte, kann er nur dort zu finden sein.«

»Das muss ein schlechter Traum sein.« Obwohl ihre Worte leise gesprochen waren, hatte er sie gehört.

»Ein schlechter Traum? Mitnichten.« Das Lächeln kehrte in seine Züge zurück. »Der Earl wird seinen Augen nicht trauen, wenn er Euch sieht!«

»Auf keinen Fall! Martáinn darf nicht erfahren, dass ich hier bin!«

»Warum nicht? Er wird sich freuen.«

Sie senkte den Kopf. »Nein, das wird er nicht. Er wird mich hassen für das, was geschehen ist. Bitte, Farrell. Verratet mich nicht.«

»Ihr gebt Euch die Schuld an den Taten Eures Vaters?«

Er klang überrascht. »Deshalb wollt Ihr ihm nicht begegnen, nicht wahr?« Catherine war wie versteinert. Farrell legte ihr eine Hand auf den Arm. »Was geschehen ist, ist einzig und allein Eurem Vater zuzuschreiben. Nicht Euch. Ich bin sicher, der Earl sieht das genauso.«

Sie schüttelte den Kopf. Farrell mochte sie von aller Schuld freisprechen. Martáinn würde nicht so denken, nicht nach allem, was ihm und seiner Familie angetan worden war.

»Ich brauche Eure Hilfe.« Als wäre ihm erst jetzt bewusst geworden, wer sie war, zog er seine Hand von ihrem Arm zurück. »Lasst uns einen Handel schließen. Ihr kommt mit mir nach Dun Brònach und helft mir den Hintermann dieses Anschlags zu finden und ich sorge dafür, dass Euch niemand erkennt, solange Ihr dort seid.«

War es Vorsehung, die sie nach Asgaidh zurückgeführt hatte? War es ihr bestimmt, einen Teil des geschehenen Unrechts gutzumachen, indem sie Farrell half? *Das bin ich Martáinn schuldig.* »Wie wollt Ihr mich unerkannt in die Burg bringen?«

»Wir schmuggeln Euch unter die Dienstboten. Einer mehr oder weniger wird kaum auffallen. Eine Magd. Nein, besser ein Bursche!«

»Ich soll mich als Junge verkleiden?«, entfuhr es ihr ungläubig. »Wäre es nicht einfacher, ich ginge als Magd?«

»Es mag sein, dass es für Euch einfacher wäre, doch nicht für mich. Wenn Ihr ein Diener seid, kann ich Euch in meiner Nähe haben und Euch den Rücken freihalten. Niemand wird Verdacht schöpfen. Eine Magd hingegen …«

»… würde Gerüchte nähren, wenn sie zu häufig mit Euch gesehen wird«, seufzte sie. »Zu viel Aufmerksamkeit und Klatsch wären die Folge.« Farrell nickte, da fragte sie: »Was, wenn mich jemand erkennt?«

»Mit Verlaub, Ihr habt Euch sehr verändert. Selbst ich hätte Euch beinahe nicht erkannt. Ihr seid erwachsen geworden.«

Obwohl Catherine sich nicht vorstellen konnte, dass sein Plan funktionieren würde, nickte sie. Sie musste alles tun, was in ihrer Macht stand, um zumindest einen Teil der Schuld zu begleichen, die ihr Vater auf ihre Schultern geladen hatte. Ihr Blick fiel auf den Dolch des Attentäters, der noch immer auf dem Tisch lag. *Ein paar Gewänder werden nicht genügen.* Sie griff nach der Waffe und schnitt ihren Zopf mit einem Ruck im Nacken ab.

»Catherine! Himmel! Euer Haar!«

Sie warf den langen rotbraunen Zopf zusammen mit dem Dolch auf den Tisch. »Es wird nachwachsen.«

2

Nachdem Catherine zugestimmt hatte dem Hauptmann zu helfen, war sie in den *Thistle Pub* zurückgekehrt, wo sie unter falschem Namen eines der drei Gastzimmer bewohnte. Eine Weile hatte sie dort gesessen und ausgeharrt, doch schon bald hatte sie begonnen unruhig auf und ab zu gehen. Was würde geschehen, wenn sie den Hintermann nicht fanden? Wie groß war die Gefahr für Martáinn? Was, wenn jemand ihre Verkleidung durchschaute? Erst die Ankunft des Hauptmanns vermochte es, sie aus ihren Grübeleien zu reißen.

Konzentriert prüfte Catherine ihr Spiegelbild. Ihr Blick wanderte über den braunen, in der Taille gegürteten Plaid nach oben. Da sie ohnehin eher knabenhaft gebaut war, war es nicht schwer gewesen, die Brüste mit ein wenig Stoff abzubinden. Das weite Hemd verhüllte die letzten verräterischen weiblichen Formen.

Zögernd betrachtete sie ihr Haar. Sie schluckte hart. Die hüftlangen Haare waren ihr ganzer Stolz gewesen. Dass das vertraute Gewicht des Zopfes fehlte, verunsicherte sie ebenso wie der Anblick der jetzt schulterlangen Locken, die ihren Kopf wie tanzende Flammen umspielten und ihr Gesicht fremd wirken ließen. *Als hätte sich mehr als nur mein Haar verändert.* Die junge Frau im Spiegel war noch immer Catherine Bayne und zugleich war sie es nicht. Die grauen Augen schienen heller, ihre Züge schärfer. Sie band ihr Haar im Nacken zusammen und griff nach der Kappe. Dann reckte sie entschlossen das Kinn und wandte sich dem Hauptmann zu.

Er nickte zufrieden. »So wird Euch niemand erkennen.«

Ich erkenne mich ja selbst kaum noch.

»Nachdem ihr zugestimmt habt mit mir zu kommen, habe ich dem Haushofmeister mitgeteilt, dass ich einen Burschen in meine Dienste genommen habe.«

»In *Eure* Dienste?«

»Als mein persönlicher Diener lauft Ihr weniger Gefahr, erkannt zu werden. Wann immer Ihr Euch in der Burg umschauen wollt, könnt Ihr vorgeben, in meinem Auftrag unterwegs zu sein. Abgesehen davon müsst Ihr nicht mit den anderen Burschen in den Gesindehäusern schlafen, sondern habt Euer Quartier in meinen Räumen.« Er schenkte ihr ein aufmunterndes Lächeln. »Kopf hoch, in ein oder zwei Tagen habt Ihr es überstanden und könnt Dun Brònach wieder verlassen.«

»Gott möge Euch erhören!«, seufzte sie. Dann straffte sie die Schultern. »Bringen wir es hinter uns.« Sie machte kehrt und wollte zur Tür.

»Wartet«, Farrell kam einen Schritt auf sie zu. »Ihr braucht noch einen Namen.« Nachdem er einen Moment nachgedacht hatte, sah er sie prüfend an. »Eric. – Ja, das wird gehen.« Für einen Herzschlag wirkte er beinahe verlegen. »Als meinen Burschen kann ich Euch nicht förmlich behandeln.«

Catherine zuckte die Schultern. Förmlichkeiten waren ihre geringste Sorge.

*

Wie der aufgerissene Rachen eines Ungeheuers lag das Tor von Dun Brònach vor ihr – bereit die Freiheit zu verschlingen, die Catherine sich durch ihren Weggang errungen hatte. Donnernd hallte der Hufschlag in ihren Ohren wider, als sie hinter Hauptmann Farrell über die Zugbrücke ins Herz der Festung ritt. Ihre Augen wanderten hinauf zu den höchsten Türmen, deren Zinnen von tief hängenden Wolken umrankt waren, als würden sie geradewegs in den Himmel wachsen.

Schlagartig war das Gefühl der Einsamkeit und Verzweiflung zurück, das während ihrer letzten Monate auf Dun Brònach Catherines ständiger Begleiter gewesen war. Wieder stand sie vor dem Arbeitszimmer ihres Vaters und hörte jene Worte, die nicht für ihre Ohren bestimmt gewesen waren. Worte, die ihre Welt zum Einsturz brachten. »Kümmert Euch darum, dass diese MacKay-Freunde zum Schweigen gebracht werden!«, hatte ihr Vater einen seiner Männer angewiesen. »Setzt allen Gerüchten ein Ende – wie Ihr das anstellt, überlasse ich Euch. Ihr habt freie Hand.« – »Natürlich, Herr. Mit Verlaub, es war ein brillanter Zug, es aussehen zu lassen, als hätten Earl Bruce und sein Weib den Tod durch die eigene Hand gewählt.« Die Worte ließen Catherine zurückfahren. Ihr eigener Vater! Nie wäre sie auf den Gedanken gekommen, er könne etwas mit dem Tod der MacKays zu tun haben.

Catherine glaubte das fassungslose Wispern und Raunen der Menschen noch immer zu hören, als sich die Nachricht in Dun Brònach verbreitet hatte. Der Earl und seine Frau, freiwillig aus dem Leben geschieden, kurz nachdem man ihnen die Nachricht vom Tod ihres Sohnes überbracht hatte. Man fand sie im Morgengrauen am Fuße des Turms, die Leiber zerschmettert.

Unbemerkt machte Catherine kehrt und floh. Stundenlang irrte sie durch die Dunkelheit, unfähig einen klaren Gedanken zu fassen. Sie weinte nicht – weder in jener Nacht noch später. Es war, als habe die schreckliche Wahrheit jedes Gefühl in ihr getötet. Wie sollte sie mit diesem Wissen leben? Wie *konnte* sie? Sie dachte daran, Hilfe zu suchen, doch es gab niemanden, dem sie sich anvertrauen konnte. Nicht einmal Betha, ihrer alten Kinderfrau, wagte sie davon zu berichten. Ihr Wissen mit dem Falschen zu teilen war gefährlich. Zu groß war ihre Furcht, ihr Vater könne davon erfahren. Monatelang quälte sie sich, zwang sich jeden Tag aufs Neue ihrem Vater in die

Augen zu sehen, bis sie es schließlich nicht mehr aushielt. Eines Nachts packte sie ihr Bündel und stahl sich davon. Das war vor beinahe vier Jahren gewesen ...

Auf dem Hof herrschte geschäftiges Treiben. Männer und Frauen gingen ihrem Tagwerk nach. Clankrieger kreuzten ihren Weg. Ein Küchenjunge versuchte verzweifelt ein Huhn einzufangen. Dabei war er gestürzt, so dass sein Plaid nass und voller Schlamm war. Ein Stück weiter hinten schleppte eine Magd zwei Wassereimer zum Haupthaus. Ein Gewirr aus Stimmen erfüllte die Luft. Nichts hier wirkte düster und bedrohlich – und dennoch wollte es Catherine nicht gelingen, das Unbehagen abzustreifen, das sie mit einem Mal umklammert hielt.

Vor den Ställen saß der Hauptmann ab und warf einem Stallburschen die Zügel zu. Catherine glitt aus dem Sattel. Ihre Stiefel gruben sich in den vom Regen der vergangenen Nacht aufgeweichten Boden. Der Wind fuhr ihr unter den Plaid und strich eisig über ihre Beine. Fröstelnd folgte sie Farrell durch eine Seitenpforte ins Haus. Über eine schmale Treppe gelangten sie in den spärlich erleuchteten Gang, in dem das Quartier des Hauptmanns lag. Dort bewohnte er drei miteinander verbundene Zimmer – ein Schlaf-, ein Empfangs- und ein Arbeitszimmer –, deren zweckmäßige Einrichtung ebenso zu ihm passte wie die penible Ordnung, die hier herrschte.

Nachdem Farrell ihr alles gezeigt hatte, führte er sie hinter einen Vorhang, der eine kleine Nische vom Empfangsraum abtrennte. Dort stand ein Bett.

»Es ist nicht viel«, meinte er entschuldigend, »aber zumindest könnt Ihr hier ungestört sein. Ich muss jetzt zu meinen Männern. Ich war schon zu lange fort. Wir müssen uns dringend beraten.« Er dachte kurz nach, dann sagte er: »Es wird bald dunkel. Ruht Euch aus. Morgen wird sicher ein anstrengender Tag für Euch.« Mit einer knappen Verneigung ließ er sie allein.

Eine Weile streifte Catherine durch die Räume und versuchte sich mit ihrer neuen Umgebung vertraut zu machen. Sie fühlte sich wie ein Eindringling in einem Reich, dessen Grenzen zur Außenwelt durch akkurate Sorgfalt und Ordnung abgesteckt waren. Das Arbeitszimmer war der einzige Raum, der bewohnt aussah. Zweifelsohne verbrachte Farrell einen Großteil seiner Zeit hier.

Als die Dämmerung langsam Einzug hielt, entfachte Catherine im Empfangszimmer ein Feuer im Kamin und zog sich einen Stuhl heran. Lange Zeit blickte sie in die Flammen, gefangen in ihren eigenen Gedanken. Trotz ihrer Ängste und der düsteren Erinnerungen konnte sie nicht umhin sich einzugestehen, dass sie sich nach dem Glen Beag gesehnt hatte. Obwohl es ihr in Edinburgh gefiel, vermisste sie die herbe Schönheit der Highlands. Die schroffen Felsen, die das Tal umgaben; im Norden der Gipfel des Ben Kilbreck, die dichten Wälder, der Geruch von Torf, selbst der Nebel und Regen hatten ihr gefehlt. Während im modernen Edinburgh die Mode und die Gewohnheiten der Engländer mehr und mehr die gälische Tradition verdrängten, war sie hier so lebendig wie nie zuvor. Catherine hoffte, das möge sich niemals ändern. Wie sehr sie es liebte, den melancholischen Melodien eines Dudelsacks zu lauschen oder fröhliche gälische Weisen zu singen, fiel ihr erst jetzt auf, da sie wieder hier war. *Wieder hier.*

Sie fragte sich, ob sie die Maskerade als Diener wirklich über einige Tage hinweg aufrechterhalten konnte. Der Plaid war weit kürzer als die Kleider, die zu tragen sie gewohnt war. Wie lange würde es dauern, bis jemandem auffiel, dass ihre Beine, selbst für einen jungen Knaben, zu dünn waren? *Sie werden mich erkennen. Und was dann?* Mit Schimpf und Schande würde man sie davonjagen. Sie würden Dreck und Steine nach ihr werfen und sie für das verfluchen, was ihr Vater getan hatte. Catherine war mehrmals versucht aufzustehen und Dun Brònach fluchtartig zu verlassen. Und doch tat sie es nicht. Sie fragte sich, ob es wirklich die Sorge um Martáinn war, die sie davon abhielt, oder ob die Furcht ihre Beine lähmte und ihr eine Flucht unmöglich machte.

Als das Feuer heruntergebrannt war, saß sie noch immer da und schaute in die ersterbende Glut. Plötzlich hatte sie das Gefühl, beobachtet zu werden – fremde Blicke, die sich wie glühendes Eisen in ihren Leib sengten. Sie hob den Kopf. Unruhig wanderten ihre Augen umher, streiften über Sessel und Tisch bis zum anderen Ende des Raumes. Nichts. Sie sah zur Verbindungstür zum Arbeitszimmer hin. Im Gegensatz zum Schlafzimmer konnte es auch vom Gang aus betreten werden. *Was, wenn dort …?*

Sie packte einen Schürhaken und erhob sich. Langsam, Schritt für Schritt, näherte sie sich dem Arbeitszimmer. Immer wieder hielt sie inne, lauschte ins Halbdunkel, ohne etwas anderes als ihren eigenen Herzschlag zu vernehmen. *Das ist lächerlich!* Wie sollte sie jemand durch eine geschlossene Tür hindurch beobachten? Sie ließ die Hand mit dem Schürhaken sinken, tat einen weiteren Schritt auf das Arbeitszimmer zu – und zögerte. Womöglich hatte derjenige die Tür geschlossen und sich zurückgezogen, als sie ihn bemerkte. *Nein, das hätte ich hören müssen.* In den Gemächern des Hauptmanns gab es keine Teppiche, die die Schritte eines Eindringlings hätten dämpfen können. *Dort ist niemand.*

Sie bewegte sich vorwärts, diesmal entschlossener – und blieb wieder stehen. Sie fühlte sich noch immer beobachtet. Sie streckte bereits die Hand zur Türklinke aus, als die Erkenntnis wie eine eisige Hand nach ihrem Nacken griff. *Nicht die Tür!* Sie fuhr zum Fenster herum. Da war nichts, nicht der geringste Lichtschimmer. Catherine starrte hinaus, bis ihre Augen brannten. War da eine Bewegung? Ein Schatten, schwarz wie die Finsternis, in der er sich verbarg? *So hoch über dem Boden? Ohne einen Balkon oder Mauervorsprung in der Nähe?* Unmöglich. Und doch wollte das Gefühl nicht weichen, dass ihr etwas aus der Nacht entgegenblickte.

Nebel. Es musste Nebel sein, den sie gesehen hatte – ein ständiger Gast im Glen Beag, besonders jetzt im Spätherbst. Nichts Ungewöhnliches. Doch es gab keine Anzeichen für Nebel. Kein Dunst, kein grauer Schleier, der sich matt vom Schwarz der Nacht abhob. Ihre Finger krampften sich um den Schürhaken, dass es schmerzte. Unendlich langsam schob sie sich an das Fenster heran, obwohl alles in ihr danach schrie, sich abzuwenden und davonzulaufen. *Dort ist nichts. Dort kann nichts sein!*

Sie würde sich mit eigenen Augen davon überzeugen. Ein weiterer Schritt, dann hatte sie das Fenster erreicht. Ihr Blick wanderte über die Scheibe, fing sich in einer Spiegelung ihres Gesichts und griff nach der dahinterliegenden Schwärze.

»Catherine?«

Das Wort packte sie und ließ sie herumfahren. Ihr Herzschlag raste und beruhigte sich nur allmählich, als sich Hauptmann Farrells Umrisse aus dem Dämmerlicht hinter ihr lösten. Als er den Schürhaken in ihrer Hand bemerkte, zog er seine Pistole. »Was ist?«

Catherine deutete zum Fenster. »Dort ist jemand.«

Der Hauptmann schob Catherine hinter sich und trat – die Waffe im Anschlag – ans Fenster. Einen Moment schaute er hinaus, ähnlich wie sie es zuvor getan hatte. Dann öffnete er den Riegel. Catherine hielt den Atem an. Halb erwartete sie, jemand oder etwas würde sich auf ihn stürzen, doch alles, was seinen Weg in den Raum fand, war ein Schwall kühler Nachtluft. Farrell beugte sich weit hinaus und sah sich um. Schließlich zog er den Kopf zurück und schloss das Fenster wieder.

»Nichts.«

Catherine schenkte ihm ein schwaches Lächeln. »Womöglich bin ich nur nervös.« Es war nicht die ganze Wahrheit. Das Gefühl, beobachtet zu werden, war im selben Augenblick, in dem der Hauptmann hinter ihr im Raum erschienen war, verschwunden. »Ich sollte zu Bett gehen.« Sie wandte sich ab und ging auf die Nische zu, da ließ seine Stimme sie noch einmal innehalten.

»Ihr habt hier nichts zu befürchten, Catherine. Macht Euch keine Sorgen.«

*

Der Morgen drängte die Erlebnisse der Nacht in einen fernen Winkel ihres Verstandes und ließ sie mehr und mehr verblassen. Catherine war müde, denn trotz der Anwesenheit des Hauptmanns hatte sie kaum Schlaf gefunden. Immer wieder hatte sie sich gefragt, ob sie sich alles nur eingebildet oder ob die Rückkehr des Hauptmanns vertrieben hatte, was immer vor dem Fenster gewesen sein mochte. Sie hatte wach gelegen und dem Rauschen des einsetzenden Regens gelauscht. Kurz nach Tagesanbruch hatte sie das Zimmer verlassen, um ihre Suche zu beginnen. In ihrem Ärmel steckte eine Nachricht des Hauptmanns, die sie, für den Fall, dass jemand Fragen stellte, dem Waffenmeister überbringen sollte.

Im Hof schaute sie an den Burgmauern hoch zu dem Fenster, hinter dem das Empfangszimmer des Hauptmanns lag. Fahles Licht zwängte sich zwischen den Regenwolken hindurch und ließ die nassen Mauern schwarz schimmern. Die Wand war noch glatter, als Catherine angenommen hatte. Die Fugen zwischen den einzelnen Steinquadern waren mit kleinen Steinen und Lehm ausgefüllt und ließen nicht genügend Raum für Hände oder Füße. Plötzlich kam sie sich lächerlich vor. *Hier hat sich wirklich nichts verändert.* Selbst die Furcht, die sie während ihrer letzten Monate auf Dun Brònach begleitet hatte, war nicht gewichen.

Ihr erster Weg führte Catherine in die Küche. Hunger trieb sie an, doch zugleich war es eine Art Feuerprobe. Sie zu bestehen würde ihr ein Gefühl der Sicherheit geben. Catherine blieb in der Tür stehen. Ihre Augen wanderten durch den Raum, streiften über geschäftige Mägde und junge Gehilfen. Sie glaubte die Köchin, die sich gerade die Hände an der Schürze abwischte, wiederzuerkennen, ebenso wie einige der älteren Mädchen.

Trotz der frühen Stunde herrschte erstaunlich viel Betrieb. Burschen schleppten Haggis, Pasteten und Kuchen in die Vorratskammern, Vorbereitungen für das Festmahl am Tag der Ushana. Catherine entschied, ihren Mut genug auf die Probe gestellt zu haben, nahm sich ein Haferplätzchen aus einer Schüssel und verließ die Küche wieder.

Die traurige Melodie eines alten gälischen Liebesliedes erfüllte den Korridor und zog Catherine in ihren Bann. Mit dem Plätzchen in der Hand folgte sie dem Gesang zu einer Kammer. Die Tür stand offen. Drinnen saßen drei Mädchen um einen Tisch herum und banden Kränze und Gestecke aus Stechginster. Obwohl die Blütezeit längst vorbei war, waren die leuchtend gelben Blüten noch nicht abgefallen. Im düsteren Licht der Kammer sahen sie beinahe frisch aus. An Fenstern und Türen angebracht sollte das wohlriechende Gewächs die Ushana von den Häusern fernhalten und Menschen, die sich damit schmückten, vor ihr schützen.

Eine Weile stand Catherine da, aß das Plätzchen und hörte dem Gesang der Mädchen zu. Das Lied brachte ihre Kindheit zurück, als sie häufig neben ihrem Vater in der Großen Halle gesessen und den Melodien der Barden gelauscht hatte. Mit einem Seufzer wandte sie sich schließlich ab. Sie wollte die Bilder der Vergangenheit abstreifen, doch die Melodie ließ sie nicht mehr los. Leise summend verließ sie das Haus und trat auf den Hof.

Graue Wolkenfetzen umrahmten die höchsten Türme wie eine Geisterhand – bereit nach jedem zu greifen, der sich auf die Plattform wagte. Ein vertrauter Anblick. Während der vergangenen Jahre hatte Catherine viele Orte kennengelernt. Manche davon schön, andere nicht. Doch erst während dieser Zeit war ihr bewusst geworden, wie *anders* das Glen Beag war. Eingeschlossen von den Bergen im Norden und den üppigen, schwer zu durchdringenden Wäldern im Süden war das Earldom einsamer als manches Gehöft, das sie gesehen hatte. Dichtes Unterholz und schmale, gewundene Pfade, die im Nebel kaum zu finden waren, hatten schon manchem unbedarften Reisenden den Tod gebracht. Als wollte das Land behalten, was es einmal besaß. *Oder die Ushana.*

»Dich habe ich hier noch nie gesehen.«

Catherine fuhr herum. Sie hielt erschrocken die Luft an, als sie sich zwei jungen Männern gegenübersah. Erst als ihr bewusst wurde, dass ihr beide völlig unbekannt waren, ließ sie erleichtert den Atem entweichen.

Sie zwang sich zu einem Lächeln. »Ich bin erst seit gestern hier.«

»Warum haben wir dich dann nicht schon gestern gesehen?« Der Sprecher kam einen Schritt näher. Er war groß, so dass sie gezwungen war den Kopf zu heben. Er wäre ein gut aussehender junger Mann gewesen, mit klaren blauen Augen und markanten Zügen, wenn sie da nicht diesen Ausdruck in seinem Gesicht bemerkt hätte. *Beinahe schon feindselig.*

»Warum warst du nicht im Gesindehaus?«

»Mein Schlafplatz ist in den Räumen meines Herrn«, gab sie zurück.

Für einen Moment weiteten sich die Augen des Mannes verblüfft, dann verfinsterte sich seine Miene schlagartig. »Sieh an.« Er wandte sich zu seinem Kameraden um. »Der Bursche hält sich für etwas Besonderes, weil er gleich vom ersten Tag an einem Herrn zugeteilt ist.« Er rückte noch ein Stück näher.

Unwillkürlich wich Catherine einen Schritt zurück. Das entlockte dem Zweiten ein boshaftes Grinsen. »Er hat Angst vor dir, Gil.«

»Wundert dich das? Schau ihn dir doch an! Das ist ein Wicht! Der sieht ja aus wie ein Kind! Hat noch nicht mal Haare auf den dürren Beinen.« Gil blickte voller Herablassung auf Catherine herab. Seine Lippen verzogen sich zu einem Grinsen. »Welcher Herr hat ein schmächtiges Würstchen wie dich in seinen Dienst genommen?«

Catherine richtete sich auf. »Hauptmann Farrell«, entgegnete sie fest, in der Hoffnung, die jungen Männer würden endlich das Interesse verlieren und von ihr ablassen.

Stattdessen begann Gil zu lachen. Einen Moment später, als hätte er auf seine Erlaubnis gewartet, stimmte sein Freund ein. »Ein Hauptmann? Seit wann hat ein Hauptmann Anrecht auf einen eigenen Diener?«

»Hat er nicht«, entgegnete sein Kamerad. »Oder willst du die halbe Portion etwa Diener nennen?«

Wieder lachten sie. Catherine wandte sich zum Gehen. Gils Hand fiel schwer auf ihre Schulter. »Nicht so schnell, du Zwerg.« Seine Finger gruben sich in ihr Fleisch und zwangen sie sich ihm wieder zuzuwenden. »Du bist neu hier, ich will sichergehen, dass du weißt, wo dein Platz ist.«

»Ich kenne meinen Platz. Danke.« Sie streifte seine Hand ab.

»Du bist der Laufbursche eines Befehlsempfängers – nicht mehr.« Gil war jetzt bedrohlich nahe. Hätte seine Feindseligkeit sie nicht so eingeschüchtert, hätte Catherine versucht sich an ihm vorbeizudrängen. So jedoch verharrte sie an Ort und Stelle.

»Wir mögen hier niemanden, der sich für etwas Besseres hält«, zischte Gil. Er schubste sie. Catherine tat einen taumelnden Schritt und prallte gegen seinen Kameraden, der sich jetzt hinter ihr aufgebaut hatte.

Sie hatte Mühe, ruhig zu bleiben. »Ich will wirklich keinen Ärger.«

Dieses Mal war es der andere, der sie schubste – so hart, dass sie auf die Knie fiel. Ihre Augen zuckten von einer Seite zur anderen, auf der Suche nach einem Ausweg. Gil zerrte sie unsanft auf die Beine. Catherine wollte sich losreißen, doch es gelang ihr nicht, sich dem unerbittlichen Griff zu entwinden.

»He, Gil! Ist das der Neue?« Ein blonder Schopf wuchs hinter den Jungen auf. Der Neuankömmling drängte sich zwischen ihnen hindurch und blieb vor Catherine stehen. »Der Haushofmeister will dich sehen, Junge.«

»Erst haben *wir* noch etwas mit ihm zu besprechen«, knurrte Gil.

Der Blonde schüttelte den Kopf. »Du weißt, was passiert, wenn er Schrammen an dem Kleinen sieht. Er wird Fragen stellen. Das willst du nicht!« Er packte Catherine beim Arm und zog sie davon. Sie waren kaum um die Ecke eines Stalls gebogen, da gab er sie wieder frei.

»Denen solltest du besser aus dem Weg gehen. Gil hält sich für den Anführer und sieht in jedem Neuen eine Bedrohung.« Er zuckte die Schultern, dann grinste er. »Ich bin John.«

»Eric.« Der Gedanke an eine Begegnung mit dem Haushofmeister verursachte ihr Unbehagen. *Was, wenn er mich erkennt?* »Der Haushofmeister ...«

»... war nur eine Ausrede, um dich von Gil und Kerr

wegzubekommen«, grinste John und schlug ihr kameradschaftlich auf die Schulter. »Komm mit, ich zeig dir alles.«

Im ersten Augenblick wollte sie protestieren. Dann jedoch kam ihr der Gedanke, dass sie auf diesem Weg viel über die Bewohner Dun Brònachs erfahren konnte. *Wer weiß, womöglich finde ich ja den Auftraggeber. Dann wäre diese Maskerade beendet.*

*

Catherine hatte immer geglaubt Dun Brònach bis in den letzten Winkel zu kennen. John belehrte sie eines Besseren. Er führte sie durch Gänge und über Stiegen, die nur die Dienerschaft benutzte, während er in den schillerndsten Farben über die Burg und ihre Bewohner berichtete – über Menschen, die Catherine ihr ganzes Leben lang kannte. Sie hätte sich langweilen müssen. Stattdessen ertappte sie sich dabei, wie sie gebannt an seinen Lippen hing. Zu hören, was ein Bursche über die Bewohner zu sagen hatte, vermittelte Eindrücke, die ihr bisher verwehrt geblieben waren.

Überall lauerten alte Erinnerungen. Viele davon so schmerzhaft, dass sie unwillkürlich die Kiefer hart aufeinanderpresste. Ein bekanntes Gesicht, ein Gang oder Raum genügten, um ihre Gedanken weit in die Vergangenheit zurückzuwerfen. Selbst die schönen Dinge, deren sie sich zu entsinnen vermochte, hinterließen einen schalen Nachgeschmack, stammten sie doch aus einer Zeit, die unwiederbringlich verloren war. Catherine versuchte die Bilder aus ihrem Kopf zu zwingen, während ihre Augen unermüdlich auf der Suche nach jener vertrauten Geste waren.

Plötzlich packte John sie und schob sie in eine Nische. »Pscht«, zischte er, als sie zu einem Protest ansetzte. »Da vorne ist Esmè! Die erste Kammerfrau! Wenn du nicht willst, dass sie uns für den Rest des Tages für irgendwelche Arbeiten einspannt, folgst du mir auf mein Zeichen.«

Catherine nickte. John beugte sich vor und spähte um die Ecke. Einen Herzschlag später huschte er über den Gang. Er schaute noch einmal kurz in Richtung der ersten Kammerfrau, dann schob er eine Tür auf und bedeutete Catherine ihm zu folgen. Sie schloss zu ihm auf und schlüpfte hinter ihm in den Raum. Überall standen Wäschetruhen an den Wänden, und unter einem Tisch stapelten sich leere Weidenkörbe.

»Esmè ist sonst schon schwer zu ertragen«, erklärte John, kaum dass sie die Tür geschlossen hatte, »aber unmittelbar vor dem Tag der Ushana ... Sie kommandiert das Gesinde herum, als wäre sie der Hauptmann der Burgwache. Wie eine Furie ist sie hinter uns her, damit auch ja alles glänzt und funkelt! Dabei ist die Burg an dem Tag ohnehin wie ausgestorben.«

Wie alle anderen hatte auch Catherine sich Jahr für Jahr am Tag der Ushana bei Einbruch der Dämmerung in der Kirche von Asgaidh eingefunden, wo Vater Ninian eine Messe hielt und den Schutz Gottes erflehte, bis es um Mitternacht an der Zeit war, zum Marktplatz zu gehen. Dort entzündete der Earl den Scheiterhaufen, in dessen Zentrum eine mit Stechginster ausgestopfte Lumpenpuppe – ein Abbild der Ushana – an einen Pfahl gebunden war. Jahr für Jahr wurde die Ushana symbolisch von den Flammen geläutert, um ihren bösen Geist aus dem Glen Beag fernzuhalten. Noch lange nachdem das Feuer erloschen war, hing der durchdringende süße Geruch des verbrannten Stechginsters über dem Ort. Man aß und trank und lauschte den unheimlichen Geschichten, die traditionsgemäß in dieser Nacht erzählt wurden. *Wie oft hat Martáinn versucht mich mit alten Schauermärchen zu erschrecken?*

»Willst du den Earl sehen?«, fragte John unvermittelt. »Ich weiß, wo wir ihn um diese Zeit zu Gesicht bekommen können.«

»Nein!«, entfuhr es ihr. Hastig fügte sie hinzu: »Ich muss noch ... Vielen Dank für deine Hilfe.« Ehe der verdutzte John etwas erwidern konnte, machte sie kehrt und floh aus der Kammer. Der Gedanke, Martáinn zu begegnen, trieb sie davon. Auf dem Marktplatz hatte sie sich zwischen den unzähligen anderen Gesichtern verstecken können. Hier, innerhalb der Mauern Dun Brònachs, war die Gefahr, dass Martáinn sie erkannte, ungleich größer. Dieses Risiko wollte sie nicht eingehen.

Auf dem Gang hielt Catherine Ausschau nach Esmè, doch die erste Kammerfrau war nicht mehr zu sehen. Froh zumindest im Moment niemanden in ihrer Nähe zu haben, den sie mit ihrer Verkleidung täuschen musste, drehte sie sich um und folgte dem Gang. Sie vergrub die Hände in den Falten ihres Plaids und überlegte, was sie jetzt tun sollte.

»Bursche!«

Catherine erkannte die Stimme sofort. Daeron ap Fealan. Sie musste an ihm vorübergegangen sein, ohne es zu bemerken. Ein wenig zögernd wandte sie sich um, den Kopf gesenkt. »Herr?«

»Sieh mich an«, verlangte er streng. Sie hob den Kopf. Sein Blick hielt sie unerbittlich fest, wanderte über ihr Gesicht, glitt mal hierhin, mal dorthin, ehe er an ihren Augen hängenblieb. »Kenne ich dich?«

Um ein Haar hätte sie aufgeschrien, als er einen Schritt auf sie zumachte. Er war jetzt so nah, dass sie die goldenen Sprenkel im Braun seiner Augen erkennen konnte. Eine Gänsehaut kroch über ihre Beine. Ihre Handflächen wurden schweißnass. Es fiel ihr schwer zu atmen. »Nein, Herr. Ich bin erst seit gestern hier«, würgte sie hervor.

Gestern?, schienen seine Augen zu fragen, aber die Frage fand nicht auf seine Lippen. Catherine versuchte erneut den Kopf zu senken, doch sein Blick gab sie nicht frei. »In wessen Diensten stehst du?«

»Hauptmann Farrells«, erwiderte sie und fügte rasch hinzu: »Herr.«

»Hauptmann Farrell«, wiederholte er so leise, dass sie nicht wusste, ob die Worte für sie bestimmt waren oder ob er zu sich selbst sprach. Schließlich nickte er. »Geh jetzt.«

Sie verneigte sich hastig und wollte sich abwenden. »Ach, Bursche.« Seine Stimme griff nach ihr und ließ sie noch einmal innehalten.

»Herr?«

»Pass auf, wem du auf den Gängen begegnest. Die meisten mögen es nicht, wenn du an ihnen vorüberläufst, ohne sie mit gebührendem Respekt zu grüßen.« Es war kein Tadel, nur eine freundlich gemeinte Warnung. Eine Freundlichkeit, die sie von Daeron ap Fealan nicht erwartet hatte.

»Natürlich. Falls ich Euch –«

»Der Hauptmann wartet sicher schon auf dich.« Ohne einen weiteren Blick an sie zu verschwenden, setzte er seinen Weg fort. Catherine starrte ihm nach, bis er um eine Ecke bog. Erst dann wagte sie aufzuatmen.

*

Die folgenden Stunden streifte Catherine durch die Gänge und musterte jeden, der ihr begegnete, eingehend. Zweimal war sie gezwungen die Nachricht des Hauptmanns aus ihrem Ärmel zu ziehen, um zu verhindern, von einer allzu eifrigen Magd für Arbeiten eingespannt zu werden.

Als sie schließlich auf den Hof zurückkehrte, lag bereits dämmergraues Licht wie ein schweres Tuch über den Mauern und Gebäuden. Der ständige Regen hatte die meisten Menschen frühzeitig in den Schutz der Häuser getrieben. Nur hier und da eilte noch ein Diener oder eine Magd über den Hof. In einem lächerlichen Versuch, sich vor dem Regen zu schützen, zog Catherine den Kopf ein. War es möglich, dass sie in den Gesindehäusern fand, wonach sie suchte? *Kein Dienstbote wäre im Besitz von genug Gold, um einen Mörder zu dingen.*

Dennoch würde sie sich auch unter dem Gesinde umschauen. Für heute wollte sie ihre Suche jedoch beenden. Sie würde sich die Dienerschaft ebenso wie die übrigen Burgbewohner einzeln ansehen, nicht wenn sie alle versammelt zu Tisch saßen. Obwohl ihre Verkleidung sogar Daeron getäuscht hatte, wollte sie kein Risiko eingehen. Abgesehen davon stand ihr nicht der Sinn danach, in den Mittelpunkt der Aufmerksamkeit zu rücken, indem sie begann Küchenjungen, Stallburschen, Mägde, Köchinnen und all die anderen mit neugierigen Blicken zu messen.

Um nicht noch einmal Gefahr zu laufen, Daeron – oder gar Martáinn – zu begegnen, beschloss Catherine über den Hof zu gehen und durch die Seitenpforte wieder ins Haus zu schlüpfen.

Vor den Stallungen blieb sie stehen und sah sich um. Es war inzwischen fast völlig dunkel. Still und verlassen lag der Hof vor ihr. In einiger Entfernung, auf den Mauern, waren hin und wieder die leisen Schritte der Wachen zu vernehmen, wenn sie ihre Position wechselten. Eine kühle Brise strich über Catherine hinweg und ließ sie frösteln. Mit einem Mal fühlte sie sich an die vergangene Nacht erinnert. Das Gefühl, dass etwas in der Dunkelheit lauerte, kehrte mit Macht zurück. *Was musste ich auch warten, bis es fast finster ist!*

Ihre Augen flackerten von einer Seite zur anderen, suchten nach der Gewissheit, dass niemand hier war, der nicht hierher gehörte. Sie wollte gerade weitergehen, als sich eine Hand über ihren Mund schloss und den Schrei erstickte, der sich ihrer Kehle entrang. Kräftige Hände packten sie. Die Absätze ihrer Stiefel gruben sich in den Schlamm, als sie zwischen die Stallungen gezerrt wurde. Ein leises Glucksen war zu vernehmen, der halbherzige Versuch, ein Kichern zu unterdrücken.

»Dieses Mal wird dir John nicht helfen«, zischte jemand dicht neben ihrem Ohr. Gil! »Du wirst deine Lektion lernen, *Soldatendiener*!« Catherine trat nach ihm, um sich zu befreien. »Hilf mir, Kerr! Halt ihn fest!«

Das feiste Gesicht des anderen tauchte über ihr auf, als er die Hände nach ihr ausstreckte. Bevor er sie ergreifen konnte, biss sie zu. Sie schlug ihre Zähne in Gils Hand, bis sie Blut schmeckte. Mit einem Schrei riss er die Hand zurück. Catherine entwand sich seiner Umklammerung mit einer raschen Drehung und hob einen Stein auf. Gil versuchte sie wieder zu fassen zu bekommen. Da schlug sie ihm die Faust mit dem Stein ins Gesicht. Ihr Hieb schickte ihn zu Boden. Blut rann aus einem Mundwinkel. Er spuckte einen Zahn aus.

»Du verdammter Bastard! Dafür wirst du bezahlen! Zeig es ihm, Kerr!«

Ehe Catherine reagieren konnte, stürzte Kerr sich auf sie und riss sie zu Boden. Einen Augenblick später wälzte sie sich mit ihm durch den Matsch. Fäuste flogen. Sie trat und schlug nach ihm, doch er war ihr an Stärke weit überlegen. Eine Faust traf ihre Schläfe, eine andere ihr Ohr. Warmes Blut lief über ihr Gesicht. Blind vor Tränen rammte sie ihrem Gegner ein Knie in den Magen. Kerr keuchte und ließ sich zurückfallen. Für einen Moment war sie frei. Sie blinzelte, und als sich ihre Sicht wieder klärte, erkannte sie, wie Gil auf sie losging. Er erwischte sie an der Schulter und warf sie herum, bis sie mit dem Gesicht nach unten lag. Sie versuchte sich zu befreien. Rasend vor Wut stemmte ihr Gil sein Knie in den Rücken. Catherine schrie auf.

»Niemand schlägt mir einen Zahn aus!« Gil zerrte sie ein Stück mit sich, ehe er sie erneut zu Boden warf. Sie kam auf die Beine, glitt im Schlamm aus und wurde erneut gepackt. Ein harter Griff in ihrem Nacken zwang ihren Oberkörper nach vorne. Das kalte Wasser der Pferdetränke schlug über ihr zusammen, als Gil sie untertauchte. Unnachgiebig drückte er ihren Kopf unter Wasser. Catherine kämpfte gegen seinen Griff an. Ihre Beine scharrten hilflos über den Boden. Wasser drang ihr in Mund und Nase, floss ihre Kehle hinab. Gil hielt ihren Kopf unerbittlich unten. Dann endlich packte er sie bei den Haaren und riss sie hoch. Hustend rang sie um Atem, während ihr Wasser aus Mund und Nase rann.

»Der hat genug.« Nur undeutlich drang Kerrs Stimme zu ihr durch.

»Noch lange nicht«, knurrte Gil. Statt sie freizugeben, verstärkte er seinen Griff.

Er wird mich umbringen!

Der Verlust seines Zahns schien alle Vernunft in ihm ausgelöscht zu haben. Es gelang Catherine gerade noch, die Luft anzuhalten, bevor er ihren Kopf erneut unter Wasser drückte. Sie strampelte und wehrte sich, doch ihre Kräfte ließen jetzt rasch nach. Sie vermochte nicht länger den Atem anzuhalten. Kaltes Wasser strömte in ihren Hals und drang brennend in ihre Lungen. Grelle Lichtblitze zuckten vor ihren Augen, dunkler werdend. Als er sie dieses Mal aus dem Wasser zerrte, brachte sie kaum die Kraft für den nächsten Atemzug auf. Ihr Oberkörper zog sich krampfartig zusammen, sie hustete und spuckte Wasser. Einzig Gils Griff hielt sie noch aufrecht. Für einen Moment fürchtete Catherine, er würde sie noch einmal untertauchen. Doch dann verschwand seine eisige Hand plötzlich. Sie fiel zu Boden und blieb keuchend liegen.

Eine Stimme bohrte sich in ihren Verstand. Es war weder Kerrs noch Gils. Die Stimme war ungleich vertrauter als die der beiden Jungen. Dennoch gelang es Catherine nicht, die Worte festzuhalten. Ein eisiger Hauch fuhr über sie hinweg und ließ sie schaudern. Zitternd lag sie da, unfähig sich zu bewegen. Sie hörte, wie die Burschen davonrannten, doch die Stimme blieb, redete unablässig auf sie ein, während ihr Geist endgültig in die Schatten zu entweichen drohte. Das Wispern zog sie in die Welt zurück.

»Komm zu dir.«

Catherine tat einen schmerzhaften Atemzug und kämpfte gegen den aufsteigenden Hustenreiz an. Flatternd hob sie die Lider. Ihre Augen griffen in dieselbe Schwärze wie in der vergangenen Nacht. Ungeduldig wartete sie darauf, dass die Farben in die Welt zurückkehrten. Jeden Moment würde sie die vertrauten Umrisse der Stallungen erkennen, die sich hart vom Grau der Nacht abhoben. Doch die zähflüssige Dunkelheit blieb, schien zu atmen, als wäre sie lebendig. Panik kroch Catherine über Arme und Rücken und hinterließ eine Gänsehaut – so heftig, dass es wehtat. Ihr Mund wurde trocken. Ihre Sinne tanzten auf einem dünnen Seil über dem Abgrund zwischen Bewusstsein und Ohnmacht, als die Stimme erneut ihren Geist durchflutete.

»Schon bald.«

Leise Worte, deren Intensität sich unter ihre Haut grub, bis sich die feinen Härchen in ihrem Nacken aufrichteten. Stück für Stück ballte sich die Finsternis vor ihr zusammen, verdichtete sich zu einer Gestalt. Einer *Kreatur*, deren Anblick Catherine zurückfahren ließ. Geduckt wie ein zum Sprung bereites Raubtier schob sich das Wesen heran – lautlos wie die Schatten, die es geboren hatten.

Ein Geräusch durchbrach die atemlose Stille. Schritte. Auf der anderen Seite des Stalls. Das Wesen hob den Kopf und sah sich kurz um. Einen Herzschlag später sprang es auf. Catherine war nicht länger im Stande, ihre Umwelt zu erfassen. Schmerz und Furcht zwangen ihre Wahrnehmung zurück und ließen ihre Besinnung erneut schwinden. Das Letzte, was sie vernahm, ehe die Finsternis sie einhüllte, war ein leise gehauchtes »Bald«.

3

Mit verschränkten Armen lehnte Daeron ap Fealan neben dem Fenster und betrachtete die bewusstlose junge Frau auf seinem Bett. Es war nur ein Gefühl gewesen, das ihn veranlasst hatte den fremden Burschen auf dem Gang anzusprechen. Ein Blick in seine – *ihre* – Augen hatte genügt: Augen vom intensiven Grau eines Gewitterhimmels, strahlend und lebendig, wie er sie in seinem Leben nur bei einem Menschen gesehen hatte. Danach hätte es keine noch so gelungene Maskerade länger vermocht, vor ihm zu verbergen, wer sie war.

Nach dieser Begegnung hatte er sofort die Räume des Hauptmanns aufgesucht. Er hatte herausfinden wollen, ob Farrell wusste, wen er da in seine Dienste genommen hatte. Doch der Hauptmann war nicht da gewesen. Deshalb hatte Daeron sich auf den Weg zu den Soldatenunterkünften gemacht, um ihn dort zu suchen. Im Hof hatte er Gil und einen seiner Kumpane davonrennen sehen, als wäre der Teufel persönlich hinter ihnen her. Das

Benehmen der beiden stimmte Daeron misstrauisch. Er beschloss nach dem Rechten zu sehen. Da hatte er Catherine gefunden. Besinnungslos. Ohne nachzudenken, hatte er sie in sein Schlafzimmer getragen. Lange Zeit saß er an ihrer Seite und sah sie an. Sie zitterte am ganzen Körper. Wieder und wieder wanderten seine Hände in Richtung ihres Plaids und immer wieder ließ er sie sinken, bevor seine Fingerspitzen den Wollstoff auch nur berührten. Niemals zuvor war er ihr so nahegekommen. Eine Weile saß er da, unschlüssig, was er tun sollte. *Sie wird sich den Tod holen, wenn ich sie nicht aus diesen nassen Kleidern befreie.*

Entschlossen streckte er erneut die Hände nach ihr aus und begann sie aus ihren schlammigen Gewändern zu schälen. Ohne dass er etwas dagegen tun konnte, kehrten seine Augen immer wieder zu ihr zurück. Seine Finger erledigten ihre Arbeit, bemüht, nicht mehr als den Stoff von Plaid und Hemd zu berühren. Nachdem er ihr eines seiner eigenen Hemden angezogen, ihr den Schlamm vom Körper gewaschen und sie in eine Decke gewickelt hatte, kümmerte er sich um die Platzwunde an ihrer Schläfe. Während dieser ganzen Zeit war sie nicht aufgewacht, hatte nur hin und wieder leise gestöhnt. Schließlich hatte sich Daeron zum Fenster zurückgezogen.

Warum bist du zurückgekommen? Und warum in dieser Verkleidung? Es waren nur zwei von Dutzenden Fragen, die ihm durch den Kopf gingen, seit er sie auf dem Gang zum ersten Mal gesehen hatte. Fragen, die ihn nun unwillkürlich zurück an ihre Seite trieben. Er setzte sich auf die Bettkante und betrachtete sie. Selbst im Schlaf wirkte sie angespannt. Sie wand sich unruhig und murmelte leise

Worte, die er trotz ihrer Eindringlichkeit nicht verstehen konnte. Behutsam berührte er ihre Wange, dann wanderten seine Finger weiter, um ihr eine feuchte Locke aus der Stirn zu streichen. Er bemerkte, dass seine Hand zitterte. All die Jahre, und noch immer hatte sie dieselbe Wirkung auf ihn. Er lächelte traurig. *Wenn sie aufwacht, wird sie mir die Augen auskratzen.* Das Schlimme war, dass er es ihr nicht einmal verübeln konnte. Er selbst hatte es so weit kommen lassen. *Dabei wollte ich nur –*

»Nein!«

Catherine fuhr mit einem gellenden Schrei hoch. Für einen Moment loderte nackte Panik in ihrem Blick. Daeron nahm sie bei den Schultern und hielt sie fest. Sie versuchte sich seinem Griff zu entwinden, doch er gab sie nicht frei.

»Es ist gut! Du bist in Sicherheit!« Etwas in ihrer Angst griff nach ihm, aber seine Stimme blieb ruhig. »Catherine.« Endlich erkannte sie ihn. Sie hörte auf sich zu wehren. Ihre Brust hob und senkte sich unter heftigen Atemzügen.

»Es ist gut«, sagte er noch einmal, dann zog er sie in seine Arme.

Sie befreite sich hastig und wich zurück. Nicht viel, gerade weit genug, dass er sie nicht mehr ohne weiteres berühren konnte. Die Bewegung ließ sie zusammenzucken. Ihre Hand glitt nach oben an ihre Schläfe.

Daeron zwang sich alle Gefühle beiseitezuschieben, die ihn so sehr in Aufruhr versetzten. Er hob zwei Finger vor ihr Gesicht. »Wie viele Finger siehst du?«

Sie blinzelte. »Was?«

»Wie viele Finger?«

Sie schwieg, schlug die Bettdecke zurück und stand auf. Sofort geriet sie ins Taumeln. Daeron war auf den Beinen, ehe sie vollends das Gleichgewicht verlieren konnte, und hielt sie fest. »Bevor du aufstehst, sollten wir erst herausfinden, ob du klar sehen kannst. – Leg dich wieder hin. Du bist noch zu wacklig auf den Beinen.«

»Ich werde ganz bestimmt nicht –« Ihre Augen wanderten nach unten und blieben an dem Hemd hängen, dem einzigen Kleidungsstück, das er ihr angezogen hatte. »Himmel!« Sie errötete bis unter die Haarspitzen.

Um sie nicht weiter in Verlegenheit zu bringen, hob er erneut die Hand, den anderen Arm fest um ihre Taille geschlungen, damit sie nicht fallen konnte. »Zurück zu den Fingern.«

»Zwei. Und jetzt lass mich los!«

»Hast du Kopfschmerzen?«, bohrte er weiter.

»Ja – von deinen Fragen!«

»Catherine, bitte. Ich will dir nur helfen. Ich –«

»Helfen? Ausgerechnet du?«

Worte wie ein Fausthieb. Dennoch konnte er ihr keinen Vorwurf machen. Sie kannte nur den Jungen, der stets alles darangesetzt hatte sie zu verletzen. Diesen Fehler wollte er nicht noch einmal begehen. »Ja, ausgerechnet ich.« Ehe sie etwas dagegen tun konnte, schob er sie mit sanfter Gewalt wieder unter die Decke. Sie weigerte sich jedoch sich hinzulegen. Stattdessen blieb sie mit angezogenen Knien sitzen und starrte ihn an. Eine Mischung aus Furcht und Misstrauen lag in ihren Zügen. Es kostete ihn Kraft, sie nicht mit Fragen zu bestürmen, als er sich erneut auf der Bettkante niederließ. *Eins nach dem anderen.*

»Was ist geschehen?«

»Sag du es mir. Wie komme ich ... Warte! Farrell! Er hat mich verraten!«

Farrell wusste es also. Daeron schüttelte den Kopf. »Ich hatte noch keine Gelegenheit, mit ihm zu sprechen. Bei Gott, Catherine, denkst du allen Ernstes, ich hätte dich nicht erkannt?«

»Warum hast du nichts gesagt?«

»Ich wollte erst wissen, was hinter dieser Maskerade steckt. Ich war auf der Suche nach Farrell. Stattdessen fand ich dich.«

»War jemand bei mir?« Zaghafte Worte, die nach einer Antwort tasteten.

»Ich habe nur Gil und Kerr gesehen. Haben sie dir das angetan? Ich werde sie –«

»Nein! Misch dich da nicht ein.« Schlagartig war sie wieder auf der Hut. »Hast du nur die beiden gesehen? Sonst niemanden?«

»War noch jemand beteiligt?« Der Gedanke, dass sie von ihm verlangte sich herauszuhalten, obwohl alles in ihm danach schrie, die Burschen zu bestrafen, war kaum zu ertragen. Noch weniger jedoch gefiel ihm der seltsame Ausdruck in ihren Augen. »Ich habe sonst niemanden gesehen. Willst du mir nicht sagen, warum du das fragst?«

Sie starrte vor sich hin, während sich ihre Finger in die Decke gruben, bis ihre Knöchel weiß hervortraten. Daeron unterdrückte das Verlangen, nach ihren Händen zu greifen.

Endlich brach sie ihr Schweigen, doch die Worte kamen nur stockend. »Ich dachte ... Da war eine Stimme. Jemand hat die Jungen vertrieben. Und bevor ich ...« Sie sah ihn an. Furcht schwamm in ihrem Blick. »Etwas sagt mir, dass ich dieses … Wesen kennen sollte, doch ich weiß nicht …«

Nun griff er doch nach ihren Händen und sah sie eindringlich an. »Dort war sonst niemand, Catherine. Nur du und diese Jungen.«

»Aber ich …« Sie schüttelte den Kopf und entzog ihm ihre Hände. »Es war dunkel. Ich habe mich wohl geirrt.«

»Wie ist …? Warum … Verflucht, ich habe so viele Fragen, dass ich nicht einmal weiß, wo ich anfangen soll.« Es fiel ihm schwer, sie nicht ständig anzustarren. Noch immer konnte er kaum fassen, dass sie tatsächlich hier war. »Warum bist du fortgegangen?«

Einmal mehr antwortete ihm ein langes Schweigen. Als sie schließlich zu sprechen begann, war ihre Stimme sehr leise. »Ein Gespräch. Es war nicht für meine Ohren bestimmt und, bei Gott, ich wünschte, ich hätte es nie gehört!« Ihre Augen waren auf einen Ort in der Vergangenheit gerichtet. »Vater hat …« Die Worte erstarben. Es dauerte einen Moment, ehe sie ihre Stimme wiederfand, und selbst dann klang sie unsicher. Zögernd berichtete sie, was sie damals gehört hatte. »Ich wusste nicht, was ich tun sollte. Ich konnte es nicht länger ertragen, in seiner Nähe zu sein. Es gab niemanden … Ich wusste nicht …« Ihre Hände zitterten.

»Warum bist du nicht zu mir gekommen?«

»Du hattest Dun Brònach längst verlassen. Abgesehen davon …« Ihr Mienenspiel drückte deutlich aus, wie absurd ihr seine Frage erschien.

Sie hat nicht den geringsten Grund, mir zu vertrauen. Der Gedanke war wie ein Stachel in seinem Fleisch. Einen

Herzschlag lang begegneten sich ihre Blicke. Er schüttelte den Kopf. »Ich hätte dir ein Freund sein sollen, stattdessen habe ich ... Verzeih mir.«

Catherine starrte ihn an. Sie wollte etwas sagen, doch ihre Stimme versagte ihr den Dienst.

»Ich wusste nicht, was du durchmachen musstest.« *Und selbst wenn ich es geahnt hätte, hätte ich nicht bleiben können.* »Erinnerst du dich daran, wie sich die Nachricht von Martáinns Tod verbreitet hat?«

»Nachdem ich erfahren habe, dass mein Vater Martáinns Eltern ... Ich habe lange Zeit geglaubt, seine Männer hätten Martáinn ebenfalls umgebracht. Warum sonst hätte er von seinem Jagdausflug nicht zurückkehren sollen?«

»Weil ich ihn gewarnt habe. Ich hatte herausgefunden, dass Roderick Männer ausgesandt hatte, die ihn töten sollten. Ich wusste, wohin sein Ausflug Martáinn führen würde. Also bin ich ihm gefolgt. Wir hielten es für das Beste, wenn er vorerst nicht nach Dun Brònach zurückkehrte und sich stattdessen verborgen hielt. Rodericks Männer suchten weiter nach ihm. Andere bewachten die Zugänge zum Glen Beag. Für den Fall, dass er zurückkommen sollte.«

»Aber sie haben seinen Leichnam gefunden!«

»Nicht seinen. *Einen.* Das hat Roderick eingefädelt. Vermutlich haben seine Männer einen Gefangenen aus dem Kerker geholt – jemanden, der nicht vermisst würde und der in Alter und Statur Martáinn ähnelte. Sie haben dem armen Mann ein paar von Martáinns Gewändern gegeben, ihn aus dem Glen Beag gebracht und getötet. Seinen Leichnam ließen sie liegen – für die Wölfe. Danach mussten sie nur noch dafür sorgen, dass die Männer des Earls ihn auch fanden. Und während jeder in Dun Brònach Martáinn für tot hielt, blieb Rodericks Männern genügend Zeit, nach ihm zu suchen.«

Daeron ballte die Hände zu Fäusten. Die Erinnerung an die unfassbaren Ereignisse, die sein Leben so nachhaltig verändert hatten, holte ihn ein. »Nachdem ich Martáinn gewarnt hatte, kehrte ich nach Dun Brònach zurück. Ich wusste, dass ich beobachtet wurde. Dennoch fanden wir einen Weg, unbemerkt Nachrichten auszutauschen. So wusste Martáinn immer, was vor sich ging.« Die unglaubliche Wut, die er angesichts Roderick Baynes Tat empfunden hatte, mischte sich mit einem Echo der Sorge, die in jenen Monaten sein ständiger Begleiter gewesen war. Wie oft hatte er befürchtet, jemand könne durch ihn erfahren, dass Martáinn lebte.

»Eines Tages erhielt ich keine Antwort mehr auf meine Nachrichten. Ich wartete und versuchte immer wieder Kontakt mit Martáinn aufzunehmen, ohne auch nur ein Lebenszeichen zu erhalten.« Daerons Unruhe war mit jedem Tag gewachsen. Schließlich hatte er Dun Brònach unter dem Vorwand, seine Familie zu besuchen, den Rücken gekehrt. »Als ich die Burg verließ, waren mir Baynes Männer dicht auf den Fersen. Erst nachdem ich mir sicher war, dass ich sie abgeschüttelt hatte, machte ich mich auf die Suche nach Martáinn. Es dauerte fast drei Jahre, bis ich ihn endlich fand.« Martáinn war in einem erbärmlichen Zustand gewesen. Geschwächt, halb wahnsinnig und abgemagert bis auf die Knochen. Es hatte Momente gegeben, in denen Daeron geglaubt hatte seinen Freund für immer verloren zu haben, doch Martáinn hatte wieder zu seiner alten Stärke zurückgefunden. Darüber jedoch, was ihm während dieser Zeit widerfahren war, hatte er nie ein Wort verloren.

Daeron erhob sich, ging zum Tisch und schenkte ein Glas Whisky ein. »Warum diese Maskerade?«, wollte er wissen, als er mit dem Whisky zurückkehrte und ihn ihr reichte. Eine Weile sagte Catherine nichts. Sie hob das Glas an die Lippen und trank, während sie ihn über den Rand hinweg betrachtete. *Als wollte sie abschätzen, wie viel sie mir erzählen kann.*

Nachdem sie getrunken hatte, nahm er ihr das Glas wieder ab und stellte es beiseite. Sie musste nichts mehr sagen. Eine der Antworten, nach denen er suchte, fand sich in ihren Augen. »Du warst auf dem Marktplatz und hast Martáinn gewarnt, nicht wahr?«

Ihr Nicken kam so langsam, dass Daeron es kaum sah. »Nachdem die Wachen den Attentäter hatten, wollte ich fort, doch sie brachten mich zu Hauptmann Farrell.« In wenigen Worten berichtete sie ihm, was sie in der Gasse beobachtet hatte und wie der Hauptmann schließlich auf den Gedanken gekommen war, sie als Diener auszugeben, damit sie nach dem Hintermann des Meuchelmörders suchen konnte. »Abgesehen davon, dass ich Gils und Kerrs Zorn auf mich gezogen habe und meine Verkleidung sichtlich nicht standhält, habe ich bisher nicht das Geringste erreicht«, schloss sie düster.

»Deine Verkleidung ist gut. Es ist nur so, dass ich ...« *Dich überall wiedererkennen würde.* »Ich kenne dich einfach zu gut, um mich von einem Plaid und gestutzten Locken täuschen zu lassen.«

»Hast du den Mann gesehen, den ich beschrieben habe?«

Er schüttelte den Kopf. »Es gibt eine Menge Menschen auf Dun Brònach und deine Beschreibung ist reichlich vage. Vielleicht kann Martáinn etwas damit anfangen.«

»Nein!« Daeron runzelte die Stirn. »Wenn du ihm davon erzählst, wird er wissen wollen, woher du es weißt. Das darf nicht ... Ich will nicht, dass er erfährt, dass ich hier bin.«

»Warum nicht? Er würde –«

»Bitte, Daeron.«

Er sah sie lange an, versuchte herauszufinden, ob es Sinn hatte, weitere Fragen zu stellen, doch ihre Miene wirkte so verschlossen, dass er entschied es vorerst dabei bewenden zu lassen. »Du willst nicht, dass ich Martáinn von dir erzähle. Ebenso wenig willst du, dass ich Gil und Kerr bestrafe. Ich werde mich deinen Wünschen fügen – unter einer Bedingung.«

Jetzt war es an ihr, die Stirn zu runzeln. »Welche?«

»Ab sofort bist du nicht mehr Hauptmann Farrells Bursche, sondern meiner.« Sie öffnete den Mund, um ihm zu widersprechen, doch er ließ sie gar nicht erst zu Wort kommen. »Ich habe im Augenblick keinen Diener.«

»Ein Mann in deiner Stellung ohne Diener? Erzähl keine Märchen!«

Daeron schüttelte den Kopf. »Mein Bursche ist vor einer Woche plötzlich verschwunden. Niemand hatte ihn gesehen oder wusste, wo er war. Ein Suchtrupp fand seinen zerschlagenen Körper in den Bergen. Du weißt selbst, wie tückisch die Pfade dort sein können. Ein Fehltritt hat ihn das Leben gekostet.« Durch den Sturz war der Junge so entstellt gewesen, dass man ihn lediglich anhand seiner Kleidung erkannt hatte. »Du wirst in meinen

Räumen wohnen – jetzt schau nicht so entsetzt! Ich habe hier viel Platz. Du musst dir also keine Sorgen machen, dass du nicht ungestört sein wirst. Abgesehen davon wird es niemand wagen, Hand an meinen Burschen zu legen.« *Und falls doch, würde ich ihm die Hand abschlagen.* »Sind wir uns einig?«

»Was, wenn ich nicht darauf eingehe?«

»Dann werde ich Martáinn erzählen, dass du hier bist. Wir werden dein Geheimnis lüften und dir jeden Mann auf Dun Brònach vorführen, damit du den Auftraggeber identifizieren kannst.« Es war eine Lüge – eine lächerliche noch dazu. Wenn sie sich nicht auf seinen Vorschlag einließ, konnte er sie nur ziehen lassen. Er würde weder riskieren den Hintermann des Attentäters durch ein derart offenes Vorgehen in die Flucht zu schlagen noch würde er Catherine in Gefahr bringen, indem er sie möglicherweise zwang dem Mann von Angesicht zu Angesicht gegenüberzustehen. Ebenso wenig würde er Martáinn von ihrer Anwesenheit berichten. Seine Behauptung war lediglich ein verzweifelter Versuch, sie dazu zu bewegen, bei ihm zu bleiben. *Ich kann dich beschützen, Catherine. Und bei Gott, das werde ich auch tun. Wenn du mich nur lässt.*

»Also?«

»Erpresser!«

»Schön, dass wir uns einigen konnten. – Ich werde gleich morgen früh mit dem Hauptmann sprechen. Schlaf jetzt.« Er wandte sich ab, um den Raum zu verlassen. An der Tür blieb er noch einmal stehen. Sein Blick ruhte auf ihr. Es gab so vieles, was er ihr zu sagen hatte, doch nichts davon wollte über seine Lippen kommen. »Ich bin nicht der, den du in Erinnerung hast«, sagte er schließlich. »Das war ich nie.«

*

Als Catherine am nächsten Morgen erwachte, war Daeron nicht da. Sie fand ihren Plaid und das Hemd in seinem Arbeitszimmer. Sauber und trocken hing beides über einem Stuhl in einer Nische. Rasch zog sie sich an, fasste ihr Haar zu einem Zopf zusammen und setzte die Kappe auf. Noch jetzt überzogen sich ihre Wangen mit Schamesröte, wenn sie daran dachte, dass Daeron sie entkleidet hatte. Sie hatte erwartet, dass er sie verspotten oder zumindest eine anzügliche Bemerkung fallenlassen würde. Stattdessen hatte er rasch das Thema gewechselt, als sei er ebenso befangen wie sie.

Vergangene Nacht hatte sie sich über Daerons Bedingung geärgert. Inzwischen war ihre Wut verraucht. Seine Argumente waren nicht falsch gewesen. Mehr jedoch als sein Versprechen, Martáinn nichts von ihrer Anwesenheit zu sagen, beruhigte sie das Gefühl der Sicherheit, das sie in Daerons Nähe verspürte. Es war verrückt. Der Waliser war der Letzte, dem sie sich anvertraut hätte, und doch ... Da war kein Vorwurf in seinen Augen gewesen. Keine Anklage für all die schrecklichen Dinge, die geschehen waren. Seine Freude, sie zu sehen, schien ebenso aufrichtig zu sein wie seine Besorgnis. Daeron ap Fealan war erwachsen geworden. Der Mann, in dessen Bett sie erwacht war, hatte nichts mehr mit dem Jungen gemein, den sie von früher kannte. Ebenso wenig entsprach er dem Krieger, den sie auf dem Marktplatz neben Martáinn gesehen hatte. Letzte Nacht hatte sie weder Arroganz noch Verachtung in seinen Zügen gesehen. Nicht einmal Abneigung. Der Mann, der ihre Wunden versorgt hatte, war ein warmherziger und fürsorglicher Mensch. Beides Eigenschaften, die sie bisher nicht einmal im Traum mit ihm in Verbindung gebracht hätte. *Ich bin nicht der, den du in Erinnerung hast. Das war ich nie.*

Daeron war nicht der Einzige, der ihre Gedanken in Aufruhr versetzte. Da war noch jemand. Etwas. Obwohl Daeron versichert hatte, dass niemand bei ihr gewesen war, wollte es ihr einfach nicht gelingen, die Stimme aus ihrem Geist zu verdrängen. *Schon bald.* Hatte sie die Worte wirklich gehört? War dieses Wesen aus fließender Dunkelheit bei ihr gewesen oder nicht? Je länger sie darüber nachdachte, desto mehr kam sie zu der Überzeugung, dass sie sich alles nur eingebildet hatte. Doch das Gefühl des Unbehagens blieb.

Sie war so in Gedanken versunken, dass sie erschrocken zusammenfuhr, als hinter ihr die Tür geöffnet wurde.

»Ich bin es nur.« Daeron trat in den Raum und betrachtete sie aufmerksam. »Du bist blass. Vielleicht solltest du dich lieber wieder hinlegen.«

»Es geht mir gut. Hast du mit dem Hauptmann gesprochen?«

»Ich habe ihn noch immer nicht angetroffen. Seit dem Anschlag ist Martáinns Leibwache in heller Aufregung. Vermutlich hat er erneut seine Männer zusammengerufen, um zu beraten, wie sie die Sicherheitsvorkehrungen weiter verstärken können. Ich habe ihm eine Nachricht hinterlassen.«

Catherine nickte und wollte an ihm vorbei aus dem Gemach.

Daeron hielt sie zurück. »Wo willst du hin?«

»Das tun, weshalb ich hier bin: den Auftraggeber suchen.«

»Nicht heute.« Seine Hand lag fest auf ihrem Arm. »Auch wenn du etwas anderes behauptest: Ich glaube nicht, dass du kräftig genug bist. Leg dich hin. Ruh dich aus. Ich werde heute die Augen offen halten, und morgen, wenn es dir besser geht, kannst du deine Suche fortsetzen.«

»Aber Martáinn ist –«

»Wir haben die letzten Jahre überstanden. Was macht da ein weiterer Tag?« Er schüttelte den Kopf. »Farrell und seine Männer tun alles, um ihn zu schützen – ebenso wie ich. Martáinn ist in Sicherheit. Das verspreche ich dir.« Sie ließ zu, dass er sie zu einem Sessel führte. Er wartete, bis sie sich gesetzt hatte, und zog sich dann einen Stuhl heran. »Wie hast du bisher nach diesem Mann gesucht?«

Die Frage verwirrte sie. »Ich bin umhergelaufen und habe mir die Menschen angesehen, an denen ich vorbeikam.«

»Auf diese Weise bekommst du nie alle zu Gesicht.« Er lehnte sich zurück und fuhr sich nachdenklich übers Kinn. »Wir suchen nach einem Mann, so viel steht fest. Der zudem vermutlich ein hohes Amt bekleidet. Ich werde dir alle, die in Frage kommen, vorführen. Einen nach dem anderen.«

»Willst du sie festnehmen lassen?«

Ihre Worte entlockten ihm ein Lächeln. »Das wohl kaum. Ich werde sie zu einem Gespräch laden, um mich mit ihnen zu beraten, wie sich die Sicherheit des Earls noch besser gewährleisten ließe. Dann kannst du sie dir in Ruhe ansehen.«

»Was, wenn der, den wir suchen, nicht dabei ist?«

»Darüber denken wir nach, wenn es so weit ist.«

Sie öffnete schon den Mund, um ihm zu sagen, wie dürftig sein Plan war, als ihr bewusst wurde, dass ihr eigenes Vorgehen sich nicht gerade dadurch auszeichnete, besser durchdacht zu sein. *Ich bin kaum einen Tag in der Burg und schon beginnen mir die Dinge über den Kopf zu wachsen.*

»Versuchen wir es«, seufzte sie, lehnte sich zurück und schloss die Augen. Sie versuchte sich zu entspannen, doch die Unruhe wollte nicht von ihr weichen. Düstere Schatten krochen aus ihrem Geist empor und erfüllten sie mit Furcht. Deutlich sah sie die nächtliche Kreatur vor sich. Zum ersten Mal erinnerte sie sich an die Worte, die sie während der Audienz gehört hatte. *Wir fanden ihn in einem verlassenen Haus. Vollkommen blutleer.* Catherine zwang sich die Bilder und Gedanken zu verdrängen. Als sie die Augen wieder öffnete, zogen sich die Schatten zurück. Doch sie wusste, sie lauerten weiterhin in ihrem Verstand.

Es gab noch etwas anderes, das sie seit ihrer Rückkehr belastete. Sie sah auf. »Ich will Vaters Grab sehen.«

»Das geht nicht. Nicht jetzt.«

Furcht streckte ihre langgliedrigen Finger nach ihr aus. »Er hat doch … er ist doch …«

»Ja, er ist tot und begraben. Alles, was ich damit sagen wollte, ist, dass sich die Leute fragen würden, warum ausgerechnet ich dorthin gehe. Und wenn du allein gehst, würden sie sich fragen, was mein Bursche dort zu suchen hat.« Er sah sie lange an, als forschten seine Blicke in ihrem Herzen. »Zum Teufel mit den Leuten. Gehen wir.«

*

»Alles in Ordnung?«

Nur leise drang Daerons Stimme an ihr Ohr. Erst jetzt bemerkte Catherine, dass sie stehen geblieben war, die Augen starr auf das Grab zu ihren Füßen gerichtet. *Roderick Bayne* verkündete die schmucklose Inschrift auf dem einfachen Holzkreuz. Unter dem mit Frost überzogenen Erdhügel lag ihr Vater. Bestattet an einem Ort, an dem nur die übelsten Verbrecher ruhten – im abgelegensten Teil des Friedhofs von Asgaidh, durch dichtes Gestrüpp von den hübsch angelegten und gepflegten Gräbern im vorderen Teil getrennt. Ein Ort, so ehrlos wie das Leben, das er geführt hatte. *Was ist nur aus dir geworden?*

Früher hatte er oft mit strahlenden Augen davon gesprochen, wie Bruce MacKay ihn nach Dun Brònach geholt hatte, damit er ihm als Berater zur Seite stünde. Sie waren nur weit entfernte Verwandte gewesen, doch ihre Freundschaft hatte sie wie Brüder aneinander gebunden. Mit dem Tod von Catherines Mutter war das Leuchten in den Augen ihres Vaters erloschen. Er hatte sich um Catherine gekümmert, hatte ihr alles gegeben, was sich ein junges Mädchen nur wünschen konnte, nur eines war er ihr nicht mehr gewesen: ein Vater. Er hatte sie aus seinem Leben ausgeschlossen, besonders wenn es um seine Aufgaben als Berater des Earls ging. Seit sie das Gespräch über den Tod des Earls und seiner Frau mit angehört hatte, wusste sie auch, warum. Bis zu jenem Tag war er für sie unantastbar gewesen. Niemals hätte sie seine Ehre in Frage gestellt. *Und jetzt liegst du in einem Grab, fernab der Herrschergruft, zwischen Mördern und Verbrechern.*

»Alles in Ordnung?«, fragte Daeron noch einmal.

Da sie nicht sicher war, ob sie ihrer Stimme trauen konnte, nickte sie nur, ohne den Kopf zu heben. Sie hatte gesehen, was sie sehen wollte – sehen *musste.* »Danke.« Ein sehr leises Wort, von dem sie nicht wusste, ob es ihn erreichte. Seit sie die Wahrheit kannte, hatte sie ihren Vater gehasst. Sie war entsetzt, dass sich jetzt, da sie an seinem Grab stand, auch eine Spur Trauer in ihre Verachtung mischte.

Einmal mehr war es Daerons Stimme, die sie in die Welt zurückholte. »Wenn alles vorüber ist und du diese Verkleidung«, er strich über den Stoff ihres Plaids, »nicht länger benötigst, wirst du dann bleiben?«

Catherine schüttelte den Kopf.

»Warum nicht?«

Wie kann er das fragen? »Wie soll ich …? Ich kann Martáinn und all den Menschen hier nicht mehr unter die Augen treten. Nicht nach allem, was geschehen ist.«

»Du hast nichts getan«, entgegnete er fest. »Es waren *seine* Taten, nicht die deinen! Dafür kannst du dir unmöglich die Schuld geben!«

»Aber ich habe ihn geliebt. Ich habe einen Vater geliebt, der zu derartigen Abscheulichkeiten fähig war. All die Jahre habe ich nicht bemerkt, wie er wirklich war. Vielleicht *wollte* ich es ja nie sehen. Was sagt das über mich?« Die Scham war plötzlich übermächtig, drohte sie innerlich zu zerfressen.

»Gar nichts.« Daeron kam noch ein wenig näher. »Sieh mich an.« Als sie nicht reagierte, legte er seine Hand unter ihr Kinn und hob ihren Kopf an. Sie wich seinem Blick aus. »Sieh mich an. Bitte, Catherine«, sagte er so eindringlich, dass sie nicht mehr anders konnte. Obwohl er nun seinen Willen hatte, ruhte seine Hand noch immer unter ihrem Kinn. »Du hast deinen Vater geliebt. Das ist nichts Verwerfliches.« Die Worte gruben sich tief in ihr Herz. Als er fortfuhr, hielt sie den Atem an: »Dein Vater mag ein Mörder und Ränkeschmied gewesen sein, aber eines weiß ich mit Sicherheit: Er hat dich ebenfalls geliebt. Vielleicht war das der Grund, warum er sich all die Jahre so sehr bemühte sein Tun vor dir zu verbergen. Womöglich hat er sich tief in seinem Herzen für sein Handeln geschämt und hatte Angst, es nicht zu ertragen, wenn du erkannt hättest, wozu er fähig war. Du hattest gar keine Möglichkeit, etwas anderes als deinen Vater in ihm zu sehen.«

Catherine brachte keinen Ton hervor. Ausgerechnet Daeron ap Fealan sprach sie von aller Schuld frei. Die Welt verschwamm vor ihren Augen und einen Herzschlag lang glaubte sie, sie würde ohnmächtig werden. Dann begriff sie, dass sie weinte.

4

Kurz nach Mittag kehrten sie zurück. Catherine fühlte sich müde und auf seltsame Weise verwirrt. Das Grab ihres Vaters zu sehen war schlimm gewesen, doch es war

Daerons Verhalten, das sie beschäftigte. Die Wärme, mit der er sie behandelte, erstaunte sie. *Als wäre ich etwas Kostbares.*

Zurück in seinem Schlafzimmer zwang Daeron sie sich hinzulegen. Catherine wollte widersprechen. »Versuch es gar nicht erst«, sagte er kopfschüttelnd und breitete die Decke über sie. Einen Moment stand er reglos da und betrachtete sie in nachdenklicher Sorge. Eine senkrechte Falte bildete sich zwischen seinen Augen. Dann glättete ein Lächeln seine Züge. »Ich bin froh, dass du hier bist.«

Catherine wusste nicht, was sie sagen sollte. Zu ihrer Erleichterung schien er keine Antwort zu erwarten. Er ging zum Fenster, zog die Vorhänge zu und verließ das Gemach.

Lange Zeit lag sie still, starrte in den Halbdämmer und versuchte, nicht ständig an Daeron zu denken. Als sie am Grab von Trauer überwältigt worden war, hatte er sie in den Arm genommen. Eine einfache Geste, tröstlicher als alle Worte. Sie hatte ihre Finger in das weiche Leder seiner Weste gegraben und sich ganz seiner Umarmung überlassen. Was war nur los mit ihm? Seit sie hier war, machte er geheimnisvolle Andeutungen und verhielt sich keineswegs so, wie sie es von ihm gewohnt war. *Beinahe könnte man denken ...* Sie runzelte die Stirn. Was konnte man denken? Dass Daeron in sie verliebt war? »Unsinn«, murmelte sie. Doch der Gedanke ließ sich nicht mehr so leicht abschütteln. Mit einem Mal erschienen ihr all die kleinen Gesten, die Blicke und sanften Worte, mit denen er sie bedachte, seit sie in seinem Bett erwacht war, in einem anderen Licht. Konnte es tatsächlich mehr als nur Sorge sein, die ihn so reagieren ließ?

Nebenan klappte eine Tür. Gedämpfte Stimmen drangen an ihr Ohr, zu leise, um die Worte verstehen zu können. Eine gehörte Daeron, die andere –

Martáinn! Catherine setzte sich abrupt auf. Jeden Moment würde er in den Raum stürmen und sie sehen! Sie zog die Decke bis ans Kinn. Ein lächerlicher Versuch, sich davor zu bewahren, entdeckt zu werden. Eine Weile lauschte sie, konnte jedoch nur das ängstliche Trommeln ihres eigenen Herzens vernehmen. Sie zwang sich zu atmen. Ganz langsam. Ein – aus – ein – aus. Allmählich wurde ihr Herzschlag ruhiger.

Die Stimmen wurden lauter. Erhitzter. Noch immer war sie nicht im Stande, einzelne Wörter auszumachen. Die Neugier hielt sie nicht länger im Bett. Mit vorsichtigen Schritten schob sie sich an die Tür heran.

»... bin es leid, Euer Gnaden!«, vernahm sie Daeron.

Warum ist er so förmlich?

Selbst durch die geschlossene Tür war unüberhörbar, wie Martáinn nach Luft schnappte. »Was?«

»Es ist sinnlos!« Unterdrückte Wut pulsierte in Daerons Worten. »Ihr seid nicht in der Lage, diese Entscheidungen –«

»Ihr sagt jetzt besser nichts mehr, ap Fealan. Wenn wir uns wiedersehen, solltet Ihr lieber eine Erklärung für Euer unangemessenes Verhalten haben!« Eine Bewegung erfüllte die Luft. Dann knallte eine Tür. Stille senkte sich herab.

Catherine öffnete die Tür zum Salon einen Spalt und spähte hinaus. Der Anblick eines dritten Mannes, der sich bisher still verhalten hatte, ließ sie erstarren. Craig Sutherland! Sie hatte gehofft diesen Mann niemals wiedersehen zu müssen.

Mit Verlaub, es war ein brillanter Zug, es aussehen zu lassen, als hätten Earl Bruce und sein Weib den Tod durch die eigene Hand gewählt. Sutherlands Worte von einst trieben auf einer schwarzen Welle der Erinnerung durch ihren Geist. Er stand neben dem Fenster und beobachtete Daeron aufmerksam.

»Wie kann er ...!« Daeron packte ein Glas und schleuderte es gegen die Wand, wo es zerbrach. »Ich bin es leid, alles hinzunehmen, was er tut!«

Sutherland trat näher und legte ihm seine fleischige Hand auf die Schulter. »Macht Euch keine Sorgen, mein Freund. Es gibt für alles eine Lösung.« Seine Stimme war weich und freundlich, doch seine Augen waren kalt wie Stahl. »Warum sucht Ihr mich nicht morgen früh auf«, schlug er vor. »Es würde mich freuen, wenn wir uns einmal ungestört unterhalten könnten. Ich denke, es ist an der Zeit, dass wir uns besser kennenlernen.«

»Ich hoffe, ich kann so lange warten.« Daerons Blick wanderte zur Tür, durch die Martáinn davongestürmt war, und kehrte gleich darauf wieder zu Sutherland zurück. Ein grimmiges Lächeln umspielte seine Mundwinkel. Er nickte.

»Dann also morgen früh.« Sutherland verneigte sich und ging.

Catherine stand wie angewurzelt da. »Sag, dass das nicht dein Ernst ist! Sag, dass du nicht vorhast Martáinn zu verraten!« *Sag, dass du mich mit deiner Freundlichkeit nicht nur getäuscht hast, um mich in Sicherheit zu wiegen!*

Daeron fuhr herum. Schlagartig wich das Lächeln aus seinen Zügen. Er tat einen Schritt auf sie zu und streckte eine Hand nach ihr aus, nur um sie sogleich wieder zurückzuziehen. »Nicht jetzt.« Er wandte sich zum Gehen.

»Ich hätte es wissen müssen!«, stieß sie bitter hervor. »Du hast dich nicht geändert.«

Ihre Worte ließen ihn noch einmal innehalten. »Das ist nicht wahr. Ich ... wenn ich zurück bin, erkläre ich dir alles.«

»Das kannst du dir sparen.« Sie wollte keinen Moment länger in seiner Nähe sein. Wollte nicht mit ansehen, wie er Martáinn in den Rücken fiel. Da kam ihr ein Gedanke. So erschreckend, dass sie einen Schritt zurückwich. *Was, wenn er etwas mit dem Anschlag zu tun hat.* Aber er hatte Martáinn vor dem Bolzen gerettet! *Weil er es sich nicht erlauben kann, dass Martáinn in der Öffentlichkeit etwas zustößt. Die Menschen würden Fragen stellen, würden wissen wollen, warum er nicht reagiert hat, obwohl er die Gefahr erkennen hätte müssen.*

Einen Moment glaubte sie, er wolle noch einmal auf sie zugehen, doch er rührte sich nicht von der Stelle. »Lass uns später darüber sprechen. In Ruhe.«

»Brauchst du Zeit, um dir eine plausible Lüge auszudenken? Darauf werde ich nicht hereinfallen, wie ich auch nicht länger auf deine Freundlichkeit hereinfalle!«

Sein Blick zuckte zwischen ihr und der Tür hin und her. Dann schüttelte er den Kopf. »Du wartest hier!«, sagte er entschieden.

Die Tür fiel mit einem Laut der Endgültigkeit hinter ihm zu. Als könnte jetzt nichts mehr so sein, wie es einmal gewesen war. Catherine starrte auf das raue Holz und versuchte ihren Herzschlag zu beruhigen. *Wie konnte ich nur so dumm sein ihm zu vertrauen!* Sie wusste nicht, was er vorhatte. Ganz sicher jedoch wusste sie, dass etwas nicht in Ordnung war. Ganz und gar nicht in Ordnung. *Ich hoffe, ich kann so lange warten*, hatte er zu Sutherland gesagt. Warten. Worauf? Womit? Was, wenn –? Der Gedanke wollte sich nicht fassen lassen.

Sie wanderte unruhig umher. Wenn Daeron wirklich vorhatte sich mit Sutherland zu verbünden, würde er nicht zurückkehren, um ihr alles zu erklären, sondern um sich einer Mitwisserin zu entledigen. Aber warum hatte er es nicht gleich getan?

Sie musste mit Farrell sprechen. Sofort! Hastig holte sie ihre Kappe und stürmte aus dem Gemach. Mit eiligen Schritten lief sie den Gang entlang. Sie mied belebte Flure und nahm einen Weg, den selbst die Dienerschaft nur selten benutzte. Überall an den Wänden hingen Gebinde aus Stechginster und erfüllten die Luft mit ihrem intensiven lieblichen Aroma.

Catherine folgte einem schmalen fensterlosen Gang. In unregelmäßigen Abständen waren Fackeln entzündet worden und verwandelten die Gebinde in lebende Kreaturen, die ihre dürren Finger nach ihr reckten. In einiger Entfernung wanderte eine Silhouette im Dämmerlicht. Daeron! Erschrocken hielt Catherine mitten im Schritt inne. Er bewegte sich von ihr fort, den Gang entlang. *Was hat er hier zu suchen?*

Sie drückte sich an die Wand und wartete, bis er um eine Ecke bog. Dann folgte sie ihm. Sein Vorsprung war bereits so groß, dass sie fürchtete ihn aus den Augen zu verlieren. Dennoch wagte sie nicht, weiter aufzuschließen, da er sich immer wieder umsah. Schließlich blieb er vor einer Tür stehen. Er blickte nach allen Seiten. Catherine presste sich an die Wand. Endlich wandte Daeron seine Aufmerksamkeit wieder der Tür zu. Er drückte die Klinke herunter und schlüpfte in den Raum. *Was kann er in einer Vorratskammer wollen?*

Wenn sie ihm jetzt folgte, würde sie ihm womöglich geradewegs in die Arme laufen. Sie blieb an einer Tür stehen, lange vor jener, durch die Daeron verschwunden war. Die Vorratskammern waren durch schmale Durchgänge miteinander verbunden. Wenn sie sich von innen heranpirschte, konnte sie ihm mit etwas Glück unentdeckt folgen. Hoffentlich hatte er nicht dieselbe Idee und war inzwischen in einem Raum, der dem ihren ganz nah war. Catherine streckte die Hand nach dem Türgriff aus. Ihr Herz schlug bis zum Hals. Ein letztes Mal flogen ihre Blicke über den Gang, um sicherzugehen, dass niemand sie beobachtete, dann drückte sie die Klinke herunter. Ein leises Knarren erklang. Feuchte, kühle Luft schlug ihr entgegen und ließ sie frösteln. Lautlos betrat sie den Raum und schloss die Tür hinter sich.

Dunkelheit umfing sie und trug das entfernte Klicken von Feuerstein und Zunder an ihr Ohr. Dann gebar die Schwärze ein leises, entferntes Glimmen. Daeron hatte eine Lampe entzündet. Er befand sich noch immer in dem Raum, durch den er eingetreten war. Weit genug entfernt. Eine Weile blieb Catherine stehen und lauschte. Der Lichtschein bewegte sich, doch er kam nicht näher. Endlich löste sie sich von der Tür. Die Hände vor sich in die Finsternis gestreckt, ertastete sie sich ihren Weg – der Lichtquelle entgegen.

Unendlich langsam setzte sie einen Fuß vor den anderen, mit der Stiefelspitze nach Gegenständen suchend, die ihre Hände womöglich nicht entdeckt hatten. Immer wieder stieß sie auf Widerstand; einen Sack, ein Regal oder eine Kiste. Vorsichtig suchte Catherine sich einen Weg um die Hindernisse herum und erreichte schließlich den ersten Durchgang. Sie musste sich ducken, um sich nicht den Kopf zu stoßen, dann war sie einen Raum weiter.

Je näher sie dem Licht kam, desto mehr konnte sie von ihrer Umgebung erkennen. Regale säumten die Wände, angefüllt mit Gefäßen in den unterschiedlichsten Formen und Größen. Befremdliche Umrisse, die bei Licht betrachtet alltäglich und normal gewesen wären. Catherine hielt sich so nah an der Wand wie möglich. Endlich am Durchbruch angekommen drückte sie sich daneben an die Mauer und lauschte. Kein Laut. Der Lichtschein bewegte sich nicht mehr. Unendlich vorsichtig schob sie sich weiter heran und spähte um die Ecke.

Die Laterne stand auf einer Kiste ganz in der Nähe. Daeron war nicht zu sehen. Catherine wollte den Kopf schon wieder zurückziehen, da bemerkte sie eine offene Luke im Boden. Mit klopfendem Herzen wagte sie sich Stück für Stück voran. Sie ging in die Hocke und blickte nachdenklich auf die Luke. Ähnlich wie die Vorratskammern waren auch die Keller ein wahres Labyrinth an Räumen. Verwinkelte Gassen führten zwischen aufgestapelten Ale- und Weinfässern hindurch wie die Straßen und Wege einer Stadt. Daeron konnte überall sein.

Sie könnte hier warten, bis er zurückkehrte, dann würde sie jedoch nicht sehen, was er dort unten zu suchen hatte. Oder sie könnte ihm folgen – und Gefahr laufen, entdeckt zu werden. Schließlich straffte sie die Schultern und schob sich noch näher an die Luke heran. Zögerlich floss der Lampenschein die schmale Holztreppe hinab und tauchte sie in schwaches Orange. Unten war weder etwas zu hören noch zu sehen. Catherine setzte einen Fuß auf die erste Stufe, dann den anderen. Wieder lauschte sie. Stille.

Der Schein der Laterne blieb immer weiter zurück, während sie den Stufen Schritt um Schritt nach unten folgte. Durchdringender Modergeruch schlug ihr entgegen. Sie unterdrückte einen Hustenreiz. Vom Lichtschein war inzwischen nur noch ein leises Echo geblieben, gerade genug, um sie die Hand vor Augen erkennen zu lassen. *Was macht er hier im Dunkeln?*

Das leise Knirschen von Stiefelabsätzen drang an ihr Ohr. Da erkannte Catherine, dass sie in eine Falle gelaufen war. *Ich Närrin!*

Sie fuhr herum und wollte die Treppen hinauf flüchten. Kräftige Hände packten sie bei den Schultern und stießen sie zurück. Sie prallte mit dem Rücken gegen ein Fass. Ehe sie schreien konnte, legte sich eine Hand über ihren Mund. Ein muskulöser Körper drängte sie gegen die Wand und raubte ihr jede Freiheit. Catherine kämpfte gegen ihn an, doch einen Moment später hatte er auch ihre Arme unter Kontrolle. Sie riss den Kopf herum. Die Hand glitt von ihrem Mund. Ein Schrei entfloh ihrer Kehle. Laut genug, um die Stille empfindlich zu durchbrechen, doch zu leise, um Gehör zu finden.

»Catherine!« Daeron klang überrascht. Sie versuchte sich loszureißen. »Himmel, halt still! Ich will dich nicht verletzen!«

»Lass mich los!«

»Erst wenn du aufhörst dich gegen mich zu wehren.«

»Soll ich mich etwa von dir umbringen lassen?«

»Was? Catherine, ich würde nie –« Daerons warmer Atem schlug ihr ins Gesicht, als er seufzend die Luft ausstieß. »Wie mir scheint, habe ich dir wirklich einiges zu erklären.« Seine Worte verwirrten sie so sehr, dass sie aufhörte sich in seinem Griff zu winden. Dennoch gab er sie nicht frei. »Ich habe bemerkt, dass mir jemand folgt. Wenn ich gewusst hätte, dass du es bist … Ich will weder dir etwas antun noch will ich –«

Ein herannahendes Licht ließ Daerons Worte in weite Ferne rücken. Gebadet in den Schein einer Laterne blieb Martáinn MacKay auf der untersten Stufe stehen und sah sich um. *Ihm wollte er auflauern!* »Martáinn! Das ist eine Falle!«, schrie sie. »Daeron will dich töten!«

Ihre Worte ließen Martáinn herumfahren. Seine Augen weiteten sich in fassungslosem Erstaunen. Ohne den Blick von ihr zu nehmen, stellte er die Laterne zur Seite und überbrückte die wenigen Schritte, die ihn noch von ihr trennten. Dabei ignorierte er Catherines Versuche, ihn zu warnen, ebenso, wie er Daeron ignorierte.

Martáinns Gegenwart erstickte jeden Gedanken an Gefahr. Catherine war kaum mehr in der Lage zu atmen. Lange Zeit starrte er sie nur an. Jeden Moment würde er ihr sagen, wie sehr er sie für all das, was geschehen war, verabscheute. All die Dinge, die sie sich in ihren schlimmsten Albträumen ausgemalt hatte, würden sich erfüllen, wenn er jetzt den Mund öffnete, um sie zu verstoßen.

Jeden Moment wird Daeron ihn angreifen! Doch Daeron ap Fealan rührte sich nicht.

Selbst im Halbdunkel strahlten Martáinns Augen in

durchdringendem Blau. Sie suchte nach Anzeichen von Zorn, Abscheu oder Ekel in seinen Zügen, doch es fiel ihr schwer, etwas anderes als *ihn* wahrzunehmen. Martáinn hatte sich nicht verändert. Er trug sogar noch das Lederband um den Hals, das sie von früher kannte. Das Amulett daran hatte Catherine noch nie gesehen. Er verbarg es stets unter seinem Hemd. Seine Mutter hatte es ihm wenige Monate vor ihrem Tod geschenkt. Es war das letzte Erinnerungsstück an sie, das er mit niemandem teilen wollte.

Noch immer starrte Martáinn sie an, bis Catherine glaubte unter seinem Blick zu schrumpfen. Sie wünschte, er würde endlich etwas sagen, doch statt das Wort zu ergreifen, streckte er die Hand nach ihr aus. Sie wich zurück.

Er blinzelte. »Was hast du?«

Es war Daeron, der die Worte fand, die ihr fehlten. »Sie denkt, du würdest sie für die Taten ihres Vaters verurteilen.«

»Wie könnte ich ... Das würde ich niemals tun.« Martáinn griff mit einer Hand in ihr Haar. Langsam streiften seine Finger hindurch. »Was hast du nur mit deinen herrlichen Locken angestellt.«

Seine Worte schnürten ihr die Kehle zu. Ehe sie Zeit fand, etwas zu erwidern, zog er sie in seine Arme und drückte sie an sich. Der Geruch von Sandelholz umgab ihn wie eine Aura und stieg ihr in die Nase. Seine Wärme hüllte sie ein und ließ die Flamme der Angst ersterben. Schließlich küsste er sie auf die Stirn und löste seine Umarmung. Seine Hände suchten nach den ihren und hielten sie fest. Wie oft hatte sie sich gewünscht Martáinn erneut nahe sein zu können, doch jetzt, da es endlich so weit war, suchten ihre Augen nach Daeron. Er stand neben der Treppe, die Arme vor der Brust verschränkt. Zu ihrer Überraschung war es seine Nähe, die ihr die Kraft gab, sich Martáinn zu stellen. Ohne ihn hätte sie womöglich kopflos die Flucht ergriffen. *Aber er hat Martáinn hier aufgelauert!*

Als hätte er ihre Gedanken gelesen, wandte sich Daeron an Martáinn. »Würdest du ihr bitte erklären, dass ich nicht vorhabe dich umzubringen. *Mir* glaubt sie es nicht.«

Martáinn zog eine Augenbraue in die Höhe. »Du denkst doch nicht wirklich, er würde …« Plötzlich grinste er. »Das ist wohl ein sicheres Zeichen, dass du die Rolle des Verräters überzeugend spielst.«

»Rolle? Spielen?« Catherine blickte verwirrt von einem zum anderen. *Daeron hat gar nicht …?*

Martáinns Daumen strichen für einen Atemzug zärtlich über ihre Handrücken, dann gab er sie frei. »Wir versuchen meine Feinde zu einer Reaktion zu bewegen. Bisher leider ohne Erfolg.«

»Nicht ganz.« Daeron verließ seinen Platz neben der Treppe und trat ins Licht. Seine Augen sprangen zwischen Catherine und Martáinn hin und her. Er wirkte angespannt. »Sutherland hat mich für morgen früh zu sich eingeladen, um sich mit mir zu *unterhalten*. Ich denke, wir haben es endlich geschafft. Unser offener Streit hat ihn sichtlich überzeugt.«

Catherine atmete auf.

Martáinn wandte sich Daeron zu. »Ich hatte schon befürchtet, dein unüberlegtes Eingreifen auf dem Marktplatz hätte unser kleines Schauspiel endgültig ruiniert.«

Ein Anflug von Verärgerung überschattete Daerons Züge. »Wenn der Bolzen dich getroffen hätte, gäbe es kein Schauspiel mehr. Also hör auf, mein Handeln unüberlegt zu nennen!«

Martáinn seufzte. »Du hast ja Recht. Ich dachte nur ...« Sein Blick kehrte kurz zu Catherine zurück. »Nach Rodericks Tod dachte ich, das Kämpfen wäre endlich vorüber.«

»Ist es das nicht?«, fragte Catherine erstaunt.

Martáinn schüttelte den Kopf. »So wie es aussieht, sind einige Gefolgsleute deines Vaters noch immer aktiv. Ich weiß nicht, was sie im Schilde führen. Bis jetzt war es lediglich eine Ahnung, dass sich etwas hinter meinem Rücken zusammenbraut.« Er seufzte. »Der Anschlag hat die Bedrohung zum ersten Mal greifbar werden lassen.«

»Zumindest wissen wir seither, dass wir keine Gespenster jagen«, fügte Daeron finster hinzu.

Beim Anblick seiner verdrossenen Miene fühlte Catherine sich plötzlich schuldig. Wie hatte sie annehmen können, er habe es auf Martáinns Leben abgesehen? Sein Verhalten ihr gegenüber mochte ungewöhnlich gewesen sein, doch Martáinn war sein Freund. Daeron hatte drei Jahre seines Lebens darauf verwandt, nach ihm zu suchen. Und obwohl jeder Martáinn tot wähnte, hatte er nicht aufgegeben, bis er ihn gefunden hatte.

»Wie lange geht das schon, mit diesem Schauspiel?«

»Sechs Monate«, gab Daeron zurück. »Eine lange Zeit, in der ich immer deutlicher gezeigt habe, dass ich von Tag zu Tag weniger mit Martáinns Entscheidungen einverstanden war. Wir haben uns immer öfter in der Öffentlichkeit gestritten, in der Hoffnung, sie endlich zum Handeln zu bewegen. Aber bisher schien man mich nicht für vertrauenswürdig genug zu erachten.«

»Wir waren uns einig unser Spiel langsam aufzubauen, um kein Misstrauen zu erwecken.« Martáinns Worte waren an Daeron gerichtet – als wolle er ihn erneut vom Zweck ihres Unterfangens überzeugen. »Wir wussten beide, es würde Zeit brauchen, die Menschen glauben zu machen, dass unsere Freundschaft zerbricht. Sichtlich scheinen unsere Bemühungen endlich Früchte zu tragen. Sutherland ist ein Anfang.« Eine Weile schwieg er. Seine Augen bohrten sich in Daerons. Dann fragte er: »Wie lange weißt du schon, dass Catherine hier ist?«

»Seit gestern Nacht.«

»Und wann wolltest du mir davon erzählen?«

»Um ehrlich zu sein, hatte ich das nicht vor.«

Martáinn furchte zornig die Stirn. »Ich wollte nicht, dass du es erfährst«, mischte sich Catherine ein. »Er musste mir versprechen dir nichts zu sagen.«

»Hattest du wirklich so große Furcht vor mir?« Catherine nickte. »Warum bist du dann zurückgekehrt?«, wollte er wissen.

»Das war nicht meine Idee.« In knappen Worten berichtete sie ihm von den Ereignissen auf dem Marktplatz und wie Hauptmann Farrell sie in die Burg geschmuggelt hatte. Während sie sich noch den Kopf darüber zerbrach, wie sie die Umstände ihrer Begegnung mit Daeron verschweigen konnte, kam Daeron ihr einmal mehr zuvor.

»Ich stieß mit ihr auf dem Flur zusammen. Sobald mir klar wurde, wen ich vor mir hatte, habe ich sie mit in meine Gemächer genommen. Ich dachte, es sei sicherer, sie in meiner Nähe zu haben.«

Martáinn rieb sich mit der Hand übers Kinn. Er begann langsam auf und ab zu gehen, schritt die Reihen der Fässer entlang, als wären sie eine Armee, die seine Befehle erwartete. Schließlich hielt er inne.

»In Ordnung«, sagte er und wandte sich ihnen wieder zu. »Daeron, du wirst morgen wie verabredet zu Sutherland gehen. Wir führen unser Schauspiel weiter wie bisher. Diesen Keller werden wir künftig nicht mehr für unsere Treffen benutzen. Wenn Catherine uns hier finden kann, können es auch andere.« Er dachte einen Moment nach. »Catherine wird vorerst weiter deinen Diener mimen. In dieser Verkleidung kann sie unauffällig Nachrichten zwischen uns übermitteln und wir müssen keine heimlichen Treffen mehr riskieren.«

Catherine wollte protestieren, dann wurde ihr jedoch klar, dass es jetzt, da Martáinn von ihrer Anwesenheit in der Burg wusste und Daeron kein Verräter zu sein schien, keinen Grund mehr zur Furcht gab.

»Wir werden auch Hauptmann Farrell einweihen«, fuhr Martáinn fort. »Er ist der Einzige, dem wir uneingeschränkt vertrauen können. Catherine, das wirst du übernehmen.«

Sie nickte.

»Ich denke, damit ist alles gesagt.« Daerons Blick wanderte zur Treppe. »Wir sollten diese Versammlung jetzt auflösen, bevor noch jemand auf uns aufmerksam wird.« Er sah zu Catherine. »Gehen wir.«

Sie wollte zu ihm, doch Martáinn trat ihr in den Weg. »Wir gehen einzeln. Du zuerst, Daeron. Catherine und ich werden eine Weile warten, bevor wir – einer nach dem anderen – folgen.«

Einen Moment lang glaubte Catherine, Daeron würde ihm widersprechen. Aber dann drehte er sich um und stieg die Treppe nach oben. Kaum war er gegangen, heftete sich Martáinns Blick erneut auf sie.

Catherine wich unwillkürlich einen Schritt zurück. Obwohl Martáinn ihr nichts nachzutragen schien, fühlte sie sich in seiner Gegenwart noch immer unsicher. Zu viel war geschehen, was sie nicht so leicht vergessen konnte. Und wenn es ihr nicht gelang, wie sollte er dann dazu in der Lage sein?

»Sobald wir den Hintermann haben, ist diese Maskerade nicht länger nötig und du kannst wieder in dein früheres Zimmer ziehen«, sagte er plötzlich in die Stille hinein.

Catherine schüttelte den Kopf. »Ich kann nicht bleiben.« Die Worte fanden nur schwer über ihre Lippen. »Nicht nach allem, was geschehen ist. Bitte versteh das.«

»Catherine, ich habe dir etwas Schreckliches angetan, dafür möchte ich dich um Vergebung bitten.« Er kam näher. »Ich weiß, wie sehr du deinen Vater geliebt hast, und glaube mir, ich hätte ihn dir nicht genommen, wenn es nicht ... Ich wollte dir nie wehtun. Doch das ... es war unvermeidlich.«

»Du bittest *mich* um Vergebung?« Tränen füllten ihre Augen und ließen seine Züge verschwimmen. Wie konnte er so großmütig sein für den Tod des Mannes um Vergebung zu bitten, der seine Eltern ermordet und versucht hatte ihn um sein rechtmäßiges Erbe zu bringen?

Martáinn blieb so dicht vor ihr stehen, dass sie erneut den Duft von Sandelholz wahrnahm, der ihn umgab. »Wenn das erst vorüber ist, wird alles wie früher werden.« Er hob eine Hand und wischte ihr die Tränen von den

Wangen. »Nein«, sagte er sanft, »es wird noch besser werden.«

Zum zweiten Mal an diesem Abend zog Martáinn MacKay sie in seine Arme, doch jetzt hielt er sie nicht einfach nur fest. Seine Lippen fanden die ihren und nahmen sie mit einem innigen Kuss in Besitz. Seine Zunge glitt über ihre Oberlippe. Catherine wusste, sie hätte Herzklopfen und weiche Knie haben sollen, schon immer hatte sie von einem Augenblick wie diesem geträumt. Doch nichts geschah, sie war viel zu aufgewühlt, um seine lang ersehnte Nähe genießen zu können.

»Womöglich kann dich das ja zum Bleiben überreden«, sagte er rau. Sein Atem ging schwer, seine Hand strich über ihren Rücken. »Ich glaube, es ist besser, wenn du jetzt gehst.«

*

Als Catherine Daerons Salon betrat, erwartete er sie bereits. Er lehnte mit dem Rücken an der Fensterbank. Neben ihm stand ein Glas Whisky. »Himmel! Das hat ja ewig gedauert! Ich habe mir schon Sorgen gemacht.«

Nachdem sie den Keller verlassen hatte, war sie noch eine Weile durch die Flure gewandert, um sich zu beruhigen. »Ich wollte sichergehen, dass mich niemand sieht.« Noch immer glaubte sie Martáinns Berührungen zu spüren. Seine Lippen, seine Hände. Sie wich Daerons Blick aus, da sie fürchtete, er würde ihr sofort ansehen, was geschehen war.

Vor kurzem habe ich ihn noch des Verrats bezichtigt. Was interessiert es mich, was er darüber denkt, dass Martáinn mich geküsst hat? Tatsache war, es interessierte sie, und das, obwohl Daerons plötzliche Freundlichkeit vermutlich ebenso ein Teil des Schauspiels gewesen war wie alles andere. Es war zum Aus-der-Haut-Fahren. Sie hatte sich nur davon überzeugen wollen, dass Martáinn wirklich am Leben war. Und plötzlich fand sie sich dank Hauptmann Farrell in Dun Brònach wieder, wo jeder Schritt, den sie machte, sie nur noch tiefer in die Geschehnisse zog.

»Traust du dir das alles zu?« Daeron hatte die Arme vor der Brust verschränkt und betrachtete sie nachdenklich. »Martáinn ist so darauf versessen, seine Feinde zur Strecke zu bringen, dass er sich womöglich keine Gedanken darüber macht, was das für dich bedeutet.«

Wollte er mich mit diesem Kuss nur halten, damit ich ihm helfe? »Ich komme zurecht.«

»Wegen vorhin ...«

Sie schüttelte den Kopf. »Ich weiß jetzt, dass du Martáinn nicht verraten hast. Du kannst dir die Mühe also sparen.«

»Das ist keine Mühe. Abgesehen davon geht es um mehr als das. Ich weiß nicht, wie ...« Für einen Moment schloss er die Augen und atmete tief durch. »Ich sollte dir etwas erklären, ehe es zu weiteren Missverständnissen kommt.«

Erklären? Was willst du mir schon erklären? »Dafür ist jetzt keine Zeit. Ich muss zu Farrell und ihm berichten, was wir besprochen haben.« Catherine machte kehrt. Hinter ihr bewegte sich Daeron. Einen Atemzug später griff er nach ihrem Arm.

»Versuch nicht, mir auszuweichen«, sagte er und drehte sie zu sich herum. »Ich kann so nicht weitermachen!«

»Ich habe im Augenblick wirklich andere Sorgen als dein Wohlbefinden.« Sie wollte sich aus seinem Griff befreien, doch er ließ es nicht zu.

»*Mein* Wohlbefinden? Es geht nicht um mein … Es geht hier nicht um mich! Es geht um uns!«

Catherine blinzelte verwirrt. »Uns? Es gibt kein *uns*!«

»Nein, das gibt es nicht. Ich habe immer versucht … Vorhin hast du geglaubt, ich würde Martáinn verraten. Das wäre vermutlich nicht geschehen, wenn du ein anderes Bild von mir hättest.«

»Ach, und wie soll ich ein anderes Bild von dir haben? Denkst du, dass sich meine Meinung über dich ändert, nur weil du mich auf dem Hof gefunden und dich für einige Stunden um mich gekümmert hast?« Sie streifte seine Hand ab. »Denkst du, du könntest damit darüber hinwegtäuschen, wie du dich all die Jahre davor verhalten hast? Warum sollte ich das nach ein paar Freundlichkeiten vergessen? Du hast schon früher keine Gelegenheit ausgelassen, mir übel mitzuspielen – nie!«

»Das sagst ausgerechnet du!«, entfuhr es ihm. »Wer hat denn mein Übungsschwert so präpariert, dass es mitten im Trainingsgefecht zerbrach! Hast du überhaupt eine Ahnung, welche Prügel ich bezogen habe?«

Alle Dankbarkeit, die sie angesichts seiner Fürsorge empfunden hatte, war verflogen. Mit einem Mal war sie wieder das dreizehnjährige Mädchen, das sich gegen die Gemeinheiten eines älteren Jungen zur Wehr setzen musste. Sie hatte gesehen, wie er gegen den Waffenmeister angetreten war und dieser ihn – nachdem seine Waffe zerbrochen war – nach allen Regeln der Kunst mit dem Schwert verdroschen hatte. Und sie hatte den Anblick genossen! »Das hattest du verdient, du arroganter Ochse! Ja, ich habe es getan, allerdings erst nachdem du mir eine Distel unter die Satteldecke gesteckt hast, woraufhin mein Pferd durchgegangen ist. Ich hätte mir den Hals brechen können!«

»Ich wollte dich retten! Ich wollte ein einziges Mal der Held für dich sein! Du hast mich doch nie bemerkt!«

»Wie hätte ich dich übersehen können? Du hast meine Zöpfe in Brand gesteckt!«

»*Das* war ein Unfall. Herrgott, ich war fünfzehn und hatte keine Ahnung, wie ich die Aufmerksamkeit eines Mädchens gewinnen sollte, das nur Augen für den Sohn des Earls hatte!«

Sie wollte ihn anbrüllen, wollte ihm weitere Beschimpfungen an den Kopf werfen, doch ihr Zorn verrauchte angesichts seiner Worte. Was blieb, war Erstaunen. »Ich dachte ...«

»Himmel, natürlich! Du dachtest, ich würde dich verabscheuen! Catherine, ich ...«

Er wirkte gequält und schien die richtigen Worte nicht zu finden. Catherine wollte sich abwenden, doch sein Blick hielt sie gefangen.

Ich bin nicht der, den du in Erinnerung hast. Das war ich nie. Endlich begriff sie, was er ihr hatte sagen wollen. Statt nach dem Sinn seiner Worte zu forschen, hatte sie ihn verdächtigt Martáinn zu hintergehen. Dabei war er vermutlich der verlässlichste Freund, den Martáinn sich nur wünschen konnte. *Ich habe ihm Unrecht getan – und nicht nur heute.*

Es wollte ihr noch immer nicht gelingen, ihre Augen von seinen zu lösen. Die Wärme, die sie darin fand, hüllte sie ein wie ein schützender Mantel. Daeron bewegte die Lippen, rang noch immer nach Worten. Sie wollte ihm sagen, dass er ihr nichts erklären musste. Nicht mehr. Sie wusste alles, was sie wissen musste. Doch auch ihr wollte kein Ton über die Lippen kommen. Der Anblick, wie sich seine Mundwinkel kräuselten, als er sie fast scheu anlächelte, raubte ihr den Atem. Er kam näher. Schweigend hob er die Hand und strich sanft über ihre Wange. Eine Berührung, die die Schmetterlinge in ihrem Herzen zum Tanzen brachte. Seine Finger gruben sich in ihr Haar und zogen sie näher. Sein Atem roch nach Whisky und seine Haut verströmte einen sinnlichen Duft, der sie berauschte. Ihr Herz schlug so heftig, dass sie glaubte, es müsse jeden Moment zerspringen. *All die Jahre ...*

Ihre Knie wurden weich. Plötzlich fühlte sie sich von seiner Nähe überfordert. Sie war noch nicht bereit sich dem neuen – dem wahren – Daeron zu stellen. Sie tat einen hastigen Schritt zur Seite und riss ihren Blick von ihm los. Damit war der Bann gebrochen.

»Ich werde den Hauptmann informieren.« Ihre Stimme klang erschreckend dünn in ihren eigenen Ohren. Mit zitternden Fingern griff Catherine nach einem Kerzenleuchter und verließ fluchtartig das Gemach.

5

Hellgraue Schwaden wallten durch das offene Fenster und verdichteten sich zu einer Gestalt. Ein Schatten, der augenblicklich mit der Dunkelheit in den Winkeln des

Schlafzimmers verschmolz, die Augen auf den Mann gerichtet, der sich im Bett unruhig unter den Laken wälzte, als könnte er die herannahende Bedrohung spüren. Die Gestalt lächelte. Ein Lächeln ebenso grimmig wie die Entschlossenheit, die ihn vorandrängte. Er hatte einen Weg gefunden, die Fesseln seines Daseins zu sprengen. Der Preis dafür war vergleichsweise gering gewesen. Er war noch immer derselbe – einzig seine Macht war gewachsen.

Leicht wie ein Lufthauch bewegte er sich durch das Zimmer auf den Schlafenden zu. Wie jede Nacht streckte er die Hand aus und beugte sich über ihn – die klauenartigen Finger bereit, dem Schlafenden den Kehlkopf herauszureißen. Und wie jede Nacht fuhr er zurück, als hätte ein Blitz in seinen Leib geschlagen. Eine unsichtbare Mauer hielt ihn von seinem Opfer fern. Blaues Glimmen, für das Auge eines Sterblichen nicht wahrnehmbar, umgab die Hand des Schlafenden dort, wo der Ring an seinem Finger steckte. Der Ring, den *er* ihm einst selbst gegeben hatte, um ihn zu schützen. Welche Ironie! Er versuchte es noch einmal, doch es wollte ihm nicht gelingen, den Schutzwall zu durchbrechen.

Nacht für Nacht kam er hierher in der Hoffnung, der Schlafende hätte den Ring abgelegt – und jedes Mal wurden seine Hoffnungen enttäuscht. Dieses harmlos aussehende Schmuckstück zwang ihn trotz seiner Macht, einmal mehr auf menschliche Ränkespiele zurückzugreifen.

»Du wirst sterben, Martáinn MacKay«, flüsterte er in das Ohr des Schlafenden. »Es ist nur noch eine Frage der Zeit.«

Mit einem leisen Zischen entglitt er durch das Fenster in die Nacht.

6

Nur spärlich erleuchtete der Kerzenschein Catherines Weg. Längst waren die Letzten zu Bett gegangen und Dun Brònach hatte sich in einen Ort der Stille verwandelt. Die Gänge waren wie ausgestorben, die meisten nicht einmal beleuchtet. Zum Glück war sie geistesgegenwärtig genug gewesen die Kerze mitzunehmen, als sie davongelaufen war. Fast schon ärgerte sie sich darüber. Warum hatte sie nicht zugelassen, dass Daeron sie küsste? Wovor hatte sie Angst? Doch es war keine Angst, die sie in die Flucht geschlagen hatte. Vielmehr war sie von der Wucht ihrer eigenen Gefühle überwältigt gewesen.

Sie hatte Daeron früher einmal gemocht – lange bevor sie einander wegen zahlloser Missverständnisse und falscher Annahmen all die Verletzungen angetan hatten. Nie hätte sie jedoch gedacht, dass er derartige Empfindungen in ihr auslösen könnte. *Ich hätte nicht davonlaufen sollen.* Sie spielte mit dem Gedanken zurückzugehen. Was sollte sie ihm sagen? Was würde er sagen? Statt kehrtzumachen, setzte sie sich auf eine Treppe und stellte die Kerze neben sich. Wie sollte sie ihm gegenübertreten, wenn sie nicht einmal wusste, was mit ihr los war? War sie etwa dabei, sich in Daeron zu verlieben? War es bereits geschehen?

Nachdenklich starrte sie in die Dunkelheit, die das untere Ende der Treppen verschlang, schwarz wie Tinte und beinahe greifbar. Das Bild jener Kreatur stieg in ihr auf und verdrängte alle Gedanken an Daeron. *Bald.*

Fröstelnd erhob sich Catherine, griff nach der Kerze und setzte hastig ihren Weg fort. Finster und verlassen lag der Gang, der zur Unterkunft des Hauptmanns führte, vor ihr. Catherines Schritte hallten von den Wänden wider, vermittelten ihr ein Gefühl von Bewegung, selbst dann noch, als sie vor Farrells Empfangszimmer stehen blieb.

Die Kerzenflamme warf ihren schwachen Schein auf die Tür. Es war schon spät. Sollte sie ihn wirklich mitten in der Nacht stören? War sie nicht nur hier, um der Verwirrung zu entfliehen, in die Daeron sie gestürzt hatte? Nein! Es war wichtig, dass der Hauptmann erfuhr, was während der vergangenen Stunden geschehen war. Catherine hatte sich einen ganzen Tag nicht bei ihm blickenlassen. Sicher war er längst außer sich vor Sorge. *Vielleicht schläft er.* Wollte sie ihn wirklich wecken? *Ich könnte gleich morgen früh zu ihm gehen und ihm alles erklären.*

Unentschlossen stand sie da und starrte auf die wellenförmigen Maserungen der Tür, die wie Schlangen im Kerzenschein zuckten. Schließlich griff sie nach der Klinke. Die Tür knarrte leise. Im Empfangszimmer grüßten sie nur die schemenhaften Konturen der kargen Einrichtung. Catherine warf einen unsicheren Blick in den Gang zurück. Ob aus Angst vor Verfolgern oder getrieben von dem unterschwelligen Wunsch umzukehren, wusste sie nicht. Ehe sie es sich anders überlegen konnte, richtete sie ihre Aufmerksamkeit wieder auf das Zimmer vor sich, trat mit einem raschen Schritt über die Schwelle und zog die Tür hinter sich zu. Ihre Augen wanderten nach links, in Richtung des Arbeitszimmers, suchten vergeblich nach einem Streifen Licht unter dem Türspalt. Obwohl sie sicher war, dass sie den Hauptmann dort nicht antreffen würde, wollte sie sich zuerst davon *überzeugen*, bevor sie sich seinem Schlafzimmer zuwandte. Sie durchquerte den Raum und öffnete die Verbindungstür. Das Arbeitszimmer war leer.

Langsam wandte sie sich dem Durchgang zum Schlafzimmer zu. Der Gedanke, Farrell womöglich in seinem Bett anzutreffen, erfüllte sie mit Unbehagen. Catherine redete sich ein, dass es nicht der richtige Augenblick war, sich um Schicklichkeit zu sorgen.

Die Sohlen ihrer Schuhe knirschten bei jedem Schritt leise. Vor dem Schlafzimmer hielt sie inne und streckte entschlossen die Hand aus. Mit einem leisen Stöhnen schwang die Tür auf. Zuckend kämpfte der spärliche Schein ihrer Kerze gegen die Finsternis dahinter an, entriss ihr schwarze Wunden, die im Grau des Zimmers mehr und mehr anwuchsen, bis sie sich endlich als Möbelstücke zu erkennen gaben. Die Kerze flackerte mit einem Mal so heftig, dass sie sie mit der Hand abschirmen musste. Die Flamme fauchte leise. Catherine drehte den Kopf zum offenen Fenster. Schwere Vorhänge blähten sich im Wind, schienen nach ihr greifen zu wollen. Feuchtigkeit erfüllte den Raum, modrig und abgestanden, als hätte sich die Luft nie vom letzten Regen erholt. Catherine sah zum Bett. Von ihrem Platz aus konnte sie nicht erkennen, ob das Bettzeug lediglich zerwühlt war oder ob jemand darunterlag. Einer der massigen Bettpfosten am Fußende verwehrte ihr zusätzlich die Sicht.

Farrell hätte mich längst gehört, wenn er hier wäre. Dennoch schob sie sich näher an das Bett heran. »Hauptmann?«, flüsterte sie und erschrak, wie laut ihre Stimme durch die Stille schnitt. Nur das Raunen des Windes antwortete ihr. Erneut erhob sich ein Luftzug. Hinter ihr fiel die Tür mit einem ohrenbetäubenden Knall zu. Catherine fuhr herum. Ihr Herz hämmerte wild in ihrer Brust. *Wenn Farrell hier wäre, hätte ihn spätestens der Knall der Tür geweckt.*

Sie blickte wieder zu den Umrissen auf dem Bett. Was, wenn er doch hier war? Was, wenn ihn etwas davon abhielt zu reagieren? *Was, wenn er tot ist?* Kälte löste sich vom Boden und glitt ihre Beine empor. Ihre Finger krampften sich um den Kerzenleuchter. *Warum sollte er tot sein? Ich werde allmählich hysterisch.* Dennoch wollte sie der Gedanke nicht mehr loslassen. Getrieben von dem Drang, sich Gewissheit zu verschaffen, ging Catherine bis zum Rand des Bettes. Mit jedem Schritt schälte es sich ein Stück mehr aus der Dunkelheit, bis ihre Augen endlich Decken und Kissen erfassten. Die Decken waren zerwühlt, doch das Bett war verlassen. Instinktiv hob sie den Kopf und schaute zum Fenster. Die Nacht starrte ihr entgegen.

Dieses Mal nicht! Sie stellte die Kerze auf der Kommode ab, ging zum Fenster und schloss es hastig. Die dahinterliegende Schwärze prallte gegen die Scheibe und kratzte daran, flehte um Einlass. Der Gedanke, sich jetzt abzuwenden und der schaurigen Finsternis den Rücken zuzukehren, erschien ihr unerträglich. Hastig griff sie nach den Vorhängen und zog sie mit einem entschiedenen Ruck zu. Der Anblick des schweren Stoffs wirkte beruhigend. In einer stummen Bitte um Schutz strichen ihre Finger über die samtig weiche Oberfläche. Ein Rascheln erfüllte die Stille und ließ Catherine herumfahren. Da war es wieder. Es kam von nebenan.

Farrell! Erfüllt von plötzlicher Erleichterung stürzte sie der Tür entgegen – und hielt abrupt inne. Sie hätte die schweren Schritte seiner Stiefel hören sollen oder das gedämpfte Klirren seines Waffengürtels. Warum ein Rascheln? Warum sollte sich der Hauptmann in sein eigenes Schlafzimmer schleichen? Die Klinke bewegte sich. Langsam schob sich die Tür nach innen. Catherine machte einen Satz nach vorn. Ihre Schultern stießen gegen das Holz. Der Spalt schloss sich unter der Wucht. Kein Laut war von der anderen Seite zu vernehmen. *Der Hauptmann würde sich bemerkbar machen.*

Ein Aufprall ließ das Holz erzittern. Catherine schrie auf und stemmte sich mit ihrem ganzen Gewicht gegen die Tür. Der Druck wurde stärker. Wieder und wieder sprang etwas von der anderen Seite dagegen, versuchte sie fortzuschieben und durchzubrechen. Catherine verlor immer mehr an Boden, während sich der Türspalt vergrößerte. Sie betete zu Gott, dass sich endlich die Stimme des Hauptmanns erheben möge. Doch das geschah nicht. Die dumpfen Schläge erfolgten mit unverminderter Härte. Catherine kämpfte um jeden Zoll, presste sich mit dem Rücken gegen das Holz und sammelte all ihre Kraft. Schmerzlich langsam wurde der Spalt schmäler. Dann donnerte die Tür in den Rahmen. Catherines Blick fiel auf den Schlüssel, der im Schloss steckte. Hektisch tastete sie danach. Ihre schweißnassen Finger rutschten ab. Sie packte erneut zu. Dieses Mal bekam sie ihn zu fassen und drehte ihn. Er klemmte. Sie verstärkte den Druck. Der Schließmechanismus ächzte. Dann drehte sich der Schlüssel mit vernehmbarem Quietschen. Das Schloss rastete ein. Catherine fuhr einen Schritt von der Tür zurück. Ihre Augen waren auf das matt schimmernde Eichenholz gerichtet. Der nächste Ansturm war so kraftvoll, dass sie glaubte, die Tür würde zerbersten. Dann war es urplötzlich vorüber.

Schwer atmend stand Catherine da und starrte auf die Tür. War da ein Geräusch? Ein leises Schlagen, als trommle jemand ungeduldig mit den Fingerspitzen gegen das Holz? Sie lauschte angestrengt. »Wer ist da?«

Atemlose Stille antwortete ihr. Catherine sah mehrmals unruhig von der Tür zur Kommode, auf der sie die Kerze abgestellt hatte. Endlich griff sie nach dem Leuchter. Dabei zitterten ihre Finger so sehr, dass sie Wachs verschüttete. Glühend heiß rann es über ihren Handrücken. Sie sog zischend die Luft ein. Hastig stellte sie den Kerzenleuchter auf den Boden, trat ans hintere Ende der Kommode und stemmte sich dagegen. Das Holz war so massiv, dass sie all ihre Kraft aufwenden musste. Unter wütendem Kreischen schrammte das Möbelstück über den Steinboden, knirschte Stück für Stück voran, bis es endlich vor der Tür stand. Catherine wischte sich mit dem Handrücken den Schweiß von der Stirn und lehnte sich für einen Moment gegen das Möbelstück, bevor sie sich nach der Kerze bückte. Noch immer war kein Laut zu vernehmen.

Bald. Das Wort packte sie und ließ sie erstarren. Konnte es sein, dass jene Kreatur ...? Mit einem Mal fror sie. Die Kälte schien geradewegs aus ihrem Herzen aufzusteigen und nach ihr zu greifen. Sie biss die Zähne zusammen und sah sich um. Schatten türmten sich in den Ecken des Zimmers, zuckten unter den Bewegungen des Kerzenscheins vor und zurück und kämpften mit dem Licht um die Vorherrschaft. Es gab keine weitere Tür. Entmutigt stieß sie die Luft aus. Würde Daeron nach ihr suchen, wenn sie nicht bald zurückkehrte? Würde der Hauptmann endlich kommen? Konnte überhaupt einer der beiden gegen das, was auf der anderen Seite der Tür lauerte, bestehen?

Auf der Suche nach einem Ausweg irrten Catherines Augen über die Wände, wobei sie es sorgfältig vermied, in Richtung des Fensters zu schauen. *Was, wenn diese Kreatur es dort versucht? Lieber Gott, lass das nicht zu. Bitte, lass das nicht zu!* Ihre Hände zitterten, ihre Knie waren weich und in ihrem Kopf dröhnte ein einziger Hilfeschrei: *Daeron!*

Catherine wusste nicht, wie lange sie so dastand. Die Zeit war so wenig greifbar wie das Raunen des Windes. Dann kehrten die Geräusche zurück. Dieses Mal kein Hämmern, sondern ein Kratzen und Schaben. Nicht an der Tür. Auch nicht am Fenster. Catherines Blick flog zum Kamin. Wie ein aufgerissener Schlund klaffte die Kaminöffnung in der Dunkelheit. Leises Scharren erklang. Ein Reiben über Stein. Im Rauchfang. Als würde dort etwas näher kriechen. Ohne sich von der Stelle zu rühren, streckte Catherine den Arm mit der Kerze nach vorn und schickte dem Kamin den zuckenden Schein entgegen.

Nur widerwillig wich die Schwärze im Innern einem zwielichtigen Grau. Staub und kleine Steinchen rieselten von oben in die Asche und wirbelten sie in winzigen Wölkchen auf. Ein Lufthauch erhob sich aus dem Kamin und fegte in den Raum. Die Kerze flackerte und erlosch. Finsternis senkte sich herab, so vollkommen und absolut, dass sie Catherine den Atem raubte. Das Schleifen und Scharren wurde mit jedem Herzschlag lauter. Mit einem Mal schien es hinter ihr zu sein. Grauen streckte seine langen dürren Finger nach ihr aus. Jeden Moment würde sie heißen Atem in ihrem Nacken spüren. Sie zuckte herum und schlug mit dem Kerzenleuchter zu. Zischend sauste das Eisen durch die Luft, ohne auf Widerstand zu treffen. Hektisch blickte sie sich um. Sie konnte noch immer nichts erkennen. Die Dunkelheit lag wie ein Schleier über dem Zimmer. Ein Schleier, der es vermochte, Raum und Zeit seinen eigenen Gesetzen zu unterwerfen. Die Kreatur der vergangenen Nacht lauerte hier irgendwo auf sie. Spielte mit ihr. Das Blut rauschte so heftig durch ihren Körper, dass Catherine glaubte jeden Moment die Besinnung zu verlieren.

Ich muss durchhalten. Sie zwang sich tief ein- und auszuatmen. Nur langsam ließ das Dröhnen in ihrem Kopf nach. Sie lauschte. Nichts. Für einen Moment schloss sie die Augen und ließ erleichtert den Atem entweichen. Dann wieder das Scharren von irgendwoher. Catherines Finger klammerten sich um den Kerzenleuchter, bis es schmerzte. Der Schmerz half ihr die Panik zu kontrollieren. *Ich muss zur Tür.*

Langsam und so leise wie möglich wandte sie sich um. Sie machte einen ersten Schritt, dann noch einen und noch einen. Sie hielt nicht inne, nahm sich nicht mehr die Zeit zu lauschen und konzentrierte sich nur darauf, einen Fuß vor den anderen zu setzen. Ihr Bein prallte gegen etwas. Erschrocken fuhr sie zurück und geriet aus dem Gleichgewicht. Sie stolperte und streckte die Hand aus, um ihren Sturz abzufangen. Der Kerzenleuchter entglitt ihr und schlug polternd zu Boden. Ihre Finger ertasteten etwas Weiches. Eine Bettdecke. Sie war gegen das Bett gestoßen. Zitternd holte Catherine Luft und versuchte sich wieder zu beruhigen. Die Tür musste links hinter ihr sein. Vorsichtig drehte sie sich um. Noch immer weigerte sich die Finsternis, auch nur graue Linien preiszugeben. *Ein Vorhang kann ein Gemach nicht so vollkommen verdunkeln!*

Beide Hände ausgestreckt, ertastete sie sich ihren Weg. Ihre Fingerspitzen fanden etwas Glattes, Kühles. Die Kommode! Ein erleichterter Seufzer kam über ihre Lippen. Catherine stemmte sich dagegen, doch das Möbel wollte sich nicht rühren. Hinter ihr ertönten wieder Geräusche. Ein Knirschen. Als würde jemand – *etwas* – aus den Ascheresten des Kamins treten. Sie verstärkte ihre Anstrengungen, doch die Kommode ließ sich nicht bewegen. Unsichtbare Hände schienen sie an ihrem Platz zu halten. Das Knirschen wurde lauter. Entsetzt ließ Catherine von dem Möbel ab und schob sich langsam an der Wand entlang bis in eine Ecke des Raumes. Das Blut pochte schmerzhaft in ihrem Kopf. Rote Flecken tanzten vor ihren Augen. Sie hob die Hände und rieb sich die Schläfen. Die Flecken verblassten. Dann war da wieder nur Schwärze und ...

... Schritte. Catherine drängte die Furcht zurück, die wieder ihre Klauen nach ihr ausstreckte. *Wenn ich höre, von welcher Seite die Schritte kommen, kann ich mich vielleicht daran vorbeischleichen. Ich muss mich nur erinnern, wo welche Möbel stehen.*

Verzweifelt lauschte sie, achtete auf jeden Laut, jedes noch so verhaltene Schaben. Nichts. Die Geräusche waren verstummt. Als hätte das Wesen innegehalten. Was, wenn es längst vor ihr stand? Nein! Ihr Gehör tastete in den Raum. Die Dunkelheit schien zu atmen. Catherine wartete darauf, dass erneut Schritte erklangen, doch es blieb still. Angespannt suchten ihre Finger nach der Wand in ihrem Rücken. Wenn sie sich jetzt wieder in Richtung Tür ... Ein Scheppern ließ sie auffahren. Das Scharren von Metall auf Stein. Der Kerzenleuchter! Gefolgt von einem unmenschlichen Fauchen.

So nah! Catherines Herz tat einen entsetzten Satz, drohte aus ihrer Kehle zu springen. Dieses Mal ließ sich die Panik nicht mehr unterdrücken. Sie drängte sich weiter an die Wand zurück, bis sie glaubte eins mit dem Stein zu werden. Ihre Beine gaben nach und sie sank zu Boden. Die Schritte kamen näher. Catherine vergrub das Gesicht in den Händen. Heiße Tränen rannen ihr über die Wangen. Geräusche erfüllten die Luft. Es dauerte eine Weile, ehe sie begriff, dass es ihr eigenes angsterfülltes Wimmern war. Bald schon hörte sie nicht einmal mehr das. Jeder Laut verblasste im Rauschen ihrer Furcht.

Ich muss mich zusammenreißen! Sie lehnte den Kopf zur Seite. Die kühle Wand an ihrer Wange zu spüren brachte ihre Sinne ein Stück weit zurück. Zitternd holte sie Luft. Grabesstille hüllte sie ein, so durchdringend, dass sie selbst ihren eigenen Atem nicht mehr zu hören vermochte. Keine Schritte. Kein Knirschen. Nichts. Nur endlose Stille.

Ihr Strumpf wurde heruntergezogen. Ein stechender Schmerz in ihrem Knöchel ließ sie zusammenfahren. Sie wollte den Fuß zurückreißen, doch etwas grub sich in ihr Fußgelenk, hielt sie fest und saugte an ihrem Fleisch. Der Schmerz steigerte sich zu einem unerträglichen Brennen. Ein widerlicher Geruch stieg ihr in die Nase. Verrottet und faulig. Ein Hilfeschrei wollte sich ihrer Kehle entringen, doch es war nicht mehr als ein heiseres Krächzen, das den Weg über ihre Lippen fand. Sie bäumte sich auf, versuchte ihren Fuß zu befreien, aber der fremde Griff hielt sie gefangen. Etwas Warmes rann über ihr Bein. Blut. *Ihr* Blut. Sie fühlte sich benebelt, seltsam schwerelos, als gehöre ihr Verstand nicht länger zu ihrem Körper. In ihrem Kopf drehte sich alles. Dann griff die Dunkelheit nach ihr. Catherine begann endlich zu schreien.

*

Daeron starrte ins Nichts. Er vermochte es nicht, seine Gedanken von Catherine zu lösen. Sie war davongelaufen, bevor er ihr sagen konnte, was ihm auf dem Herzen lag. Ihm war klar, dass sie nach seinem Verhalten längst begriffen haben musste, was in ihm vorging, dennoch wollte er es *aussprechen*. Er wollte ihr dabei in die Augen sehen in der Hoffnung, dort ein Spiegelbild seiner eigenen Gefühle zu sehen.

Sie war schon lange weg. Viel zu lange. Die Ungewissheit, in der sie ihn zurückgelassen hatte, nagte an ihm. Er hatte mehr als drei Jahre gehofft sie wiederzusehen. Bei ihrem Anblick waren die alten Gefühle sofort wieder aufgeflammt – stärker denn je. Was sie in ihm auslöste, war mächtiger als alles, was er je empfunden hatte.

Er war kurz davor gewesen, endlich seine Gefühle zu offenbaren. Dann hatte er gezögert, gefangen von derselben Zurückhaltung, die ihn von jeher von ihr fernhielt. *Nicht denselben Fehler noch einmal.* Er hatte schon zu viele Jahre verschwendet. Jetzt wollte er nicht länger warten. *Schluss mit dem Versteckspiel! Und wenn ich dich aus dem Zimmer des Hauptmanns tragen muss – dieses Mal wirst du mich anhören.*

Entschlossen öffnete Daeron die Tür und trat auf den Gang hinaus. Er verzichtete darauf, eine Lampe zu entzünden. Dun Brònach war sein Zuhause. Er benötigte kein Licht, um sich zurechtzufinden.

Mit energischen Schritten machte er sich auf den Weg. Als er um eine Ecke bog, kam ihm ein Lichtschein entgegen. Daeron kniff die Augen zusammen und starrte in die blendende Helligkeit, aus der sich langsam Craig Sutherlands Umrisse herausschälten. Der Stoff seines Kilts raschelte leise, als er näher kam.

»Ah, ap Fealan«, Sutherland verneigte sich. »Ich war gerade auf dem Weg zu Euch. Ich weiß, es ist noch nicht Morgen, aber womöglich habt Ihr ein wenig Zeit für mich? Es ist wirklich dringend.«

Es fiel Daeron schwer, ihn nicht einfach stehenzulassen. Der Gedanke, dass die Dinge zwischen Catherine und ihm noch länger unausgesprochen blieben, quälte ihn. Doch er arbeitete seit Monaten daran, die Aufmerksamkeit von Martáinns Feinden zu erregen. Craig Sutherland würde ihm die Tür dorthin öffnen.

Daeron mochte Sutherland nicht. Das hatte er noch

nie getan. *Einem Mann, der seinen eigenen Bruder hintergeht, kann man nicht trauen.* Craig hatte einige Zeit den Clan Sutherland stellvertretend für seinen Bruder, der sich in Frankreich aufhielt, geführt. Man munkelte, er sei kurz vor der Rückkehr seines Bruders mitten in der Nacht davongeritten. Angeblich aus Furcht, der Chief könne bei seiner Ankunft feststellen, dass seine Söhne mehr Ähnlichkeit mit Craig als ihm selbst hatten.

Sutherland schien Daerons Zögern zu bemerken. »Lasst uns einige Schritte gehen.« Leise fügte er hinzu: »Dorthin, wo die Wände keine Ohren haben.«

Nur ein paar Minuten, dann gehe ich zu Catherine. Daeron nickte und folgte Sutherland den Gang entlang.

*

Catherine schrie.

Arme griffen nach ihr. Sie schlug um sich und versuchte sich loszureißen. Der Griff verstärkte sich. Kräftige Finger bohrten sich in ihre Oberarme und hielten sie aufrecht. Nur langsam begriff sie, dass die Dunkelheit gewichen war. Jemand schüttelte sie.

»Catherine, kommt zu Euch!«

Farrell? Sie blinzelte. Langsam erfassten ihre Augen verschwommene Konturen, die sich zu den scharf geschnittenen Zügen des Hauptmanns verdichteten.

Er sah sie voller Sorge an. »Alles ist gut. Ihr seid in Sicherheit.« Er half ihr sich aufzusetzen.

Ihr war schwindlig und ihr Knöchel pochte. Nur langsam begriff Catherine, dass sie noch immer auf dem Boden saß. In derselben Ecke, in die sie sich verkrochen hatte. Sie fühlte sich seltsam, als läge die Welt unter dichtem Nebel. Befremdet beobachtete sie, wie der Hauptmann ihr Bein untersuchte. Ihr Blick blieb an der glänzenden Blutspur hängen, die sich über ihren Knöchel zog. Farrell beugte sich herab und strich über das dünne Rinnsal. Dann hob er die Hand an den Mund und leckte sich das Blut vom Finger. Catherine fuhr zurück. Entsetzt starrte sie ihn an.

Er sah auf. »Was ist mit Euch?«

War da ein Tropfen Blut in seinem Mundwinkel? Nein, da war nichts. Die Verwirrung in seinen Zügen ließ sie an ihrem Verstand zweifeln. *Habe ich mir das nur eingebildet?*

Sie war noch immer völlig verstört von den Ereignissen dieser Nacht. Was war geschehen? Auf der Suche nach der Kreatur wanderten ihre Augen durch das Zimmer. Halb erwartete sie die blutigen Überreste des Wesens zu finden – von Farrells Schwert oder einer Pistolenkugel niedergestreckt. Alles, was sie sah, war die Kommode, die noch immer vor der Tür stand.

Wie ist er hereingekommen? Die Antwort lauerte in einem Winkel ihres Verstandes, doch ehe sie danach greifen konnte, löste sich die Welt auf und wurde davongetrieben.

Als sie wieder zu sich kam, lag sie auf dem Bett. Kerzenlicht warf tanzende Schatten an die Wände, die anwuchsen und nach der Decke griffen, nur um sofort wieder zusammenzufallen und sich kurz darauf erneut zu erheben. Zuckende Monster, die sich im Kerzenschein ständig veränderten. *Monster!* Wo war die Kreatur? Catherine warf die Decken zurück und wollte aufstehen. Noch bevor ihre Füße den Boden berührten, war der Hauptmann neben ihr.

»Himmel, bleibt liegen!« Die Sorge in seiner Stimme erschien ihr mit einem Mal bedrohlich. Farrell griff nach ihr und zwang sie sitzen zu bleiben. »Was auch immer Ihr durchgemacht habt, es ist jetzt vorbei.« Er sprach mit ihr wie mit einem verstörten Tier. »Als ich Euch gefunden habe, wart Ihr vollkommen aufgelöst. Ihr habt geschrien und fantasiert. Dann seid Ihr ohnmächtig geworden.«

In ihrer Erinnerung flackerte ein Bild auf: Farrell, der sich ihr Blut von seinem Finger leckte. Sie fuhr zurück. Ihr Blick sprang nach unten und fand einen dünnen Verband um ihr Fußgelenk. Noch immer hatte sie das Gefühl, als sauge etwas an ihrem Knöchel. Die Wunde pochte bei jedem Herzschlag schmerzhaft.

Wie ist er hereingekommen? Ihre Augen zuckten zur Kommode. Das Möbel war ein Stück zur Seite gerückt und die Tür stand einen Spaltbreit offen, gerade weit genug, damit sich jemand hindurchzwängen konnte. Catherine sank erleichtert in sich zusammen. Erst jetzt bemerkte sie, wie sehr sie zitterte. *Ich habe mir alles nur eingebildet.*

Da sie keine Anstalten mehr machte aufzustehen, gab der Hauptmann sie frei und ging zur Kommode. Er griff nach einem Weinglas, das dort bereitstand, und kehrte damit zu ihr zurück.

»Hier«, sagte er und hielt es ihr entgegen. »Das wird Euch beruhigen. Und jetzt erzählt Ihr mir erst einmal, was überhaupt geschehen ist.«

Catherines Finger klammerten sich um das Glas. Nachdenklich betrachtete sie, wie sich die schwere rote Flüssigkeit darin bewegte, sobald sie begann es zwischen ihren Fingern zu drehen. »Ich war auf der Suche nach Euch«, sagte sie, ohne aufzusehen. »Während der vergangenen Stunden haben sich wichtige Dinge ereignet … Ich fand Eure Zimmer verlassen vor und –«

»Ihr müsst schon trinken, wenn es Euch beruhigen soll.« Farrell war neben dem Bett an der Wand stehen geblieben. Jetzt kam er näher und setzte sich zu ihr auf die Bettkante. »Trinkt, Catherine, dann wird das Zittern nachlassen.«

Mit einem dankbaren Nicken hob sie das Glas an die Lippen und nahm einen kräftigen Zug. Kaum umspielte der Geschmack ihre Zunge, verzog sie angewidert das Gesicht. Schwer und zähflüssig rann der Wein ihre Kehle hinab und hinterließ einen bitteren Nachgeschmack.

»O Gott! Der schmeckt ja widerlich!«, entfuhr es ihr.

Ihr wurde schwummrig. *Wann habe ich das letzte Mal etwas gegessen?* Das Haferplätzchen – gestern Morgen. Nein, sie musste danach noch etwas gegessen haben. Es wollte ihr nur nicht gelingen, sich daran zu erinnern. Dann jedoch wurde ihr klar, dass sie in all der Aufregung tatsächlich keine Gelegenheit mehr gefunden hatte, etwas zu essen. Kein Wunder, dass ihr der Wein zu Kopf stieg.

Sie versuchte den Schwindel zurückzudrängen und richtete ihren Blick wieder auf den Hauptmann. Schreiend bunte Tupfen aus Licht tanzten vor ihren Augen. Farrells Züge zerflossen wie Tinte. Blinzelnd starrte Catherine auf den Hauptmann. Da erst wurde ihr bewusst, dass nur sein Gesicht zu verschwimmen schien. Seine Gestalt, der Kilt und die Uniformjacke, der übrige Raum – all das vermochte sie klar und deutlich zu erkennen. Sie fuhr sich mit einer Hand über die Augen. Hauptmann Farrells Antlitz schien zu zucken, sich auszudehnen und kurz darauf wieder zusammenzuziehen. Seine Schultern schienen viel schmäler als sonst. Überhaupt wirkten seine Proportionen vollkommen falsch. Zu klein für den Kopf. Doch sein Kopf veränderte sich, schrumpfte. Das Schwarz seines Haars verblasste, bis es aussah wie Spinnenfäden aus bleichem Mondlicht. Seine kantigen Züge wirkten mit einem Mal ausgezehrt. Das Grün seiner Augen verwässerte zu einem beinahe farblosen Grau. Ganz allmählich fügten sich die Einzelheiten zu einem Ganzen zusammen. Das Glas entglitt Catherines Händen und fiel zu Boden, wo es zersprang.

»Wie ich sehe, erkennst du mich endlich.« Es war nicht länger die Stimme des Hauptmanns, die zu ihr sprach.

»Du warst das«, hauchte sie atemlos. »Du hast mich beobachtet, seit ich hier bin.«

»Ich war es auch, der dich vor der Rache des Attentäters bewahrt hat.«

Deutlich erinnerte sie sich an den Schatten, der plötzlich über dem Meuchelmörder aufgeragt war. Das trockene Knacken seines Genicks hallte laut in ihrem Geist wider. Catherine wollte aufstehen. Sie wollte fliehen. Nur fort von hier. Doch ihre Beine waren wie gelähmt. Alles, was sie tun konnte, war ihn anzustarren.

»Glaube mir, ich hätte es vorgezogen, mich dir auf einem anderen Wege zu offenbaren. Ich habe es gestern Nacht versucht, doch der Waliser kam mir in die Quere.«

Bald. »Aber du bist tot.« Noch immer wollte ihr die Stimme kaum gehorchen. »Ich habe dein Grab gesehen.«

Ehrlos. Zwischen all den anderen Verbrechern. »Du hast Martáinns Eltern ermordet! Bruce war ein guter Mensch und ein guter Earl und du hast ihn umgebracht!«

»Ein guter Mensch?« Ihr Vater verzog das Gesicht. »Weil unter ihm die Kerker weniger voll waren? Weil er Verbrecher angeblich lieber in die Verbannung schickte, als sie einzusperren?« Er schüttelte den Kopf. »Wie dem auch sei, ich brauche deine Hilfe.«

»Was?« Catherine blinzelte, dann straffte sie die Schultern. »Ich werde niemals –«

»Dir bleibt keine andere Wahl. Ich habe keine Zeit, dich mit schönen Worten zu überzeugen – aber dennoch *wirst* du mir helfen.« Für die Dauer eines Herzschlags schwand die Eiseskälte aus seinem Blick. »Ich habe nie gewollt, dass du diese Seite an mir kennenlernst. Alles, was mit den MacKays zu tun hat, wollte ich immer von dir fernhalten. Doch das ist jetzt unwichtig.« Schlagartig kehrte die Härte zurück, hüllte ihn ein wie eine Aura aus Stahl. »Du wirst etwas für mich tun. Was das ist, wirst du zur rechten Zeit erfahren.« Catherine setzte an zu widersprechen, doch er gebot ihr mit einer Geste zu schweigen. »Weigerst du dich, wird ap Fealan sterben.« Seine blassen Augen ruhten auf ihr, voller hypnotischer Kraft. »Du wirst mit niemandem über mich sprechen und du wirst dich meinen Wünschen nicht widersetzen.« Er hob die Hand und strich ihr über die Wange. Schwindel breitete sich in ihrem Kopf aus. »Wenn du erwachst, wirst du sehen, dass ich nicht scherze.«

Mit seinen letzten Worten verschwamm die Welt.

7

Feuchte Kälte hatte sich wie ein Leichentuch über Catherine gebreitet. Nur langsam kehrten ihre Sinne zurück. Geräusche. Ein Rauschen und Raunen in ihren Ohren. Aus Furcht vor dem, was sie erblicken mochte, weigerte sie sich die Augen zu öffnen. Zitternd vor Kälte lag sie da und fragte sich, was geschehen war. Sie erinnerte sich an das Kratzen an der Tür und ein Schaben im Kamin. Etwas war in den Raum gekrochen, doch der Hauptmann hatte sie gerettet.

Nein, nicht Farrell. Vater! Die Erkenntnis ließ sie erstarren. Ihr Vater hatte sie vor der Kreatur gerettet, die sich ihrer in der Dunkelheit bemächtigen wollte. Aber die Kommode hatte noch vor der Tür gestanden – zumindest als sie das erste Mal hingesehen hatte. Wie hätte er in den Raum gelangen können? *Kamin*, wisperte eine Stimme in ihrem Geist.

Catherine unterdrückte den immer stärker werdenden Drang, die Augen zu öffnen und sich umzusehen. Erst musste sie ihre Gedanken ordnen. Nirgendwo waren Spuren der Kreatur oder eines Kampfes zu sehen gewesen. Nichts hatte darauf hingedeutet, dass sich tatsächlich etwas im Gemach befunden hatte. Nur ihr Vater. Waren das Wesen und er etwa –

Nein! Ihr Vater war tot, gefallen im Zweikampf gegen Martáinn MacKay. Seine Anwesenheit war ihrer Einbildung entsprungen. Hervorgerufen durch eine Mischung aus Schock und dem starkem Wein, den ihr der Hauptmann gegeben hatte. Noch immer lag das widerwärtige

Aroma schwer auf ihrer Zunge, ein abscheulich metallischer Geschmack, den sie nicht recht einzuordnen vermochte. Ihr Kopf fühlte sich schwer an, obwohl sie nur ein einziges Glas getrunken hatte. Der Rebensaft war ihr so sehr zu Kopf gestiegen, dass sie sogar den Hauptmann für ihren Vater gehalten hatte. Was für ein Albtraum! Catherine rollte sich auf den Bauch. Ihre Hände gruben sich in das Laken. Klamme Kälte breitete sich zwischen ihren Fingern aus. Der Geruch von feuchter, torfiger Erde drang ihr in die Nase.

Sie riss die Augen auf. Geisterhaftes Zwielicht hüllte sie ein. Das Rauschen eines Gewässers drang an ihr Ohr. Ihr Plaid war feucht vom Nebel und ihre Finger wühlten sich in aufgeweichten Erdboden. Ihr Blick blieb an ihrer Hand hängen, auf der das Erdreich dunkle Spuren hinterlassen hatte. Eine fleischige, weiße Made kroch über ihren Handrücken. Mit einem Schrei schüttelte Catherine sie ab und stemmte sich auf die Knie. Ihre linke Hand griff in etwas Weiches. Erschrocken riss sie sie zurück und starrte auf die rote Masse, die von ihren Fingern troff. Nur langsam brachte sie es über sich, nach unten zu schauen.

Hauptmann Farrell lag auf dem Rücken. Leblos starrten ihr seine Augen aus einem bläulich verfärbten Gesicht entgegen. Ein Loch klaffte in seiner Kehle. Dicke Maden wimmelten darin, krochen über seinen Leib und glitten in den Kragen seines Hemdes. Seine Haut schimmerte wächsern. Der metallische Geruch von Blut lag in der Luft und erfüllte ihren Mund, als hätte sie sich daran gelabt. Übelkeit stieg in ihr auf. Hustend und würgend wich sie auf Händen und Knien zurück.

Catherine übergab sich, bis nichts mehr in ihr war, und selbst dann lag sie noch immer würgend und um Atem ringend auf dem Boden. Schweißgebadet kämpfte sie sich auf die Knie. *Wenn du erwachst, wirst du sehen, dass ich nicht scherze.* Farrell war tot. War Daeron der Nächste? Ein kühler Wind strich über Catherine hinweg und ließ sie frösteln. Zitternd sah sie sich um.

Sie befand sich am Ufer des Cáil, eines schmalen Gebirgsflusses, unweit Asgaidhs, lediglich durch ein Gebüsch von der Straße getrennt. Nebelschwaden streiften mit bleichen Fingern durch das Laub. Trübes Licht drang auf sie ein, zäh und träge. Hinter ihren Schläfen pochte es. Catherine kniff die Augen zusammen und wandte den Kopf ab. Nur langsam gelang es ihr, Furcht und Verwirrung zu verdrängen und die Kontrolle über ihren Verstand zurückzugewinnen. Sie erhob sich. Mit unsicheren Schritten ging sie zum Ufer, kniete dort nieder und hielt die Hände in den Cáil. Befremdet beobachtete sie, wie sich das klare Wasser braunrot verfärbte, als sie sich das Blut von den Händen wusch. Was war geschehen? Das Wesen. Ihr Vater. Der Hauptmann. Nichts, was sie während der vergangenen Stunden gesehen hatte – zu sehen *geglaubt* hatte –, ergab einen Sinn.

Ihr Blick fiel auf den Verband um ihren Knöchel. Das einstmals helle Leinen war schmutzig grau und voller bräunlicher Flecken. Erde. Getrocknetes Blut. Sie zog die Hände aus dem Wasser und wischte sie an ihrem Hemd trocken. Zögernd griff sie nach den Enden des Verbands, nur um ihre Finger sogleich wieder zurückzuziehen. *Er hat sich das Blut von den Fingern geleckt.* Albtraum? Wahrheit? Sie wusste es nicht. Endlich löste sie den Leinenstreifen.

Ein rotes Rinnsal wand sich wie eine dünne Schlange um ihr Fußgelenk. Es entsprang aus zwei winzigen Punkten, kleinen Wundmalen, nicht weit voneinander entfernt, jedes verschlossen von einem getrockneten Blutstropfen.

*

Daerons Salon empfing sie in Schweigen gehüllt.

Catherine wusste nicht, wie viel Zeit vergangen war, seit sie neben Farrells Leichnam erwacht war. Eine Weile irrte sie kopflos umher, ohne zu wissen, was sie tun sollte. Dann fand ein Wort den Weg durch ihre Verwirrung: *Daeron.* Er würde wissen, was zu tun sei.

Der Gedanke hatte sie mit neuer Zuversicht erfüllt. Unbemerkt war sie in die Burg zurückgekehrt und zu seinen Räumen geeilt – und hatte sie verlassen vorgefunden. Sie trat wieder in den Gang hinaus und hielt die erste Magd auf, die ihren Weg kreuzte. Das Mädchen war schwer beladen mit Ginsterzweigen, deren stechender Geruch Catherine in die Nase stieg. Angewidert wich sie einen Schritt zurück. Sofort wollte die Magd an ihr vorbei, doch Catherine griff nach ihrem Arm.

»Hast du Daeron ap Fealan gesehen?«

Das Mädchen, ein mageres, hohlwangiges Ding in einer schmutzigen Schürze, schüttelte den Kopf. »Der Earl lässt Hauptmann Farrell schon den ganzen Tag nach ihm suchen.«

Die Worte kamen einem Fausthieb gleich. Abrupt gab Catherine das Mädchen frei und kehrte in Daerons Salon zurück. Sie schloss die Tür hinter sich, trat an einen

Tisch heran und stützte sich mit den Handflächen darauf. Wo war Daeron? Wie war es möglich, dass Farrell nach ihm suchte? Sie hatte seinen Leichnam gesehen, hatte ihn *berührt*! All das Blut!

»Bei Gott, was geht hier vor?«

Ihr wurde schwindlig. Noch immer hatte sie den widerwärtigen Metallgeschmack im Mund. Catherine holte sich ein Glas Whisky und spülte ihn hinunter. Brennend rann der Alkohol ihre Kehle hinab, und kaum erreichte er ihren Magen, wurde ihr erneut übel. Sie musste dringend etwas essen. Ihre Augen blieben an einer Obstschale hängen. Sie griff nach einem Apfel. Säuerlicher Geruch stieg ihr in die Nase. Sofort zog sich ihr Magen krampfartig zusammen. Catherine ließ den Apfel fallen und schlug eine Hand vor den Mund.

Während sie noch gegen den Brechreiz ankämpfte, klopfte es. Catherine fuhr herum, gerade rechtzeitig, um zu sehen, wie ein Bursche in den Raum trat. Ein feister Junge, der seine Zeit nicht mit übermäßiger Höflichkeit verschwendete.

»Bist du der, den sie Eric nennen?« Sie nickte. »Mein Herr wünscht dich zu sehen.«

Catherine rührte sich nicht von der Stelle. Das Letzte, was sie im Augenblick brauchen konnte, waren die Aufträge irgendeines Herrn, der sie für einen Dienstboten hielt. »Sag ihm, du hast mich nicht gefunden.«

Der Junge zog den Kopf ein. »Ich kann es mir nicht erlauben, meinen Herrn zu belügen.«

Ich habe keine Zeit für so einen Unfug. »Verschwinde.«

»Mein Herr sagt, er weiß, wo der ist, nach dem du suchst.«

Daeron! Catherine blieb wie angewurzelt stehen. »Wer ist dein Herr?«

»Craig Sutherland.«

Die Worte brannten sich wie glühendes Eisen in ihren Kopf. Erst jetzt erinnerte sie sich daran, dass Daeron ihn heute Morgen hatte treffen wollen. *Weigerst du dich, wird es ap Fealan schlecht ergehen*, drängten sich die Worte ihres Vaters in ihren Verstand. Sie sah den Burschen an. »Bring mich zu ihm.«

*

»Catherine Bayne«, begrüßte Sutherland sie, kaum dass der Bursche gegangen war. Er saß hinter einem wuchtigen Schreibtisch und deutete auf einen Sessel ihm gegenüber. »Nehmt Platz.«

Catherine rührte sich nicht von der Stelle. Sie blieb an der Tür stehen und starrte Sutherland entgegen, der ihrem Blick mit einem wohlwollenden Lächeln begegnete.

»Woher …?«

»Denkt Ihr etwa, er hätte mir nicht gesagt, dass Ihr hier seid, Catherine?« *Er?* Ehe sie etwas erwidern konnte, fuhr Sutherland fort. »Er sagte Euch bereits, dass er Eurer Hilfe bedarf. – Der Zeitpunkt ist gekommen. Ihr werdet dafür sorgen, dass der Earl heute um Mitternacht in der alten Burg ist, unter der Ushana-Eiche.« Sie wollte protestieren, doch Sutherland kam ihr erneut zuvor. »Wie Ihr das anstellt, bleibt Euch überlassen. Sorgt einfach dafür, dass er in Dun Domhainn ist.«

»Ich werde nichts dergleichen tun!« Einer Kriegserklärung gleich schleuderte sie ihm die Worte entgegen. Ein stechender Schmerz hinter ihrer Stirn ließ sie zusammenfahren. Sie hob die Hände an den Kopf und presste sie gegen die Schläfen.

»Er sagte mir schon, dass Ihr Euch womöglich noch nicht mit Eurer Situation abgefunden habt.« Sutherland zupfte einen Fussel von seinem Kilt und seufzte. »Ich habe hier etwas, das Euch womöglich davon überzeugen wird, uns zu helfen.« Er klatschte in die Hände, woraufhin sich eine – hinter den Wandpaneelen verborgene – Tür öffnete. Eine Gestalt taumelte heraus und stürzte vor Catherine zu Boden.

»Daeron!« Sie fiel neben ihm auf die Knie und half ihm sich aufzurichten. Er hatte einen Knebel im Mund und die Arme waren ihm auf den Rücken gefesselt. Eine dunkle Schwellung überzog seine linke Gesichtshälfte. Aus einer Platzwunde an der Stirn stieg Catherine der beißende Geruch von getrocknetem Blut in die Nase. Ihre Finger glitten über sein Gesicht, tasteten nach der Wunde, da wurde er plötzlich von ihr fortgerissen.

Erst jetzt bemerkte sie den Mann, der Daeron ins Zimmer gestoßen hatte. Er schlug die Falten seines Plaids, die weit über seine Schulter fielen, zur Seite. Dieselbe Geste, die Catherine auf dem Marktplatz und in den Jahren davor unzählige Male an ihm gesehen hatte! Als wollte er sichergehen, dass er stets schnell genug an seine Waffe gelangen konnte.

»Murdoch!« *Ich hätte es wissen müssen. Murdoch hat schon immer Vaters Drecksarbeit erledigt.*

Der Mann mit dem Raubvogelgesicht und den stechenden blauen Augen kam näher und zerrte Daeron auf die Beine. Nahezu reglos hing der Waliser in seinem Griff.

»Er hat sich gewehrt, deshalb waren wir gezwungen ihn«, Sutherland räusperte sich, »ein wenig härter anzufassen.«

»Härter?«, schnappte sie. »Ihr habt ihn fast besinnungslos geprügelt.«

»Er wird weit mehr als seine Besinnung verlieren, wenn Ihr Euch weigert uns zu unterstützen.« Auf Sutherlands Nicken hin zückte Murdoch seinen Dolch, riss Daerons Kopf in den Nacken und setzte ihm die Klinge an die Kehle.

»Nein! Nicht!«

Sutherland richtete sich kerzengerade in seinem Stuhl auf. »Tut, was *er* verlangt, Catherine, oder ap Fealan ist ein toter Mann. Es ist mir ein Gräuel, es so deutlich auszusprechen, dennoch möchte ich sichergehen, dass Ihr begreift, was für Euch auf dem Spiel steht.«

Ihre Augen kehrten zu Daeron zurück. Sein Anblick traf sie mitten ins Herz. Sie konnte unmöglich zulassen, dass Sutherland seine Drohung wahr machte. »Wenn ich es tue, gebt Ihr mir dann Euer Wort, dass Ihr ihn freilasst?«

Daeron stieß einen erstickten Schrei aus und schüttelte heftig den Kopf. Catherine ertrug es nicht länger, die Qual in seinem Gesicht zu sehen. Sie wandte sich Sutherland zu. »Werdet Ihr ihn freilassen?«, wiederholte sie.

»Sorgt dafür, dass der Earl heute um Mitternacht bei der Eiche ist, und Ihr habt mein Wort, dass ap Fealan nicht länger ein Gefangener sein wird.«

»Was soll ich Martáinn sagen?«

Sutherland zuckte die Schultern. »Das überlasse ich Euch. Wichtig ist nur, dass er da ist.« Wieder seufzte er. »Es ist an der Zeit, seine Regentschaft zu beenden. Er wusste meine Fähigkeiten noch nie zu schätzen. Doch schon bald werden meine Ratschläge wieder Gehör finden. Es ist eine Schande, dass wir gezwungen sind diesen Weg zu gehen – jetzt, da ap Fealan bereit schien uns zuzuhören.« Die Worte wurden so leise gesprochen, dass Catherine nicht wusste, ob sie überhaupt für sie bestimmt waren.

Als sich Sutherlands Blick erneut auf sie richtete, nickte sie, wobei sie Daerons entsetzte Laute ebenso ignorierte wie die Stimme in ihrem Kopf, die sie davor warnte, Martáinn in Gefahr zu bringen. Es war nicht nur der Wunsch, Daeron zu retten, der sie drängte Sutherlands Forderung nachzukommen. Da war noch etwas anderes. Ein tief gehender Zwang, von dem sie wusste, dass er ihr gar keine andere Wahl lassen würde.

Sie tat einen Schritt auf Daeron zu. Sofort verstärkte Murdoch den Druck seiner Klinge. »Zurück!«

»Ich will nur seine Wunden –«

»Ich sagte zurück!« Die Klinge drückte sich in Daerons Fleisch.

Catherine zögerte. »Wann werdet Ihr ihn freilassen?«

»Sobald Ihr Euren Teil der Abmachung erfüllt habt. Und jetzt geht, ehe Murdoch ihm noch die Kehle durchschneidet. Ihr wisst, dass er manchmal schwer zu zügeln ist. Tut, was ich Euch aufgetragen habe, dann könnt Ihr bald wieder in den Armen des Walisers liegen.«

*

Völlig benommen kehrte Catherine in Daerons Salon zurück.

Sorgt dafür, dass der Earl heute Nacht in Dun Domhainn

ist. Es machte ihr Angst, dass sie sich darauf eingelassen hatte. Doch noch mehr erschreckte sie die Erkenntnis, dass ein Teil ihres Verstandes gar nicht anders konnte, als Sutherlands Anweisungen zu folgen.

Sie sank in einen Sessel und fuhr sich mit der Hand über die Augen. Wenn sie genau hinsah, konnte sie noch immer Reste getrockneten Blutes in den feinen Linien ihrer Handfläche erkennen, wie eine Landkarte, die ihr den Weg weisen wollte.

Farrells Blut. Ein eisiger Schauer lief ihr über den Rücken. Der Hauptmann war tot, Daeron gefangen. Wer sollte Martáinn jetzt noch beschützen?

Ich muss Martáinn warnen. Catherine dachte daran, ihn in seinen Gemächern aufzusuchen, verwarf den Gedanken aber sofort wieder. Sutherland ließ sie sicher beobachten. Wenn sie zu Martáinn ging, brachte sie Daeron in Gefahr. Lange Zeit starrte sie vor sich hin, ohne eine Lösung zu finden. Dann erhob sie sich und ging zu Daerons Schreibtisch. Mit flinken Fingern suchte sie nach einem Blatt Papier und breitete es vor sich aus. Sie tauchte die Feder in das Tintenfässchen und begann zu schreiben. Kratzend fuhr die Spitze über das Blatt und gebar jene Zeilen, die Daerons Leben retten sollten.

Erwarte mich heute um Mitternacht unter der Ushana-Eiche in Dun Domhainn. Allein. Es ist wichtig. C.

Catherine wartete, bis die Tinte trocken war, dann rollte sie das Schriftstück zusammen und versiegelte es. Sobald sie fertig war, bat sie einen Diener, dem Earl die Nachricht zu übergeben. Dann sank sie düster brütend in ihren Sessel zurück. Sutherland würde Martáinn töten, daran bestand kein Zweifel. *Ich locke ihn geradewegs in eine Falle.* Doch was sollte sie tun? Konnte sie Martáinn opfern, um Daeron zu retten? *Nein! Keiner der beiden soll sterben!*

Erneut griff sie nach einem Papier. Ihre Finger klammerten sich um den Federkiel. Tinte tropfte von der Spitze auf das Blatt und verschwamm zu undeutlichen Punkten. Mehrmals setzte sie an, um eine Warnung zu verfassen, und nie wollten die Worte auf das Papier finden. Sie drückte ihre Hand nieder und nötigte der Feder das erste Wort ab. Ein stechender Schmerz hinter ihren Schläfen ließ sie zusammenfahren. Die Feder entglitt ihren Fingern. Sie brauchte mehrere Versuche, ehe sie sie wieder zu fassen bekam. Blinzelnd kämpfte Catherine gegen das Stechen an. Noch einmal zwang sie die Feder auf das Papier. Der Schmerz in ihrem Kopf wurde so unerträglich, dass sie glaubte ohnmächtig zu werden. Keuchend kämpfte sie darum, der Feder die wenigen Worte abzuringen, die nötig waren. Ihre Hand krallte sich so fest um das Schreibgerät, dass es entzweibrach. Erst als sie ihre verkrampften Finger löste und die Feder ihr entglitt, wich der Schmerz.

Du wirst mit niemandem über mich sprechen und du wirst dich meinen Wünschen nicht widersetzen. Das kannst du nicht. War das der Grund, warum es ihr nicht möglich war, Martáinn zu warnen? Fühlte sie sich deshalb gedrängt ihn in Sutherlands Falle zu locken? Stand sie unter einem Bann ihres Vaters? Aber dann hätte es keinen Grund gegeben, sie mit Daerons Leben zu erpressen. Es sei denn, ihre Feinde konnten sich nicht darauf verlassen, dass der

Bann stark genug war. Wenn dem so war, gab es auch eine Möglichkeit, ihn zu umgehen. Sie musste sie nur finden.

Es fiel Catherine schwer, sich zu konzentrieren. Der Schmerz hatte sie schwach zurückgelassen. Bohrender Hunger nagte an ihr, doch der bloße Gedanke an Essen ließ erneute Übelkeit in ihr aufsteigen.

Ich muss nachdenken. Sutherland verlangte von ihr, dass sie Martáinn in eine Falle lockte. Das hatte sie getan. Ihr Versuch, ihn zu warnen, war mit Schmerzen bestraft worden.

»Mit niemandem darüber sprechen und dich meinen Wünschen nicht widersetzen«, wiederholte sie leise. Davon, dass sie nicht versuchen durfte Daeron zu befreien, war nie die Rede gewesen. Wenn es ihr gelang ... Daeron wusste, Martáinn war in Gefahr. Er konnte ihn warnen, ohne dass sie ein Wort sagen musste.

Eine eisige Gewissheit griff nach ihrem Herzen. Sutherland würde Daeron nicht freilassen – auch nicht, wenn sie tat, was er von ihr verlangte! Solange Daeron am Leben war, stand er zwischen ihrem Vater und der Macht über das Glen Beag. *Was willst du mit diesem Tal, Vater?* Obwohl der Landbesitz einen Adelstitel mit sich brachte, hatte das Glen Beag keinerlei Einfluss auf die Politik in Schottland. An jedem anderen Ort konnte ein ehrgeiziger Mann in geringerer Stellung mehr Einfluss erlangen, als es hier jemals möglich sein würde.

Finster brütend starrte Catherine auf die Tintenflecke, die sie auf dem Papier hinterlassen hatte. Sie konnten Daeron nicht längere Zeit in Sutherlands Räumen gefangen halten. Die Gefahr, dass ihn dort jemand entdeckte, war zu groß. Andererseits konnten es sich weder Sutherland noch Murdoch erlauben, gesehen zu werden, wie sie die rechte Hand des Earls in ein Verlies sperrten. Es war leichter, sich unbemerkt einer Leiche zu entledigen, als einen Krieger, der sich mit aller Macht zur Wehr setzte, gefangen zu halten. *Sobald sie sicher sein können, dass ich tue, was sie verlangen, werden sie ihn umbringen.* Spätestens um Mitternacht war Daerons Leben verwirkt.

Catherine schaute zum Fenster. Fahlgraues Licht floss über die Gipfel der Berge ins Glen Beag hinab und hüllte es in nebligen Dunst. Bald würde es dunkel werden.

*

Auch lange nachdem Catherine fort und Daeron erneut in sein Gefängnis gebracht worden war, gelang es ihm nicht, den Ausdruck des Grauens in ihren Augen zu vergessen. *Als hätte sie in den letzten Stunden Dinge gesehen, die nicht für ihre Augen bestimmt waren.* Was war geschehen? Hatte Sutherland Hand an sie gelegt? *Dann bist du ein toter Mann, Craig Sutherland!*

Daeron starrte angestrengt in die Schwärze. Verschwommen erinnerte er sich daran, wie er Sutherland in seine Gemächer gefolgt war. Kurz darauf hatte ein dumpfer Schlag sein Bewusstsein ausgelöscht. Er war in völliger Finsternis erwacht. Er kauerte auf dem Steinboden, seine ausgestreckten Arme waren mit einer eisernen Kette an die Wand gefesselt, so dass er sich kaum bewegen konnte. Ein Knebel in seinem Mund machte ihm das Atmen schwer.

Immer wieder hatte Daeron sich gefragt, warum sie

ihn nicht umbrachten, und nur langsam war die Erkenntnis durch den hämmernden Schmerz in seinem Kopf zu ihm durchgedrungen: Sutherland brauchte ihn als Köder. Nie wäre er auf den Gedanken gekommen, dass nicht Martáinn, sondern Catherine die Beute sein könnte. *Woher weiß Sutherland überhaupt, dass sie hier ist?*

Schließlich war Murdoch gekommen. Er hatte die Kette durch Lederriemen ersetzt und Daeron mit sich gezerrt. Daeron war noch immer benommen gewesen, hatte kaum mehr von seiner Umwelt wahrgenommen als eine schmale Treppe und einen Raum. Dann war er zu Boden gestoßen worden und einen Moment später war Catherine bei ihm gewesen. Er erinnerte sich an die warme Berührung ihrer Hand, ehe Murdoch ihn von ihr weggerissen hatte. *Murdoch.* Nach Baynes Tod war er verschwunden und weder Martáinn noch Daeron hatten länger eine Bedrohung in Roderick Baynes einstigem Handlanger gesehen.

Daeron versuchte seine Position zu verändern. Die Kette klirrte in der Dunkelheit. *Tut, was er verlangt, oder ap Fealan ist ein toter Mann*, hatte Sutherland zu Catherine gesagt. Wer war *er*? Wer stand hinter Sutherland und Murdoch? Keiner von Martáinns Gegnern schien mächtig genug, ein derartiges Unterfangen zu wagen. Wieder blitzte Catherines Bild in seinem Geiste auf. Der Gedanke, dass sie jetzt mit ihrer Angst allein war, zerfraß ihn.

Er zerrte an der Kette. Sein Atem floss schwer, behindert von dem Lederknebel in seinem Mund. Seit er zu sich gekommen war, hatte er immer wieder versucht sich des Knebels zu entledigen. Ein Strick, der bei jeder Bewegung schmerzhaft in seine Mundwinkel schnitt, hielt ihn jedoch an seinem Platz. Die Kette ließ Daeron nicht genügend Spielraum, den Knebel mit der Hand zu erreichen. Er packte ein Ende der Kette mit beiden Händen und zerrte daran. Ein Klirren antwortete ihm aus der Finsternis, gefolgt von einem Knirschen im Mauerwerk. Sofort verstärkte er seine Bemühungen. Er stemmte sich gegen die Kette. Wieder und wieder riss er daran. Zwischen seinen heftigen Atemzügen vernahm er das leise Rieseln von Stein. Immer weiter löste sich einer der beiden Ringe, an dem die Kette befestigt war, aus seiner Verankerung.

Die Metallbänder schnitten in Daerons Fleisch, bis Blut über seine Handgelenke rann. Schweiß lief ihm über Stirn und Rücken und tropfte in seine Augen. Seine Finger waren längst taub und seine Handgelenke brannten, als der Ring endlich aus dem Mauerwerk brach. Von seinem eigenen Schwung mitgerissen fiel Daeron nach hinten. Die Kette bremste seinen Sturz mit einem schmerzhaften Ruck. Sein Kopf dröhnte. Obwohl noch immer ein Ring seine Kette hielt, hatte er jetzt mehr Bewegungsfreiheit. Daeron riss sich den Knebel aus dem Mund und sank keuchend zu Boden. Sofort kämpfte er sich wieder auf die Beine und begann an dem zweiten Ring zu zerren. Der Gedanke an Catherine trieb ihn an. Er würde nicht zulassen, dass Sutherland ihr etwas antat.

Um ein Haar hätte er die Geräusche an der Tür überhört. Erst das Kreischen der Türangeln ließ ihn innehalten. Das Licht einer Laterne kroch in den Raum. Geblendet wandte Daeron den Kopf ab. Sein Blick traf auf den Eisenring, der auf dem Boden lag. Hastig schob er einen

Fuß vor den Kettenring und hielt die freie Hand in die Höhe, als wäre sie noch immer an die Wand gefesselt.

Daeron hatte sein Gefängnis nur einmal kurz gesehen, bevor Murdoch ihn im Dunkeln zurückgelassen hatte. Das kahle Gemäuer war noch kleiner, als er es in Erinnerung hatte. Wenn Murdoch hereinkam und er schnell genug war ...

Sutherlands Handlanger duckte sich unter dem niedrigen Türsturz hindurch. »Ihr habt ein braves Mädchen, Waliser.« Grinsend trat er näher. Sein Gesicht schien im Schein der Laterne in Flammen zu stehen. »Sie hat sich genau an unsere Anweisungen gehalten.«

»Und Ihr seid jetzt hier, um mich freizulassen.«

Murdoch sah ruckartig auf. Ihm schien erst jetzt bewusst zu werden, dass sein Gefangener nicht mehr geknebelt war. Daeron wartete nicht, bis er seine Überraschung überwunden hatte. Er sprang vor und riss die Arme in die Höhe. Ehe Murdoch reagieren konnte, schlang er ihm die Kette um den Hals. Murdoch schlug um sich und versuchte sich aus Daerons Umklammerung zu befreien. Die Kette klirrte bedrohlich, als Daeron sie enger zog. Murdoch ließ die Laterne fallen. Das Licht flackerte grell auf und schrumpfte dann in sich zusammen. Lange Schatten wuchsen an den Wänden empor. Ein Röcheln entrang sich Murdochs Kehle. Er tastete nach seiner Pistole, doch er hatte nicht mehr die Kraft, die Waffe zu ziehen. Schwer sackte sein Leib in die Kette, dann regte er sich nicht mehr. Sobald Daeron ihn freigab, stürzte Murdoch zu Boden.

Daerons Blick fiel auf die Laterne. Die kleine Flamme brannte noch und sandte wieder einen regelmäßigen

Schein aus. Schwer atmend stand er einen Moment da, dann beugte er sich zu Murdoch herab und durchsuchte ihn. Abgesehen von einem Dolch und der Pistole fand er nichts. Keinen Schlüssel für seine Fesseln. Fluchend sah er sich um. An der Außenseite der halb offenen Tür steckte ein Schlüssel im Schloss. An einem Ring daran hingen zwei weitere Schlüssel. Er wollte danach greifen, doch die Kette hielt ihn zurück. Gut zwei Schritt trennten ihn noch von seinem Ziel. Fluchend griff er nach Murdochs Pistole und angelte damit nach dem Schlüsselring. Sosehr er sich auch reckte, es genügte nicht.

*

Catherine hatte lange Zeit nicht gewusst, was sie tun sollte. Streng genommen wusste sie es noch immer nicht genau. Doch immerhin hatte sie jetzt eine ungefähre Ahnung. Zunächst einmal musste sie sich in Sutherlands Salon umsehen. Dazu musste Sutherland seine Gemächer verlassen. Und sie wusste auch schon, wie sie das bewerkstelligen konnte.

Sie nahm ihre Kappe und lief auf den Gang hinaus. Nachdem sie drei Dienstboten gefragt hatte, fand sie John endlich. Er saß in einer der Vorratskammern auf einem Fass und kaute genüsslich auf einem Stück Pastete. Er begrüßte sie mit einem fröhlichen Grinsen.

»Willst du?«, fragte er kauend und hielt ihr ein Stück seiner Beute entgegen.

So verführerisch das Backwerk auch aussah, sobald ihr der Geruch von Teig und Gemüse in die Nase stieg, wurde ihr übel. Sie schüttelte den Kopf und wich hastig einen Schritt zurück, um dem aufdringlichen Aroma zu entgehen.

»Ich brauche deine Hilfe, John.«

»Nur wenn es nicht zu anstrengend ist«, gab er grinsend zurück. »Ich hatte nämlich einige Mühen, Esmè zu entgehen.«

»Überhaupt nicht anstrengend. Versprochen.« Catherine sah sich wachsam nach allen Seiten um: »Du sollst eine Nachricht für mich überbringen. Geh zu Craig Sutherland und richte ihm aus, dass der Earl ihn sprechen will.«

John runzelte die Stirn. »Warum machst du das nicht selbst?«

»Ich habe noch einen anderen Auftrag.« Rasch fügte sie hinzu: »Einen, mit dem sich ein paar Münzen verdienen lassen. Wenn du Sutherland übernimmst, teile ich mit dir.«

Er dachte über ihre Worte nach, schien abzuwägen, ob die Aussicht auf ein paar Münzen die Mühe wert war, seinen Platz zu verlassen und den Weg zu Sutherlands Gemächern auf sich zu nehmen. »Wo will der Earl ihn treffen?«

Catherine blinzelte. *Was?*, hätte sie um ein Haar gefragt. »Im großen Turmzimmer«, erwiderte sie stattdessen hastig. Martáinns Vater hatte sich dort oft mit anderen getroffen, um sich zu beraten. Sie konnte nur hoffen, dass Martáinn diese Vorliebe übernommen hatte. Falls nicht, mochte der Treffpunkt Sutherlands Misstrauen erregen. »Sag ihm, er möge sich eilen, da der Earl fortmuss.« *In eine Falle, die er selbst für ihn ausgelegt hat.*

»Vergiss mich nicht, wenn die Münzen in deinem

Beutel klimpern, Eric.« John glitt vom Fass und ging zur Tür.

»Werde ich nicht. Ach, John«, rief sie ihm nach, »erwähne lieber nicht meinen Namen. Ich will keinen Ärger bekommen, wenn jemand herausfindet, dass ich mehreren Herren diene.«

John hielt inne und wandte sich noch einmal um. Einen Moment stand er unschlüssig an der Tür, dann kehrte er ein paar Schritte in den Raum zurück. »Stimmt es, was ich gehört habe, stehst du jetzt in ap Fealans Diensten?«

Sie nickte. Für einen Moment glaubte sie einen Anflug derselben Missgunst in seinen Augen flackern zu sehen, die ihr auch bei Kerr und Gil begegnet war. Dann sagte er leise: »Sei vorsichtig. Sein letzter Bursche ist tot. Ich will nicht, dass dich das gleiche Schicksal ereilt.«

Catherine atmete auf. Was sie für Neid gehalten hatte, war lediglich Sorge. Daeron hatte ihr vom tödlichen Sturz des Jungen erzählt. »Keine Bange, John. Mir passiert schon nichts. Ich gehe nicht in die Berge.«

John kam noch einen Schritt näher. »Das tat Robbie auch nicht«, sagte er leise. »Er hatte Angst vor großen Höhen und wäre freiwillig nicht einmal auf einen Hügel gestiegen. Und dennoch fanden sie seinen zerschmetterten Leib im Hang. Pass auf dich auf!« Mit diesen Worten drehte er sich um und ging.

Catherine dachte nicht länger über seine Warnung nach. Selbst wenn der Junge nicht gerne in die Berge gegangen war, so hatte ihn dennoch etwas dorthin getrieben und Daeron hatte damit ganz sicher nichts zu tun.

Kurz nachdem John die Vorratskammer verlassen hatte, folgte Catherine ihm. John benutzte die Wege der Dienerschaft, die er ihr vorgestern gezeigt hatte, und trat erst in der Nähe von Sutherlands Gemächern auf den breiten Flur hinaus. Hinter einer Biegung blieb Catherine stehen und wartete. John klopfte an. Ein dumpfer Laut, der weit über den Gang hallte.

Catherine zog sich ins Treppenhaus zurück und folgte den Stufen ein Stück nach oben. Überall an den Wänden hingen Sträucher und Gebinde aus Stechginster, dessen abstoßend süßlicher Gestank sie zurückfahren ließ. *Warum habe ich nie bemerkt, wie sehr dieses Zeug stinkt?* Sie hielt sich eine Hand vor Mund und Nase und wartete, bis unter ihr Schritte erklangen. John hatte seinen Auftrag ausgeführt und stürmte in großen Sätzen die Treppen hinab. *Vermutlich geradewegs in die Vorratskammer zurück, um nahtlos an seine Faulenzerei anzuknüpfen.*

Sobald er außer Sicht war, kehrte Catherine auf ihren Beobachtungsposten zurück. Bange Momente verstrichen, in denen sie sich immer wieder fragte, ob Sutherland ihre List womöglich durchschaut hatte. Dann wurde die Tür geöffnet und Craig Sutherland trat auf den Gang heraus. Catherine presste sich mit dem Rücken eng an die Wand. Sie wartete, bis seine Schritte verklungen waren, und selbst dann ließ sie noch einige Zeit verstreichen, ehe sie sich hervorwagte.

Himmel, was mache ich hier überhaupt! Zweifel türmten sich zu einem gewaltigen Bollwerk der Furcht. Sutherland würde Daeron niemals unbewacht zurücklassen. Vermutlich war der einzige Grund, warum er seine Gemächer so sorglos verließ, der, dass Murdoch nach wie vor dort war. Oder es gab niemanden mehr zu bewachen. Sie wagte nicht, den Gedanken weiterzuverfolgen.

Vor Sutherlands Tür hielt Catherine inne und sah sich um. Sobald sie sicher war, dass niemand in der Nähe war, glitt ihre Hand zur Klinke. *Warum habe ich keine Waffe mitgenommen?* Jetzt war es zu spät, um umzukehren. Mit einem leisen Knarren schwang die Tür einen Spalt auf.

Catherine schlüpfte in den Raum und drückte die Tür hinter sich zu. Einen Moment schloss sie die Augen, ehe sie den Mut fand, sich der Finsternis zu stellen, und sie wieder öffnete. Die Schwärze war weit weniger vollkommen, als sie erwartet hatte. Als wäre ein Teil des Dunkels auf den Gang entwichen. Deutlich hoben sich die Silhouetten von Sutherlands Möbeln vom vorherrschenden Grau ab. Sein Schreibtisch, der Stuhl, auf dem er gesessen und ihr seine Anweisungen erteilt hatte. Eine Anrichte, ein paar Sessel. Die Umrisse eines Fensters, hinter dem die Nacht lauerte.

Catherine umrundete die Möbel und blieb vor der Wand stehen. Hier musste die verborgene Tür sein, durch die Murdoch Daeron in den Raum gebracht hatte. Ihre Finger fuhren über die Holzpaneele, glitten – auf der Suche nach einem Öffnungsmechanismus – über Fugen und Schnitzereien. *Wenn Murdoch hier ist, ist er bei Daeron.* Der Gedanke ließ sie vorsichtiger werden. Da blieben ihre Finger an einer scharfen Kante hängen. Ein Riegel. Catherine legte das Ohr an die Tür und lauschte. Dahinter war alles ruhig. Kein Lichtschimmer fiel durch die Ritzen. Sie schob den Riegel zurück. Lautlos öffnete sich der Zugang vor ihr.

Erstaunt schaute Catherine in ein verlassenes Schlafzimmer. Sie wusste nicht genau, was sie erwartet hatte – der Anblick von Bett, Schrank und Kommode überraschte sie jedenfalls. Warum sollte Sutherland Daeron in seinem Schlafzimmer festhalten? Mit langsamen Schritten durchmaß sie den Raum. Nichts deutete darauf hin, dass Daeron hier gewesen war.

Was, wenn es auch hier eine verborgene Tür gibt? Catherine wandte sich den Wänden zu und musste schnell erkennen, dass sie so nichts finden würde. Sie zögerte einen Moment, dann nahm sie eine kleine Lampe vom Nachttisch und entzündete sie. Mit dem Licht in der Hand schritt Catherine an den Wänden entlang. Sie suchte nach einem Riegel, ungewöhnlichen Spalten oder Mustern im Holz – nach allem, was auffällig erschien. Schritt um Schritt bewegte sie sich voran, strich mit der freien Hand über die Wand, tastete nach Unebenheiten, die ihren Augen verborgen bleiben mochten. Immer wieder fragte sie sich, wie lange es dauern würde, bis Sutherland zurückkehrte.

Wenn Martáinn nicht am Treffpunkt erschien, würde er sofort wissen, dass er reingelegt worden war. Womöglich wusste er es längst und war nur gegangen, um sie hierherzulocken. Was, wenn er ihr bereits nebenan auflauerte? Catherine hielt inne und lauschte. Absolute Stille hüllte sie ein, undurchdringlich wie Granit. Nein, Craig Sutherland war nicht hier.

Da vernahm sie einen Laut. Ein metallenes Schaben. Blitzschnell drängte Catherine sich an die Wand. Panik stieg in ihr auf. Unwillkürlich sah sie zum Kamin. Doch der Ursprung des Geräuschs lag nicht dort. Sie horchte in den Raum. Eine Weile blieb es ruhig, dann hörte sie es erneut. Links von ihr. Es schien geradewegs aus der Wand zu kommen. Catherine stellte die Lampe auf den

Boden und begann die Paneele abzutasten. Zoll um Zoll strichen ihre Finger über das Holz, suchten nach einem ähnlichen Riegel, wie sie ihn zuvor im Wohnraum entdeckt hatte. Ihre Bewegungen ließen das Licht tanzen. Einen Moment lang blickte sie nachdenklich auf die zuckende Flamme, dann griff sie erneut nach der Lampe. Sie wartete, bis sich die Flamme beruhigt hatte, ehe sie sie vor die Wand hielt. Kein Flackern. Sie bewegte sich ein Stück nach rechts, hielt wieder inne. Auch hier blieb das Licht ruhig. Stück für Stück arbeitete Catherine sich voran, bis ein erneuter Luftzug das Feuer tanzen ließ. Sofort stellte sie die Lampe zur Seite und strich über die Wand.

Nicht lange, dann hatte sie gefunden, wonach sie suchte. Hastig löschte sie das Licht und löste den Riegel. Feuchtigkeit schlug ihr auf kühlen Schwingen entgegen. Catherines Blick traf auf eine schmale Stiege und folgte ihr empor, bis ihre Augen auf das leise Echo eines Lichtschimmers stießen.

Wieder erklang das Klirren, das sie schon zuvor vernommen hatte. Dieses Mal lauter. *Ketten?*

Vorsichtig setzte sie einen Fuß auf die unterste Stufe. Gedämpft knirschte ihre Schuhsohle über den Stein. Hastig zog sie den Fuß zurück und blickte nach oben. Nichts rührte sich. Einzig das Klirren war noch immer zu hören. Ein beinahe zorniger Laut. Erneut setzte sie ihren Fuß auf die erste Stufe, dann die zweite und dritte. Der Gang war so eng, dass sie mit den Schultern an der Wand entlangschrammte. Nach einigen Schritten konnte sie eine halb geöffnete Tür vor sich ausmachen. Dahinter lag das Licht. Catherine verharrte. Jemand war hier. Murdoch. Sie konnte ihn *riechen*! Behutsam schob sie sich weiter nach oben. Vor der Tür angekommen blieb sie stehen. Ein Schlüssel steckte in der Tür. *Er ist tatsächlich hier!*

Sich dicht an der Wand haltend stand Catherine da und spähte durch den Türspalt, als ihr die Mündung einer Pistole entgegenstarrte. Erschrocken fuhr sie zurück. Der Lauf streifte über den Schlüsselring, ohne ihn wirklich zu berühren. Ein Klirren ertönte, gefolgt von einem Fluch.

Daeron! Ihr Herz tat einen erleichterten Sprung. Sie überwand die letzten zwei Stufen und riskierte es, die Tür weiter zu öffnen. Blendend hell sprang ihr der Schein einer Laterne entgegen. Blinzelnd schaute sie in die erleuchtete Kammer. Murdoch lag auf dem Boden. Dahinter stand Daeron. Mit einer Hand an die Wand gekettet versuchte er mit der Pistole den Schlüsselring zu erreichen. Catherine vergaß alle Vorsicht. Sie riss den Schlüssel aus dem Schloss und stürzte in die Kammer.

»Catherine! Gott sei Dank!« Daeron steckte die Pistole in seinen Gürtel.

Sie wollte die Eisenbänder an seinen Handgelenken lösen, doch sobald sie das Blut und das rohe Fleisch darunter sah, schreckte sie zurück. Ein metallischer Geschmack breitete sich auf ihrer Zunge aus. Sofort wurde ihr übel. Daeron nahm ihr den Schlüssel aus der Hand und griff nach ihr, gerade als ihre Beine nachgaben. Er hielt sie fest und zog sie an sich. »Bist du verletzt?«

Unter das Aroma von Blut mischte sich sein Geruch, tröstlich und stark. Die Sorge in seiner Stimme gab ihr Kraft. Sofort befreite sie sich aus seinem Griff. »Nein. Lass uns sehen, dass wir fortkommen, ehe Sutherland zurückkehrt. Schnell, Daeron. Uns bleibt nicht mehr viel

Zeit.« Sie wollte ihm sagen, dass er zu Martáinn musste, doch die Worte wollten ihr nicht über die Lippen kommen. Dumpfer Kopfschmerz breitete sich hinter ihrer Stirn aus.

Daeron sah sie lange an, bevor er sie freigab und die Handfesseln aufschloss. Keuchend rieb er seine geschundenen Handgelenke. Catherine zwang den Blick fort von dem blutigen Fleisch.

»Was ist mit Martáinn?«, fragte Daeron. »Hast du …?«

»Du musst –« Der Schmerz in ihrem Kopf steigerte sich zu einem Wirbelsturm. »Gefahr aus … der Dunkelheit. Er …« Catherine presste die Hände an die Schläfen und kämpfte gegen die Flecken an, die vor ihren Augen zu tanzen begannen. Ihr war plötzlich eiskalt. Geräusche drangen nur noch dumpf an ihr Ohr. »Dun Domhainn«, stieß sie hervor. »Warnen!« Dieses Mal war der Schmerz nicht nur in ihrem Kopf. Explosionsartig breitete er sich aus und erfasste in einer wuchtigen Welle ihren gesamten Leib. »Farrell … tot … Vater!«, war das Letzte, was sie hervorbrachte, bevor die Welt in Schwärze versank.

8

Daeron hob Catherine auf seine Arme und trug sie in sein Schlafzimmer. Behutsam legte er sie auf das Bett. Er zog ihren Plaid zurecht, streifte ihre Schuhe ab und ließ sich neben ihr auf der Bettkante nieder.

»Catherine?«, flüsterte er heiser. »Komm zu dir.« Er strich ihr sanft über das bleiche Gesicht. Ihre Haut fühlte sich erschreckend kalt unter seiner Hand an und für einen Moment fragte er sich, ob sie überhaupt atmete. Dann sah er, wie sich ihre Brust unter flachen Atemzügen hob und senkte.

»Catherine.« Er legte ihr eine Hand auf die Schulter. Selbst durch ihr Hemd hindurch konnte er die Kälte spüren, die aus ihrem Körper strömte. *Wenn ich nur wüsste, was dir zugestoßen ist.*

Vorsichtig untersuchte er sie nach Verletzungen, fand aber nur einen schmutzigen Verband um ihr Fußgelenk. Schnell löste er das Leinen. Halb erwartete er eine Entzündung zu erblicken, die der Auslöser für ihren Zustand sein mochte, doch alles, was er fand, waren zwei getrocknete Blutstropfen an ihrem Knöchel. *Wie Dornenstiche.*

Daeron griff nach den Decken und hüllte sie darin ein in der Hoffnung, die eisige Kälte würde aus ihren Gliedern weichen. Eine Weile saß er an ihrer Seite. Dann wurde er unruhig. Er musste Martáinn warnen. Catherine hatte es selbst gesagt. Danach würde er sofort zu ihr zurückkehren.

Als er Martáinn in seinen Gemächern nicht antraf, beschlich ihn eine böse Vorahnung, die zu schrecklicher Gewissheit wurde, als er einen Diener nach seinem Verbleib fragte. Der Earl hatte Dun Brònach vor kurzem in Begleitung von Hauptmann Farrell und einer Handvoll Krieger verlassen. *Ich muss ihm folgen!*

Fluchend kehrte Daeron in seine Gemächer zurück. Catherine war noch immer nicht erwacht. Er dachte daran, sie allein zurückzulassen, da er nicht wusste, wem er trauen konnte. Doch seine Furcht, ihr Zustand könne sich verschlechtern und niemand wäre bei ihr, war zu groß. Schließlich ließ er nach Betha, Catherines einstiger Amme, rufen. Sie war die Einzige, die er einzuweihen wagte.

Es war nicht leicht, der alten Frau schonend beizubringen, dass ihr einstiger Schützling hier war. Catherines Anblick trieb Freudentränen in Bethas trübe Augen, in die sich jedoch sogleich Sorge mischte.

»Was fehlt meinem Mädchen?«

»Ich weiß es nicht.« Daeron schüttelte den Kopf. »Bleib bei ihr und gib gut auf sie Acht. Und, Betha, niemand darf erfahren, dass sie hier ist. Das muss unter uns bleiben, andernfalls ist ihr Leben in Gefahr.«

»Natürlich, Herr.« Betha neigte das Haupt. »Was ist mit Euch?«

Er runzelte die Stirn. »Mit mir?«

Betha deutete auf seine Schläfe. »Ihr seid verletzt.«

Im Moment spürte er weder die Wunde an seiner Schläfe noch die Schnitte an seinen Handgelenken. »Das ist nicht der Rede wert.«

Betha nickte. Ihre Aufmerksamkeit kehrte zu Catherine zurück. Sie zog sich einen Stuhl heran und setzte sich an die Seite ihres Schützlings.

Daeron beugte sich zu Catherine herab und strich ihr über die Stirn. Dann wandte er sich an Betha: »Ich bin, so schnell ich kann, zurück. Verriegle die Tür und lass niemanden ein. *Niemanden*, hast du verstanden?« Als die al-te Frau nickte, packte er seinen Mantel, Pistole und Schwertgehenk und trat auf den Gang hinaus. Die Tür fiel hinter ihm ins Schloss. Kurz darauf erklang das erlösende Geräusch eines Schlüssels, der von innen herumgedreht wurde.

Daeron blieb stehen. Er fragte sich, ob Martáinn wirklich seiner Hilfe bedurfte. Immerhin waren der Hauptmann und einige seiner Männer bei ihm. *Womöglich ist das nicht genug.* Was auch immer Sutherlands Verbündete planten, ganz sicher würden sie es nicht auf einen offenen Kampf anlegen. *Sie werden Martáinn in einen Hinterhalt locken wollen.*

Mit schnellen Schritten folgte Daeron dem Gang zur Treppe. Überall in den Ecken türmten sich Schatten zu schwarzen Gebilden. Mit einem Mal drängten sich Catherines Worte in seinen Verstand. *Gefahr aus der Dunkelheit.* Was hatte sie damit gemeint? *Ganz sicher keine Schattengespinste.* Sutherlands Männer würden Martáinn im Dunkeln auflauern. Das war es, was sie ihm hatte sagen wollen.

Daeron erreichte das Ende der Treppe. Aus der Großen Halle drang das klagende Lied eines Dudelsacks an sein Ohr. *Wie das Heulen eines Gespenstes.* Er durchquerte die Eingangshalle und stieß die Tür auf. Ein Schwall eisiger Nachtluft schlug ihm entgegen und ließ alle Gedanken an Gespenster gefrieren.

Daeron ging über den Hof und trat in den Stall. Er verzichtete darauf, einen Burschen zu rufen, und machte sich stattdessen selbst daran, sein Pferd zu satteln. Je weniger Menschen wussten, dass er Dun Brònach verließ, umso besser. Sutherland würde es nicht wagen, jemanden nach Catherine auszusenden, solange er Daeron in ihrer Nähe wähnte.

Sie zurückzulassen gefiel ihm noch immer nicht, doch ihm blieb keine andere Wahl, wenn er Martáinn warnen wollte. Er redete sich ein, dass er getan hatte, was in seiner Macht stand, um sie zu schützen. Sobald er zurück war, würde er den Heiler rufen, damit er sich ihrer annahm.

Mit raschen Handgriffen legte er Sattel und Zaumzeug an, zurrte die Riemen fest und überprüfte ein letztes Mal ihren Sitz. Nachdem er sich sein Schwertgehenk umgeschnallt, die Pistole verstaut und den Mantel über die Schultern geworfen hatte, führte er das Tier nach draußen. Am Tor wechselte er ein paar Worte mit der Nachtwache, dann schwang er sich in den Sattel, trat seinem Pferd in die Flanken und preschte in die Nacht hinaus.

Fahles Mondlicht kroch über das Land. Wie Gerippe ragten die Kiefern am Wegesrand auf, die dürren Arme in einen Mantel aus Frost gehüllt. Daerons Atem stieg dampfend in die kalte Luft empor. Das Donnern der Hufe dröhnte in seinen Ohren, als wolle es jeden Laut töten, der nicht seinen Gedanken entsprang. Immer wieder fragte er sich voller Sorge, was Catherine während der vergangenen Stunden widerfahren sein mochte.

Farrell ... tot. War dem Hauptmann etwas zugestoßen? Aber das war nicht möglich, hatten die Diener ihm nicht gesagt, dass Farrell zusammen mit Martáinn die Burg verlassen hatte? *Vater!* Es war das letzte Wort, das ihr über die Lippen gekommen war. Sosehr Daeron sich auch den Kopf zerbrach, es wollte ihm nicht gelingen, dem einen Sinn abzutrotzen. Er sah keinen Zusammenhang zwischen Roderick Bayne und der Falle für Martáinn.

Endlich gab die Dunkelheit vor ihm die Silhouetten einer Gruppe Reiter frei. Clankrieger in Kilts, in ihrer Mitte ein Reiter in Umhang und Hosen. Martáinn! Hauptmann Farrell ritt an seiner Seite, den Blick wachsam auf die Umgebung gerichtet. Daeron spornte sein Pferd an. Catherines Worte hatten ihn beunruhigt. Für eine Weile hatte er tatsächlich geglaubt, Farrell könne etwas zugestoßen sein.

Sobald der Hauptmann den Reiter entdeckte, der sich in gestrecktem Galopp näherte, bellte er einen Befehl. Sofort legten seine Männer ihre Musketen an und bildeten einen Ring um den Earl. Daeron ließ sein Pferd in eine langsamere Gangart fallen.

Der Wind wehte Martáinns Stimme an sein Ohr. »Das ist Daeron ap Fealan!«

Der Hauptmann gab den Männern ein Zeichen, die Waffen sinken zu lassen. Daeron lenkte sein Pferd zwischen den Clankriegern hindurch, zu Martáinn. Schweiß überzog die Flanken seines Tieres, glitzernd wie Eis.

»Himmel, Daeron! Was ist passiert?«, entfuhr es Martáinn beim Anblick seines Freundes. »Mit wem hast du gekämpft?«

»Du musst umkehren! In Dun Domhainn erwartet dich ein Hinterhalt!«

Martáinn runzelte die Stirn. »Die Einzige, die mich dort erwartet, ist Catherine. Sie scheint in –«

»Sutherland hat sie gezwungen dir diese Nachricht zu übermitteln«, fiel Daeron ihm ins Wort. »Es werden seine Männer sein, die dir dort auflauern. Catherine ist noch immer in Dun Brònach.«

»Sutherland?« Unwillkürlich glitt Martáinns Hand an das Lederband, an dem das Amulett seiner Mutter hing. Eine vertraute Geste. Wann immer Gefahr drohte, griff er nach dem Band, als könne ihn das eifersüchtig behütete Geschenk seiner Mutter vor allen Übeln bewahren.

»Woher zum Teufel weißt du das? Warum hat sie … Verflucht! Was geht hier vor?«

In knappen Worten berichtete Daeron, wie Sutherland ihm eine Falle gestellt und Catherine mit seinem Leben erpresst hatte die Nachricht zu verfassen, die Martáinn nach Dun Domhainn locken sollte. Catherines Zustand behielt er für sich. Martáinn war sein Freund, dennoch wollte Daeron ihn nicht in Catherines Nähe haben. Nicht jetzt, da sie endlich zu beginnen schien ihn – Daeron – in einem anderen Licht zu sehen.

»Wie konntest du dich derart übertölpeln lassen?«, fragte Martáinn, kaum dass Daeron geendet hatte.

Meine Gefühle haben mich abgelenkt. »Das ist unverzeihlich. Ich weiß.«

»Wichtig ist, dass Catherine in Sicherheit ist.« Martáinn sah auf. In seinen Augen lag ein Ausdruck, der Daeron frösteln ließ. »Und jetzt holen wir uns Sutherlands Männer.«

»Du hast doch wohl nicht vor, nach Dun Domhainn zu reiten?« Martáinns grimmige Miene war Antwort genug. »Martáinn, das ist Wahnsinn!«

»Wahnsinn wäre es, ihn einfach davonkommen zu lassen«, entgegnete der Earl. »Wenn es eine Falle ist, werden wir sie umkehren.« Er packte seine Zügel fester und richtete sich im Sattel auf. »Das ist unsere Gelegenheit, es ein für alle Mal zu beenden.«

Farrell, der dem Gespräch bisher schweigend gefolgt war, zog die Augenbrauen zusammen. »Was plant Ihr, Euer Gnaden?«

»Ich werde am vereinbarten Treffpunkt erscheinen. Ihr haltet Euch mit Euren Männern verborgen. Sobald sich

Sutherlands Verbündete blickenlassen, schnappt Ihr sie Euch!«

Hast du den Verstand verloren? Nur mit Mühe gelang es Daeron, den Gedanken nicht laut herauszuschreien. »Was ist, wenn sie gar nicht vorhaben offen in Erscheinung zu treten? Was, wenn irgendwo ein Schütze im Verborgenen wartet, so wie auf dem Marktplatz?«

Martáinn fluchte. »Ich will diesen Spuk endlich beenden!«

»Das werden wir, Herr.« Hauptmann Farrells Augen wanderten nachdenklich über seine Krieger, ehe sie zu Martáinn zurückkehrten. »Ich bin ganz Eurer Meinung. Ihr solltet nach Dun Domhainn gehen.«

»Was!«, schnappte Daeron.

»*Ich* werde Euch begleiten«, fuhr Farrell fort. »Bevor wir einen Fuß in die Burg setzen, werden die Männer die Umgebung absuchen und dann ihre Posten beziehen. Mit mir an Eurer Seite und den Kriegern im Hintergrund werden wir auf alles vorbereitet sein.«

»Das kommt überhaupt nicht in Frage!« Daeron verstand nicht, wie ausgerechnet Farrell, dessen größtes Bestreben die Sicherheit des Earls war, etwas Derartiges vorschlagen konnte. »Ihr wollt Ihnen eine Falle stellen, Hauptmann? Meinetwegen. Aber ohne den Earl.« Er wandte sich an Martáinn. »Gib mir deinen Umhang. Ich werde deinen Platz einnehmen.«

9

Verlassen und still lagen die schroffen Ruinen Dun Domhainns im Herzen der Nacht, lehnten sich in den Fels und machten es beinahe unmöglich, zu sagen, wo der Berg endete und die Burg begann. Gewaltige Risse klafften in dem mächtigen Mauerring, der die Burg einst vor Eindringlingen geschützt hatte, und gaben den Blick auf die zerfallenen Burggebäude frei, zwischen denen dichte Nebelschwaden waberten. Eine dünne Frostschicht überzog den Stein und schimmerte silbern im Mondlicht.

Roderick Bayne spürte die Kälte nicht, die den Atem von Mensch und Tier in weißen Wolken aufsteigen ließ. Er hatte sein Pferd hinter eine Gruppe Felsen gelenkt. Jetzt sah er zum Gipfel des Ben Kilbreck, dessen dunkler Umriss sich hinter der Bergkette abzeichnete, die das Glen Beag umgab, während er ungeduldig darauf wartete, dass seine Männer das vereinbarte Zeichen gaben. *Hauptmann Farrells Männer*. Sobald sie die Umgebung abgesucht hatten, würden sie Posten beziehen.

Roderick machte sich nicht die Mühe, abzusteigen und sich zu verbergen. Er wusste, dass die Clankrieger nichts finden würden. Die einzige Bedrohung, die hier lauerte, war mitten unter ihnen, ohne dass auch nur einer dieser Narren es ahnte.

Das leise Klirren von Zaumzeug lenkte seine Aufmerksamkeit auf den Mann neben sich. Daeron ap Fealan saß wie eine gemeißelte Statue aufrecht im Sattel und ließ seine Augen wachsam umherschweifen. Rodericks Finger krampften sich um den Zügel, bis der Lederriemen unter dem malmenden Druck knarzte. Noch immer ließ der Anblick des Walisers eisigen Zorn in ihm auflodern. Im Gegensatz zu vorhin jedoch, als ap Fealans Erscheinen ihn um ein Haar dazu gebracht hätte, die Illusion von Farrells Antlitz fallenzulassen, hatte er sich jetzt unter Kontrolle.

Er sollte nicht hier sein! Sutherland hatte versagt. Statt ihn festzuhalten, hatte er zugelassen, dass er Catherine erneut nahekam. Ihr Geruch haftete an ap Fealan und stieg bei jeder Bewegung aus seinen Gewändern empor. *Als hätte er darin gebadet. Ich hätte ihn töten lassen sollen!* Doch der Gedanke, den Waliser womöglich noch einmal als Druckmittel zu benötigen, hatte ihn bisher davon abgehalten.

Nicht genug, dass er Sutherland entkommen war, besaß dieser selbstgefällige Bastard auch noch die Arroganz, das Kommando an sich zu reißen! Martáinn war beinahe so weit gewesen, mit ihm nach Dun Domhainn zu reiten. Ap Fealan hatte es verhindert. Alle Versuche, den Earl doch noch dazu zu bringen, die Falle selbst auszulegen, waren an der Einmischung des Walisers gescheitert.

Der Ruf eines Käuzchens schwebte, gedämpft vom Nebel, durch die Nacht. Die Männer waren in Position. Roderick schaute wieder zu ap Fealan hinüber, der stumm nickte und sich die Kapuze tiefer ins Gesicht zog. *Als ob das verbergen könnte, dass du nicht der bist, nach dessen Leben es mich verlangt.*

Mit einem unterdrückten Knurren trat Roderick sein Pferd in die Flanken und ritt an ap Fealans Seite der Ruine entgegen. Ap Fealans Augen spähten noch immer angestrengt umher. Roderick war überzeugt, dass der Waliser nicht einmal die Hälfte von dem erkennen konnte, was er selbst sah. Bei Tageslicht waren seine Augen empfindlich geworden, doch in der Nacht vermochte Roderick Dinge wahrzunehmen, die anderen sogar bei Tag verborgen blieben.

»Farrell, wisst Ihr, was Catherine zugestoßen ist, nachdem sie Euch verlassen hat?«, fragte der Waliser unvermittelt.

Roderick schüttelte den Kopf. »Ich war den ganzen Tag damit beschäftigt, nach Euch zu suchen, bis der Earl mir von ihrer Nachricht erzählte. Ging es ihr nicht gut?«

»Ich weiß es nicht«, sagte ap Fealan dumpf. »Irgendetwas ist ihr zugestoßen, doch ich weiß nicht, was es ist. Ich habe es Martáinn nicht gesagt, aber ich mache mir Sorgen.«

»Das braucht Ihr nicht«, entgegnete Roderick. »Ich bin sicher, sie ist bald wieder auf den Beinen.« *Und bald sind sie und ich wieder eine Familie.*

Als sie sich dem steinernen Torbogen näherten, wurde ap Fealan langsamer. Roderick musste sich beherrschen ihn nicht zu drängen. Es war ihm zuwider, seine Zeit mit etwas zu verschwenden, das seinen Plänen nicht dienlich war. Er lenkte sein Pferd hinter den Waliser und folgte ihm. Welkes Laub raschelte unter den Hufen. Die Natur starb im Angesicht des nahenden Winters. Nur er – Roderick Bayne – würde überdauern. Für immer.

Sobald sie das Tor durchschritten, war es, als wäre die Welt von innen nach außen gekehrt worden. Hatten die von Reif glitzernden Steinwände eben noch silbern geschimmert, glommen sie um den Hof herum in einem undurchdringlichen Schwarz, das überall den Stein überzog. Ein Vermächtnis des Feuersturms, den die Ushana vor fast zweihundert Jahren entfesselt hatte. Dun Domhainn war von der Aura ihrer Macht erfüllt. Ihre Verderbnis durchdrang alles, die Erde, den Stein. Die Ushana war noch immer hier, doch sie konnte ihm nichts anhaben.

Rodericks Augen schweiften über die Steinfassaden. Er gab vor, nach Anzeichen eines Hinterhalts zu suchen. In Wahrheit kämpfte er gegen die Erinnerung an, die ihn plötzlich mit Macht durchflutete. Er war tot gewesen, als seine Männer ihn damals nach Dun Domhainn brachten. Martáinns Klinge hatte seine Lungen zerfetzt.

Schon lange vor diesem Tag hatten ihm seine Kundschafter berichtet, was Martáinn MacKay plante. Es war Rodericks Männern nicht gelungen, Martáinns Leben ein Ende zu setzen. Er war jedem Hinterhalt entgangen und hatte in jedem Kampf gesiegt. Nichts hatte verhindern können, dass Martáinn ihn zum Zweikampf forderte. Doch Roderick war vorbereitet gewesen. Dieselben Nachforschungen, die ihn dazu gebracht hatten, Earl Bruce zu töten, hatten ihm auch die Mittel in die Hand gegeben, den Tod zu überdauern. Roderick hatte sich sein Wissen zu Nutze gemacht und Sutherland klare Anweisungen hinterlassen, wie nach seinem Dahinscheiden zu verfahren sei. Ein Ritual hatte seine Seele gefangen und verhindert, dass sie seinem Körper zu früh entweichen konnte. Seine Seele war es auch gewesen, die all das Unfassbare beobachtet hatte, was seine toten Augen nicht mehr zu erfassen vermochten ...

Die Ushana hielt sich in den Schatten verborgen. Gefangen durch einen mächtigen Bann, den weder Roderick noch seine Männer über sie gelegt hatten, war es ihr nicht möglich, sich zu entziehen oder ihnen gefährlich zu werden. Wie eine Statue erhob sich ihre Silhouette in der Dunkelheit, schlank, mit langen, zarten Gliedern.

Roderick hatte so viele Legenden über ihre Schönheit gehört, dass sich sein Körper selbst im Tode nach ihr verzehrte. Er vernahm ihr wütendes Kreischen und sah, wie sie sich in ihren unsichtbaren Fesseln wand, als Sutherland ihr den Handel anbot: ihre Freiheit gegen Rodericks Leben.

Sie zischte eine zornige Erwiderung. Worte in einer uralten, längst vergessenen Sprache, jener Sprache, in der sie einst auch dem Unendlichen gehuldigt haben musste. Roderick hatte die alten Aufzeichnungen lange studiert, so dass er zumindest Bruchteile verstand. Die Ushana sprach von den kalten Flammen der Rache, die ihren Peiniger ereilen würden, ohne zu ahnen, dass der, der sie hier gefangen hielt, längst nicht mehr am Leben war.

Roderick fragte sich, wie groß Bruce' Macht gewesen sein musste, dass es ihm gelungen war, die Ushana zu binden. Was Bruce getan hatte, ging weit über einen einfachen Bann hinaus. Die Ushana vermochte es weder, Hand an jemanden zu legen, der es ihr nicht selbst gestattete, noch, den Ort zu verlassen, den Bruce für sie bestimmt hatte. Er hatte es vollbracht, sie an den Grenzen der Wirklichkeit gefangen zu halten. Unsichtbar für jeden, der sich nicht der richtigen Rituale bediente. Das Wesen vor Roderick war nur ein Schemen. Das Echo einer Kreatur, von der keine Gefahr mehr ausging.

Dann trat die Ushana aus den Schatten. Mondlicht flutete über ihren schlanken Körper. Obwohl Roderick seinen Männern eingeschärft hatte, dass die Ushana ihnen nicht gefährlich wer-

den konnte, solange der Bann über ihr lag, wich Sutherland entsetzt zurück.

Von ihrer legendären Schönheit war nichts geblieben. Langes schmutzig graues Haar fiel in dünnen Strähnen auf ihre Schultern. Unzählige kahle Stellen enthüllten einen runzligen Schädel. Wie Pergament zog sich die Haut über ihr ausgemergeltes Gesicht, das mehr einem Totenschädel denn einem menschlichen Antlitz glich. Sie hob eine dürre Hand und strich sich durchs Haar, eine Geste, die bei einer schönen, jungen Frau verführerisch gewesen wäre. Bei der Ushana wirkte es wie eine stumme Drohung. Wie Spinnenfäden verfingen sich einige Strähnen unter ihren klauenartigen Fingernägeln und blieben darin hängen. Endlich nickte sie.

Da hoben die Männer die Bahre auf, die Rodericks toten Körper trug, und brachten ihn zu ihr. Die Trage schwankte unter dem ängstlichen Zittern der Träger. Hastig ließen sie ihn vor der Ushana zu Boden und traten zurück.

Roderick hätte Furcht verspüren müssen, doch er war bereits tot. Was konnte schlimmer sein als der Tod? Dennoch spürte er, wie seine Seele zu entweichen versuchte, nur um dem grauenvollen Anblick der Ushana zu entgehen, die nun über ihn kam. Für einen Moment fragte er sich, ob das Ritual wirklich ausreichen würde seine Seele zu halten. Doch alle Fragen wurden unter dem betäubenden Verwesungsgestank der Ushana ausgelöscht, als diese sich über ihn beugte und ihre gelben Fänge in seinen Hals schlug.

Gierig trank sie sein längst erkaltetes Blut. Langsam füllte sich ihr welker Körper damit. Farbe fand unter ihre aschfahle Haut zurück. Die Farbe seines Blutes. Mit jedem Schluck kehrte ein wenig mehr von ihrer einstigen Erscheinung zurück. Und schon bald war es nicht mehr eine verfallene Kreatur, die sich an seinem Blut gütlich tat, sondern dieselbe Schönheit, die das Glen Beag jahrhundertelang in Angst und Schrecken versetzt hatte.

Während sich ihr Bild auf immer in seinen Verstand brannte, ritzte sich die Ushana mit ihren langen Klauen die Innenseite des Handgelenks auf und benetzte Rodericks kalte, tote Lippen mit ihrem Blut. Langsam rann es seine Kehle hinab und hinterließ dort einen fauligen und alten Geschmack. Plötzliche Dunkelheit legte sich über ihn, als wäre die Flamme seiner Seele erloschen. Die Welt war finster. Dann öffnete er die Augen.

Kein Lufthauch drang durch seine Kehle in die zerfetzten Lungen. Krämpfe schüttelten seinen Leib. Sein zerschlagener Körper begann zu heilen. Roderick bäumte sich unter Qualen auf, als sich die Wunden, die Martáinns Schwert ihm zugefügt hatte, schlossen. Der Schmerz war kaum zu ertragen, löschte jede andere Empfindung.

Die Männer hoben seine Trage auf und brachten ihn in eines der weniger zerfallenen Gebäude. Lange Zeit lag Roderick dort und wand sich unter dem tobenden Sturm, der in seinem kalten Körper wütete. Schließlich ebbte der Schmerz ab und ließ ihn ermattet zurück. Und in diesem Augenblick der Ruhe machte er eine Entdeckung, die ihn aufbrüllen ließ: Sein Herz schlug nicht. Nie zuvor hatte er dem steten Pochen seines Herzens wirklich Beachtung geschenkt. Jetzt jedoch, da es fehlte, erfüllte ihn das mit Grauen.

In der folgenden Zeit war er zu schwach, sich um sich selbst zu kümmern. Seine Männer versorgten ihn, fingen ihm Hasen und Füchse, auf dass er seine Fänge in die pulsierenden Herzadern schlagen, sich an ihrem warmen Lebenssaft laben und damit die Kälte aus seinem Leib vertreiben konnte.

Monatelang hauste er in den Trümmern. Jeder Lichtstrahl schmerzte in seinen Augen, Tageslicht verbrannte sein Fleisch.

Gerüche waren zu intensiv, Geräusche zu laut und seine Zunge lechzte nach dem Geschmack von Blut.

In den endlosen Nächten wartete er darauf, dass der Unendliche, der die Ushana zu dem gemacht hatte, was nun auch er war, zu ihm kommen würde. Doch er blieb fern. Womöglich hatte er die Ushana längst vergessen oder das Interesse an ihr verloren.

Nur langsam begriff Roderick, dass er keinen Kampf gegen den Unendlichen, sondern nur gegen sich selbst, seinen Ekel und seinen Abscheu auszufechten hatte. Danach wurde es leichter. Allmählich lernte er, sich seine neu gewonnenen Kräfte untertan zu machen und mit den Grenzen umzugehen, die sein Dasein jetzt mit sich brachte.

Es war noch nicht lange her, dass er das letzte Mal auf diesem Hof gewesen war, ein zerstörter Körper, der sich nur langsam von dem erholte, was Martáinn MacKay ihm angetan hatte. *Ich hätte ihm eine Kugel in den Schädel jagen sollen!* Heute ging nicht einmal mehr das. Der Ring verhinderte es. Die durchlebten Qualen stiegen in Roderick auf, als wären sie nie vollends versiegt, durchströmten den Körper und die Seele des Wesens, zu dem er geworden war. *Was hast du aus mir gemacht, MacKay? Zu welchen Dingen hast du mich gezwungen!* Ein Zittern durchlief Roderick. Er hatte nicht geglaubt dieser Regung noch fähig zu sein. Doch sein Bedauern kam zu spät. Was mit ihm geschehen war, ließ sich nicht mehr rückgängig machen.

Rodericks Augen wanderten ins Herz des Hofes. Dort, wo sich einst der Scheiterhaufen erhoben hatte, ragte eine gewaltige Eiche aus dem aufgebrochenen Erdreich.

Ein Baum ebenso tot wie der Ort, an dem er stand. Die knorrigen kahlen Äste reckten sich weit über den Hof. Man sagte, die Eiche sei von Anfang an verdorrt aus der Erde gewachsen. Ohne ap Fealan wäre alles so einfach gewesen. Er hätte lediglich dafür sorgen müssen, dass MacKay mit ihm zur Eiche kam.

Dieser verfluchte Ring! Er hatte geglaubt, er müsse nur warten, bis Martáinn ihn einmal ablegte. Doch er selbst hatte dafür gesorgt, dass das nie geschehen würde. Als er Martáinn den Ring gab – kurz vor Bruce' Tod –, hatte er behauptet ihn im Namen von Martáinns Vater zu überreichen. Ein Talisman, der ihn zeit seines Lebens begleiten sollte. Martáinn war keine Gelegenheit geblieben, seinen Vater nach dem Schmuckstück zu fragen. Er hatte ihn nicht mehr lebend wiedergesehen. So trug er den Ring in dem Glauben, es handele sich dabei um ein Erinnerungsstück an seinen Vater.

Wie lange hatte Roderick nach einem Weg gesucht, trotz des Rings an Martáinn heranzukommen, und wie erstaunt war er gewesen, als er herausfand, dass ausgerechnet die Ushana-Eiche das vollbringen konnte. Vollgesogen mit der düsteren Macht des Unendlichen war die Eiche stark genug die Kraft des Rings zu brechen. Alles, was Roderick zu tun hatte, war dafür zu sorgen, dass Martáinn MacKay unter den ausladenden Zweigen der Eiche stand.

Hier könnte ich ihn töten. Es hätte nicht einmal etwas ausgemacht, wenn die Männer gesehen hätten, wie ihr Hauptmann den Earl ermordete. Nach MacKays Tod wäre er nicht länger auf die Maskerade angewiesen. Er wäre geflohen, nur um später als Roderick Bayne zurückzukehren und ihnen Hauptmann Farrells Leichnam zu präsentieren – den Leichnam eines Mörders.

»Sehen wir uns die Gebäude an.« Ap Fealan schwang sich aus dem Sattel.

Rodcrick saß ab und folgte ihm durch die Nacht. Ap Fealan schlich geduckt an den Hauswänden entlang, bemüht kein Geräusch zu verursachen. Doch Roderick hätte den Waliser selbst noch auf hundert Fuß Entfernung gehört. Und die Dunkelheit vermochte es ebenso wenig, ihn vor ihm zu verbergen, wie ihm der Geruch entgangen war, der ihm anhaftete. Catherines Geruch.

Du musst dir keine Sorgen um sie machen, Waliser. Sie ist bald wieder auf den Beinen. Es würde einige Zeit dauern, ehe sie sich an die Veränderungen gewöhnte, die in ihr vorgingen. Doch schon bald würde sie in der Lage sein, ihre neuen Kräfte zu beherrschen. Er erinnerte sich, wie es bei ihm zu Anfang gewesen war. Wie alle Sinneseindrücke einer Sturzflut gleich über ihn hereingebrochen waren und ihn nahezu um den Verstand gebracht hatten. Er hatte gelernt seine überscharfen Sinne zu kontrollieren und sie zu rufen, wenn sie ihm dienlich waren.

Und doch habe ich sie nicht immer unter Kontrolle. Vor nicht einmal einer Woche hatte er sich einen Diener geholt. Ap Fealans Burschen. Er hatte es nicht gewollt, hatte gefürchtet Aufmerksamkeit zu erregen, doch er war ausgehungert gewesen. Mehrere Tage schon hatte er sich in Sutherlands Räumen verborgen gehalten, ohne Nahrung. Als er den Burschen gewittert hatte, der nachts allein den verlassenen Gang entlangkam, hatte er der Verlockung des warmen Blutes nicht widerstehen können. Die Erregung, die ihn dabei jedes Mal überkam, war mit dem Blutrausch verflogen und Ernüchterung gewichen. Er hatte sich durch seine Gier in Gefahr gebracht!

Nachdem sein Hunger gestillt war, entledigte sich Roderick in den Bergen des Leichnams. Es hatte einige Aufregung wegen des verschwundenen Jungen gegeben, die sich rasch legte, als sie seinen zerschmetterten Leib fanden und sich die Geschichte eines tragischen Unglücksfalls verbreitete.

Jetzt war er froh den Burschen getötet zu haben. Da sein Unterschlupf und die Überreste seiner Mahlzeiten gefunden worden waren, hatte er es sich nicht länger erlauben können, sich seine Opfer unter den Bewohnern Asgaidhs zu suchen. Das Haus mit den Leichen hatte die Menschen aufgeschreckt. So war er gezwungen gewesen sich zu verbergen und zu warten, bis sie ihre Vorsicht zu vergessen begannen. Ohne ap Fealans Burschen hätte er seinen Durst vermutlich noch einige Zeit unterdrücken können und ihn dann an Catherine gestillt. Statt sie an seiner Kraft teilhaben zu lassen, hätte er sich an ihr gelabt und ihr das Leben genommen.

Wie köstlich süß ihr Blut gewesen war!

Den vermeintlichen Wein, ihren Stärkungstrunk nach ihrer Ohnmacht, hatte er aus seinen eigenen Adern in das Glas rinnen lassen, während sie besinnungslos gewesen war. *Mein Geschenk an dich.* Noch mochte sie sich vom Geschmack und Geruch abgestoßen fühlen, doch schon bald würde sie sich danach verzehren.

Nicht mehr lange und sie wäre wie er. Dann würde sie ihn verstehen. Sie würde begreifen, warum er all diese Dinge getan hatte, und sie würde ihm vergeben. Gerne hätte er ihr erspart, was nun vor ihr lag, doch ihm war keine andere Wahl geblieben. Die Zeit drängte. Nachdem der Attentäter auf dem Marktplatz versagt hatte, war er auf Catherine angewiesen und das war schwierig genug. Selbst unter seinem Bann sträubte sie sich noch. Doch ihr Widerstand würde schon bald restlos erlahmen. *Nicht mehr lange.*

»Seht Ihr das?« Der Waliser war vor einem der Gebäude stehen geblieben und deutete durch eine halb eingefallene Fensteröffnung ins Innere. Roderick wusste, ohne hinzusehen, was ap Fealan ihm zeigen wollte. Der Boden des Hauses war übersät von Steinen, Dreck und verrottenden Tierkadavern. Er kannte diesen Anblick zur Genüge und wollte nicht an die erbärmliche Zeit erinnert werden, in der er zu schwach war, selbst auf die Jagd zu gehen, und sich mit den Tieren begnügen musste, die seine Männer ihm brachten. Er hasste das Gefühl von Fell auf seiner Zunge. Wie viel berauschender war es doch, zarte menschliche Haut zu kosten.

»Was denkt Ihr?«

Roderick zuckte die Schultern. »Vielleicht der Unterschlupf eines Wolfes. Nach einem Versteck sieht es mir nicht aus. Ich kann auch keine Fußabdrücke ausmachen.«

Ap Fealan runzelte die Stirn. »Wie könntet Ihr auch! Himmel, ich kann kaum den Boden erkennen!«

Roderick sah sich aufmerksam um. »Ich glaube nicht, dass sich jemand in den Gebäuden versteckt. Andernfalls hätten wir ihn längst aufgescheucht.«

»Vermutlich habt Ihr Recht. Gehen wir.«

Sie kehrten zu den Pferden zurück, schwangen sich in den Sattel und lenkten die Tiere der Eiche entgegen. Mit jedem Schritt wuchs die Eiche weiter zum Himmel empor, bis ihr Schatten sie verschlang und das Mondlicht auslöschte.

Plötzlich vernahm er ap Fealans gedämpfte Stimme neben sich. »Glaubt Ihr, dass an den Geschichten über die Ushana etwas dran ist?«

Roderick hatte daran gedacht, die Ushana zu vernichten, sobald er ihr Geschenk empfangen hatte. Doch bisher hatte er sie verschont. Erst musste er sichergehen, dass er ihrer Macht nicht mehr bedurfte. »Man kann nie wissen, Herr«, sagte er. »Wir sollten besser auf alles gefasst sein.«

Er zügelte sein Pferd am Fuße der Eiche. Gefrorenes Erdreich knirschte unter den Hufen. *Zeitverschwendung!* MacKay hätte hier sein sollen! Sein Blick schweifte zu ap Fealan und erneut überkam ihn eine Welle des Zorns. Stattdessen war *er* hier! Für einen Moment spielte Roderick mit dem Gedanken, ihn an Martáinns Stelle zu töten. Doch das ging nicht. Die Gefahr, dass einer der Männer es sah, war zu groß. Im Gegensatz zu seinem ursprünglichen Plan war er jetzt auch weiterhin auf seine Maskerade als Hauptmann angewiesen. Nur in Farrells Gestalt konnte er überhaupt in die Nähe des Earls gelangen, ohne sein Misstrauen zu erregen. Das durfte er nicht leichtfertig aufs Spiel setzen. Daeron ap Fealan würde noch früh genug sterben.

Einmal mehr verfluchte er sich dafür, Martáinn den Ring überhaupt geschenkt zu haben. Der Ring hätte den jungen MacKay schützen sollen. *Wie hätte ich auch ahnen können, dass es längst zu spät war?*

Zum wohl hundertsten Mal überlegte er Sutherland

den Befehl zu erteilen, Martáinn MacKay einfach zu töten. Aber Sutherland war der einzige Verbündete, der ihm innerhalb Dun Brònachs geblieben war, alle anderen hielten sich unter Murdochs Führung außerhalb der Burg verborgen. Wenn sein Mordanschlag auf Martáinn ebenso fehlschlug wie das Attentat auf dem Marktplatz, würde Sutherland am Galgen enden. Dann hätte Roderick keine Augen und Ohren mehr in der Burg, niemanden, der in seinem Sinne Einfluss nehmen könnte.

Was musste Catherine ausgerechnet an diesem Tag ankommen! Wenn sie den Attentäter nicht entdeckt hätte, müsste er sich jetzt keine Gedanken darüber machen, wie er MacKays Leben ein Ende bereiten konnte.

Roderick gab vor, sich umzusehen, doch in Wirklichkeit beobachtete er ap Fealan, der angestrengt in die mondhelle Nacht starrte. Lange Zeit verharrten sie schweigend. Der Wind zog flüsternd zwischen den Ruinen hindurch, ohne dass Roderick die schneidende Kälte verspürt hätte, die auf seinen Schwingen lag. Er blickte hoch zu den Ästen der Ushana-Eiche. Jeder kleine Zweig trug etwas von der Macht des Baums in sich, dennoch wäre seine Wirkung weitaus schwächer. Es würde nicht genügen, Martáinn nur in seine Nähe zu bringen. Um den Bann des Rings zu brechen, würde der Earl den Zweig berühren müssen.

Ap Fealan wurde allmählich unruhig. Ihm war deutlich anzusehen, dass es ihn nach Dun Brònach zurückzog. Auch Roderick hatte genug davon, seine Zeit zu verschwenden. »Herr, ich glaube nicht, dass noch etwas geschehen wird.«

»Ich fürchte, Ihr habt Recht, Hauptmann. Vermutlich

haben Sutherlands Männer bemerkt, dass wir ihnen eine Falle gestellt haben, und sind längst umgekehrt. Wir ziehen uns zurück.« Mit diesen Worten wendete der Waliser sein Pferd und trat es in die Flanken.

Roderick wartete, bis ap Fealan ein gutes Stück entfernt war, dann reckte er eine Hand nach einem der mächtigen Äste und brach einen der Zweige, kaum größer als sein kleiner Finger, ab. Wenn Martáinn MacKay nicht zur Eiche kam, würde die Eiche zu ihm kommen.

10

Dunkelheit hielt Catherine umfangen. Eine seltsame Schwere erfüllte ihren Kopf, als gehöre ihr Verstand nicht zu ihrem Körper. Verwirrt fragte sie sich, was geschehen war. Die Furcht hinderte sie daran, die Augen zu öffnen. *Was, wenn ich dieses Mal Daerons Leichnam neben mir finde?*

Der Gedanke an Daeron brachte schlagartig ihre Erinnerung zurück. Seine Handgelenke. Der Geruch seines Blutes, der ihre Sinne erfüllt hatte, bis ihr schwindlig und übel geworden war. Sie hatte versucht ihm zu sagen, er solle Martáinn warnen, bevor der Schmerz so unerträglich wurde, dass sie zusammengebrochen war. Aufmerksam lauschte sie in sich hinein, suchte nach dem Schmerz oder einem Echo davon, doch er war fort. Einzig eine leichte Benommenheit war geblieben, begleitet von bohrendem Hunger und einer durchdringenden Kälte, die sich in ihren Gliedern eingenistet hatte.

Warum ist mir so kalt? Noch immer hielt sie die Augen geschlossen. Der beißende Gestank von Lampenöl stieg ihr in die Nase, untermalt vom leisen Flüstern einer Flamme. Doch da war noch etwas. Sie spürte die Anwesenheit eines anderen Menschen, fühlte die Wärme, die von ihm ausging, hörte das dumpfe Schlagen eines fremden Herzens und das regelmäßige Zischeln des Atems, als streiche eine sanfte Brise durch Baumkronen. Ein vertrauter Duft kitzelte ihre Sinne. Etwas Heimeliges, Warmes, das jahrelang bei ihr gewesen war, ohne dass sie es je so bewusst wahrgenommen hätte wie jetzt. Süß und schwer, vermittelte ihr der Geruch ein Gefühl von Geborgenheit, das sie seit ihrer Kindheit nicht mehr gespürt hatte. Vertrauen und Liebe schwangen darin, so stark, dass sie dem Drang, die Augen zu öffnen, nicht länger widerstehen konnte.

Erleichtert stellte sie fest, dass sie in Daerons Bett lag. Doch es war nicht Daeron, der an ihrer Seite Wache hielt, sondern Betha, die schlafend in ihrem Stuhl zusammengesunken war. Die Jahre waren nicht spurlos an ihrer früheren Kinderfrau vorübergegangen. Bethas Haar war ergraut und die Falten in ihrem Gesicht tiefer, dennoch war es schön, sie zu sehen. Wie sie dasaß ... ahnungslos ... wehrlos. *Es wäre ein Leichtes, ihr die Zähne in den Hals zu schlagen und mit ihrem warmen Blut meinen Hunger zu stillen und die Kälte aus meinen Knochen zu vertreiben.* Entsetzt über ihre eigenen Gedanken fuhr Catherine hoch.

Ihre Bewegung weckte Betha. Tastend, als könne sie nichts sehen, streckte die Kinderfrau eine Hand nach der Laterne aus und machte sich an ihr zu schaffen. Grelles

Licht flutete über Catherine hinweg und grub sich wie ein Speer in ihren Schädel. Nur langsam begriff sie, dass Betha tatsächlich nichts hatte sehen können. Im Raum war es dunkel gewesen, ehe sie die Laterne aufgeblendet hatte.

Die Helligkeit zwang Catherine die Augen zu schließen. Betha setzte sich zu ihr auf die Bettkante und schloss sie in die Arme. Sie roch das Salz von Bethas Tränen, doch es waren ihre Wärme und das Blut, das lebendig unter der Haut der Kinderfrau pulsierte, die sie zurückweichen ließen.

Betha griff nach ihren Händen. »Bei Gott, Kind, ich bin so froh, dass du wieder hier bist! Du musst mir alles erzählen! Es gibt so vieles, was ich wissen möchte!« Sie strich ihr über das Gesicht, wie sie es immer getan hatte, als Catherine noch klein gewesen war. Dann seufzte sie. »Du siehst müde aus.«

Catherine war bewusst, dass Betha in einer Mischung aus Sorge und Freude auf sie einredete. Doch sie war nicht länger im Stande, ihren Worten zu folgen, geschweige denn eine angemessene Erwiderung zu finden. Ihre Gedanken wirbelten wild durcheinander. Das Licht schmerzte noch immer. Es müsste längst besser sein. Bethas Stimme hallte laut in ihren Ohren wider. Obwohl die Amme sanft zu ihr sprach, hinterließ jedes Wort ein hämmerndes Echo hinter ihren Schläfen. Ein winziger Impuls schien auszureichen, um einen Sturm von Empfindungen in ihr zu entfachen. Allein jetzt, da Betha ihre Hände hielt, durchströmten unzählige Sinneseindrücke ihren Leib. Wärme. Der vertraute Geruch. Hunger.

»Catherine?« Ihr Name bohrte sich wie ein Dolch in ihren Verstand. Erschrocken sah sie auf und blickte geradewegs in Bethas sorgenvolle Miene. »Kind, was ist mit dir?«

»Nichts«, presste Catherine hervor. Betha runzelte die Stirn, da fügte sie hastig hinzu: »Wirklich. Es geht mir gut.«

»Ich habe dich dreimal gefragt, wie du dich fühlst. Du scheinst mich nicht einmal gehört zu haben. Erzähl mir nicht, dass es dir gut geht!« Betha streckte die Hand aus. Heiß legten sich ihre Finger auf Catherines Stirn und schreckten kurz zurück, ehe sie ihre Wange berührten. »Herr im Himmel, du fühlst dich ja eiskalt an!«

Brennende Hitze strahlte von Bethas Hand geradewegs unter Catherines Haut und erfüllte sie mit lebendiger Wärme. Doch die Berührung war nicht genug, um die Kälte in ihr abzutöten. Sie brauchte mehr! Ihre Augen fanden zur Innenseite von Bethas Handgelenk, wo sich ein sanfter Pulsschlag unter der Haut abzeichnete. Unwillkürlich leckte sich Catherine über die Lippen, während sich ihr Mund jener Stelle näherte.

Plötzlich zog Betha die Hand zurück und erhob sich. Da erst wurde Catherine bewusst, dass sie den Mund geöffnet hatte, bereit zuzubeißen. Erschrocken schloss sie ihn wieder. Sie betrachtete noch immer Betha, die sich daranmachte ein Feuer im Kamin zu entfachen, doch ihr Geist zog sich aus dem Raum zurück. Sie wusste, dass Betha wieder zu sprechen begonnen hatte, spürte die schmerzhafte Intensität ihrer Worte, ohne ihren Sinn zu begreifen.

Ich hätte beinahe ... Was geschieht mit mir? Wann hatte es begonnen? Die Flut von Reizen, die mit jedem Atemzug über sie hereinbrach, und die Furcht, die damit einherging, nahmen sie derart gefangen, dass es ihr schwerfiel, einen klaren Gedanken zu fassen. Dennoch gab es ein Wort, das sich immer wieder in ihren Verstand drängte. *Vater.* Hatte er einen Fluch über sie gelegt, der ihr weit mehr als den Schmerz brachte?

Sie runzelte unwillkürlich die Stirn. Das war lächerlich! Und doch ... Wo sonst sollten die beängstigenden Veränderungen herrühren, wenn nicht von einem Fluch oder einem bösen Zauber? Doch wer konnte ihr helfen? Daeron war nicht hier, ebenso wenig wie Martáinn. Sie wusste ja nicht einmal, ob sie überhaupt darüber sprechen konnte, ohne dass die Schmerzen zurückkehrten. Wenn es sich tatsächlich um einen Fluch handelte, gab es nur einen Ort, an dem sie Rat suchen konnte: die Kirche.

Catherine schlug die Decke zurück und stand auf. Sofort schien sich alles um sie herum zu drehen und lediglich ein hastiger Griff nach dem Bettpfosten konnte verhindern, dass sie stürzte. Warum war sie so schwach?

Hunger!, schrie eine beharrliche Stimme in ihrem Innersten, so laut, dass sie sich um ein Haar die Ohren zugehalten hätte. Zitternd stand sie da und wartete darauf, dass die Schwäche aus ihren Gliedern wich, während die Kälte des Steinbodens durch ihre nackten Fußsohlen in ihre Knochen kroch.

»Himmel, Kind!«, rief Betha. »Leg dich wieder hin! Ruh dich aus! Ich mache dir einen heißen Tee. Wieso trägst du überhaupt einen Plaid?« Catherine hatte endlich die Kraft gefunden, aus eigenen Stücken zu stehen. Sie löste sich vom Bettpfosten und schlüpfte in ihre Schuhe, als Betha auf sie zukam. »Catherine, was hast du vor?«

»Ich will in die Kirche« war alles, was sie hervorbrachte.

Betha runzelte die Stirn. »Es ist mitten in der Nacht!«

Catherine nickte. »Ich weiß. Aber ich ... ich muss einfach ...« Sie drehte sich um und stürmte aus dem Raum. Früher einmal hatte sie alles mit Betha geteilt, hatte ihr stets gesagt, was sie bewegte und was sie fühlte.

Das ist jetzt vorüber. Im selben Moment wurde ihr bewusst, dass das nicht stimmte. Es hatte bereits vor langer Zeit geendet. Das belauschte Gespräch zwischen ihrem Vater und Craig Sutherland hatte alles verändert. Von da an hatte sie sich nicht einmal mehr Betha anzuvertrauen gewagt. Zu groß war ihre Angst gewesen, die alte Amme mit ihrem Wissen in Gefahr zu bringen.

Catherines Augen folgten dem Gang, streiften über die rauen Steinwände und nahmen die Farbenpracht der kunstvoll verzierten Wandteppiche in sich auf, ehe sie an den Fackeln hängenblieben, die kalt und dunkel in ihren Halterungen steckten.

*

Dichter Nebel lag wie ein feuchtes Tuch über Asgaidh und hüllte Catherine in einen Ozean aus Stille. Zum ersten Mal, seit sie erwacht war, verspürte sie keinen Schmerz hinter ihren Schläfen.

Dampfend stieg ihr Atem in die kalte Nachtluft auf. Obwohl sie ihren Mantel zurückgelassen hatte, bemerkte sie die Kälte kaum, schien sie doch längst ein Teil von ihr geworden zu sein. Es war jetzt nicht mehr weit bis zur Kirche, dennoch wurden ihre Schritte zunehmend langsamer.

Nach ihrem Aufbruch aus Dun Brònach hatte sie sich keine Rast gegönnt. Mit einem Pferd war die Strecke rasch zu bewältigen, zu Fuß jedoch nahm der Weg die gewundene Straße hinab einige Zeit in Anspruch. Anfangs war sie gerannt, getrieben von dem drängenden Wunsch, Rat und Hilfe zu finden. Jetzt ließen ihre Kräfte immer mehr nach. Immer und immer wieder zwang sie sich den nächsten Schritt zu tun, dann noch einen und noch einen. Sie geriet ins Straucheln und musste sich an einer Wand abstützen. Endlich blieb sie stehen. Sie lehnte sich mit dem Rücken gegen eine Hausmauer und schloss die Augen. Kühle Feuchtigkeit durchdrang Plaid und Hemd, dort, wo sie den Stein berührte, und fraß sich unter ihre Haut. Langsam atmete sie ein und aus, während sie darauf wartete, dass das Gefühl der Schwäche aus ihren Knochen wich und sie im Stande wäre, ihren Weg fortzusetzen.

Ein Stück die Straße runter wurden Stimmen laut, als die Tür zum *Thistle Pub* geöffnet wurde. »Verschwindet! Ihr habt genug gesoffen!«

Catherine riss die Augen auf. Ihr Blick flog den Stimmen entgegen und blieb am Schild des Pubs hängen, das leicht im Wind schaukelte. Darunter standen vier johlende Gestalten. Die Männer schwankten vor Trunkenheit und mussten sich aneinander festhalten, um nicht zu stolpern. Einer von ihnen hielt noch einen Krug Ale in Händen und prostete der Wirtin zu, die ihnen die Tür vor der Nase zuschlug.

»Wirklich eine Schande!«, rief er mit schwerer Zunge. »Gerade jetzt, wo die Alte mit jedem Schluck schöner wurde!«

Die vier lachten. Einer von ihnen stimmte ein Lied an, das Catherine die Röte in die Wangen schießen ließ.

Plötzlich stieß der mit dem Krug einen wütenden Schrei aus. »Ale habe ich für heute genug!«, brüllte er. »Jetzt brauche ich ein Weib!«

Zoten reißend torkelten die Männer die Straße entlang. Geradewegs auf Catherine zu. Wie gelähmt stand sie da und starrte ihnen entgegen. Sie spürte die Gefahr, die von ihnen ausging, sah sie im frostigen Atem der Männer, der wie giftiger Dunst über ihnen in die Luft stieg. Jeden Augenblick würden sie sie ansprechen, würden ihr Obszönitäten zurufen, obwohl sie noch ein gutes Stück entfernt waren. Wenn sie sie erst erreichten, war es zu spät. Diese Männer waren zu betrunken, um dem Nein einer Frau Beachtung zu schenken. Catherines Finger tasteten nach der Wand. Langsam schob sie sich seitwärts. Womöglich konnte sie sie in einer der Seitengassen abhängen. Derart berauscht wären sie vielleicht nicht fähig ihr lange zu folgen. *Und wie lange kann ich vor ihnen fliehen?*, dachte sie bitter, als sie sich an ihre eigene Schwäche erinnerte. Sie musste es zumindest versuchen!

Warum sagten sie nichts? Sie sahen sie nicht einmal an. Da begriff sie es. *Die Dunkelheit! Sie haben mich noch nicht entdeckt!* Die Erkenntnis ließ die Erstarrung endgültig von ihr weichen. Catherine stieß sich von der Mauer ab und floh in die enge Finsternis einer Seitengasse. Hinter sich auf der Straße hörte sie das Gelächter und die schweren Schritte der Männer. Hämmernd jagte ihr Geschrei durch Catherines Kopf und brachte den Schmerz zurück. Sie wollte umdrehen und davonlaufen, doch sie fürchtete, dass die Männer jetzt nah genug waren, um sie zu hören. Vorsichtig zog sie sich tiefer in die Gasse zurück. Sie hielt sich die Ohren zu, um sich vor dem tosenden Inferno, das die Schreie in ihrem Kopf verursachten, zu schützen.

Eine Gestalt wuchs in der Einmündung auf, keine zwanzig Schritt von ihr entfernt. Unter dem Johlen seiner Kameraden zerrte er seinen Kilt zur Seite und begann seine Blase mitten in die Gasse zu entleeren. Catherine drückte sich an eine Häuserwand. Der Schmerz in ihrem Kopf war mittlerweile so stark, dass er alles andere überlagerte. Blitze aus glühender Pein trübten ihre Sicht. Ein beißender Geruch stieg Catherine in die Nase und ließ sie herumfahren. Etwas berührte sie an der Wange; eine kühle, feuchte Hand, umweht vom süßlichen Gestank der Verwesung. Sie unterdrückte einen Aufschrei und fuhr zurück, da griff eine weitere Hand nach ihrem Nacken. Catherine schlug danach. Ihre Finger blieben in etwas hängen. Entsetzt riss sie die Augen auf, erwartete halb, Farrells totem Blick zu begegnen. Alles, was sie sah, war ein Gebinde aus Stechginster, das sich zwischen ihren Fingern verfangen hatte. Ein Brennen breitete sich dort, wo der Ginster sie berührte, auf ihrer Haut aus. Hastig ließ sie ihn fallen.

Die Luft war durchtränkt von den Ausdünstungen des Gewächses mit den vertrockneten gelben Blüten, das hier überall an den Wänden aufgehängt war. Angewidert schlug Catherine einen weiteren Strauß zur Seite, dann löste sie sich von der Mauer. Vorsichtig schlich sie noch weiter nach hinten zurück. Fort von den Betrunkenen, die am anderen Ende der Gasse noch immer lautstark grölten, und weg von dem unerträglichen Gestank, der sich in ihr ausbreitete, bis sie glaubte ihn sogar auf der Zunge zu schmecken.

Taumelnd hielt Catherine auf eine Einmündung zu, bog um die Ecke und folgte dem Verlauf einer weiteren Gasse, bis sie eine schmale Passage erreichte, deren Wände frei von Stechginster waren. Erschöpft blieb sie stehen. Begierig sog sie die klare Nachtluft in ihre Lungen. Dort, wo das Kraut sie berührt hatte, brannte ihre Haut noch immer. Geistesabwesend rieb sie sich die Hand, während sie sich in der Gasse umschaute.

Auf der einen Seite wuchs das grobe, von Moos und Flechten überwucherte Mauerwerk eines Hauses aus der Nacht empor. Doch es war die andere Seite, die Catherines Aufmerksamkeit auf sich zog. Überrascht blickte sie auf die rauen Steinwände des Pfarrhauses, die silbergrau im Mondschein schimmerten, lediglich wenige Meter von ihr entfernt durch eine unscheinbare Pforte durchbrochen. Am Ende der Gasse erhob sich die Kirche. Sie musste nur noch diesem Weg folgen und um die Ecke treten, dann wäre sie am Ziel.

Die Übelkeit fiel von ihr ab und hinterließ erneut ein Gefühl bohrenden Hungers, unter dem sich ihre Eingeweide krampfartig zusammenzogen. Sie versuchte sich zu erinnern, wann sie das letzte Mal etwas gegessen hatte. Es musste über zwei Tage her sein, am Morgen nach ihrer Ankunft in Dun Brònach, als sie sich ein Haferplätzchen aus der Küche stibitzt hatte. *Wirklich so lange?* Es fiel ihr schwer, das zu glauben. Hatte sie nicht später noch einmal etwas gegessen? Unwillkürlich schüttelte sie den Kopf. Wann immer sie es versucht hatte, war ihr entweder übel geworden oder jemand hatte sie gestört.

Kein Wunder, dass ich allmählich durchdrehe. All die Sinnestäuschungen und merkwürdig verschärften Wahrnehmungen waren vermutlich lediglich eine Reaktion ihres Körpers auf den Nahrungsmangel. Hatte sie nicht auch Geschichten von Männern im Krieg gehört, deren Feldrationen aufgebraucht waren und die daraufhin begonnen hatten Dinge zu sehen und zu hören, die es nicht gab? Dasselbe geschah nun mit ihr.

Ein Fluch! Lächerlich! Wie hatte sie auch nur einen Moment lang annehmen können, ein Priester würde ihr mehr helfen als eine ordentliche Mahlzeit? Für diese Erkenntnis hatte sie erst den Weg nach Asgaidh zurücklegen müssen. Um ein Haar hätte sie über ihre eigene Dummheit gelacht.

Ein leises Rascheln ließ sie aufhorchen. Nahe der Wand, am Boden. Nicht weit von ihren Beinen entfernt. Catherine packte blitzschnell zu. Mit dem zappelnden Kätzchen in der Hand richtete sie sich wieder auf. Sie spürte die Wärme des Tiers unter ihren Fingern, das Pochen des kleinen Herzens, das Leben, das durch die winzigen Adern pulsierte. Ihre Finger zitterten, so dass sie ihren Griff verstärkte. Das Kätzchen maunzte leise. Langsam näherte sich die Hand mit dem Tier darin ihrem Mund. Das Kätzchen zappelte und versuchte sich zu befreien. Winzige Krallen gruben sich in Catherines Hand. Sie packte noch fester zu. Sie würde ihre Beute jetzt nicht mehr entkommen lassen. Langsam öffnete sie den Mund und entblößte ihre Zähne.

Ein Geräusch schreckte sie auf. Sie hob den Kopf und sah, wie die kleine Seitentür geöffnet wurde. Ein hagerer Mann in einfacher Priesterrobe erschien im Türrahmen. Sein Haar schimmerte silbern im Mondschein. *Vater Ninian!* Der Priester trug einen Eimer und war gerade im

Begriff, seinen Inhalt in die Gasse zu entleeren. Da bemerkte er Catherine. Sofort hielt er inne und sah ihr aus zusammengekniffenen Augen entgegen.

Catherine gefror unter seinem Blick. Sie spürte, wie sich das pelzige Tier zuckend in ihrer Hand wand. Angewidert löste sie ihren Griff. Das Kätzchen fiel zu Boden und floh. Wie betäubt stand Catherine da. Unfähig zu begreifen, was mit ihr vorging, starrte sie den Priester an.

»Junge, was ist mit dir?« Wie eine sanfte Welle durchbrach seine Stimme die Stille. »Was tust du mitten in der Nacht hier draußen?«

Catherine schrak unter dem Dröhnen seiner Worte zusammen. Sie tat einen zögernden Schritt auf ihn zu, dann einen zweiten und dritten. *Nahrung!* Das Wort streifte bei Vater Ninians Anblick auf geisterhaften Schwingen durch ihren Verstand. *Viel mehr, als dieses winzige Tier zu bieten hatte!* Entsetzt über ihre eigenen Gedanken blieb sie stehen.

»Was ist mit dir?« Noch immer sprach Sorge aus seiner Stimme. Er ahnte nicht einmal, in welcher Gefahr er sich befand. *Ich bin keine Gefahr! Ich will doch nur ...* Er stellte den Eimer ab. »Brauchst du Hilfe?«

Die brauchte sie. Und etwas zu essen. Sie war inzwischen so ausgehungert, dass ihr der Gedanke an Blut plötzlich nicht mehr abstoßend erschien. *Was ist nur los mit mir?*

»Hilfe«, murmelte sie. Sie fühlte sich schwach und seltsam benebelt. Jeder Schritt schien schwerer als der davor. Es war, als hätte jemand eine Barriere vor ihr errichtet, die sie nun daran hinderte, vorwärtszugehen. Eine Wand aus brennender Hitze, die sie verbrennen würde, sobald sie sie berührte. *Das ist ein heiliger Ort! Ich sollte mich hier sicher fühlen!* Taumelnd ging sie weiter auf Vater Ninian zu. Ihr Körper schien plötzlich in Flammen zu stehen.

Hier wirst du keine Hilfe finden, schrie eine Stimme in ihr über die Qualen hinweg. *Lauf, so schnell du kannst, ehe sie dich vernichten!*

Der alte Priester hob die Hand und winkte sie zu sich. »Komm nur her. Hab keine Angst.«

Flieh! Catherine drehte sich um und stürzte davon.

11

Daeron eilte den Gang hinunter.

Seit er zusammen mit Hauptmann Farrell Dun Domhainn verlassen hatte, gab es nur noch einen Gedanken für ihn: Catherine. Er musste zu ihr, musste wissen, ob es ihr gut ging. Dass er sie zurückgelassen hatte, nagte an ihm. Was, wenn Sutherland ihr etwas angetan hatte, während er fort gewesen war?

Voller Sorge beschleunigte Daeron seinen Schritt, bis er beinahe rannte. Erst vor seinen Gemächern hielt er inne. Entschlossen öffnete er die Tür. Im selben Augenblick, als er über die Schwelle trat, erinnerte er sich an das leise Knirschen des Schlüssels. Betha hatte abgeschlossen, nachdem er gegangen war! Warum war die Tür jetzt nicht mehr verriegelt?

Seine Hand glitt zur Pistole und schloss sich um den Griff. Ein leiser Lichtschimmer quoll zwischen den Ritzen der Tür zum Schlafzimmer hervor und tastete sich in den Raum. Daeron lauschte. Nichts. Vorsichtig trat er näher, die Hand noch immer an der Waffe. Er drückte die Klinke und stieß auch hier auf keinerlei Widerstand. Warum hatte Betha nicht abgeschlossen? *Habe ich ihr nicht ausdrücklich gesagt, in welcher Gefahr Catherine schwebt!*

Mit einem Ruck stieß er die Tür auf und sah sich um. Betha saß in einem Sessel vor dem Kamin und schlief. Das Bett war verlassen. Daerons Finger krampften sich um den Pistolengriff, während seine Augen den Raum absuchten. »Catherine?«

Vor dem Kamin erwachte Betha. »Sie ist nicht hier, Herr«, sagte sie schlaftrunken.

Zornig sah er sie an. »Was soll das heißen, nicht hier? Du solltest auf sie aufpassen!«

»Sie wollte in die Kirche.« Betha richtete sich auf. »Ich habe versucht es ihr auszureden, doch sie sagte, sie fühle sich gut, und sie –«

Der Rest ihrer Worte ging im Tosen seiner Gedanken unter. Was wollte Catherine mitten in der Nacht in der Kirche? Ohne eine weitere Erklärung drehte er sich um und verließ seine Gemächer. Er lief den Gang entlang, die Treppen hinab und hastete über den Hof. Vor dem Stall übergab Farrell gerade einem Stallburschen den Zügel von Daerons Pferd.

»Wartet!«, rief Daeron. »Ich brauche das Tier noch!«

Der Hauptmann sah auf. »Jetzt?«

Daeron nickte. Er hatte Farrell erreicht und nahm ihm den Zügel aus der Hand. »Ich muss nach Asgaidh.« Für einen Moment spielte er mit dem Gedanken, Farrell zu bitten ihn zu begleiten. Die gefurchte Miene des Hauptmanns hielt ihn davon ab. Schon in Dun Domhainn hatte er auffallend ungeduldig gewirkt. Eine Ungeduld, die Daeron an ihm nicht kannte. Farrell hatte den Eindruck erweckt, als könne er es kaum erwarten, die Ruinen endlich wieder hinter sich zu lassen. *Kein Wunder bei all den Geschichten, die man sich darüber erzählt.*

Der Hauptmann hatte für heute genug getan. Catherine war in der Kirche. Alles, was Daeron tun musste, war nach Asgaidh zu reiten und sie wieder mit nach Dun Brònach zu nehmen. Es gab keinen Grund, die Aufmerksamkeit des Hauptmanns von seiner eigentlichen Aufgabe – Martáinns Schutz – abzulenken.

Daeron schwang sich in den Sattel. »Setzt Eure Männer auf Sutherland an! Lasst ihn einkerkern, falls Martáinn das nicht längst getan hat!«, rief er und lenkte sein Pferd über den Hof. »Und sagt dem Earl, dass ich ihn morgen aufsuchen werde.« Dann trieb er sein Pferd an und ritt zum zweiten Mal in dieser Nacht durch das Burgtor hinaus.

Geisterhaft bleicher Nebel schimmerte kalt im Mondschein. Feuchte Kälte kroch aus den Bergen und durchdrang das Land. Daeron zog den Mantel enger und trieb sein Pferd an. Die Hufe donnerten über den steinigen Weg, der sich wie eine breite Schlange den Berg hinabwand. Es war nicht weit nach Asgaidh und mit dem Pferd würde er den Ort in kürzester Zeit erreichen. Nur noch am Cáil entlang, dann hätte er bald die ersten Häuser erreicht.

Das Rauschen des Flusses wurde lauter. Lediglich eine Reihe Büsche und ein schmaler Streifen Ufergras trennten den Fluss jetzt noch vom Weg. Durchdringender Torfgeruch erfüllte die Luft. Eine Wolke verdunkelte den Mond und ließ den Weg in tiefen Schatten versinken. Daeron zügelte sein Pferd und zwang es zu einer langsameren Gangart. Plötzlich scheute das Tier und stieg wiehernd auf. Ein kräftiger Druck in die Flanken, dann hatte er es wieder unter Kontrolle. Er spürte, wie das Pferd unter ihm erzitterte und kurz davor war durchzugehen. Hastig packte er den Zügel fester und brachte das Tier zum Stehen.

Am Wegesrand glaubte er eine Bewegung auszumachen. Er schaute genauer hin. Halb hinter einem Gestrüpp verborgen stand ein Wolf und starrte ihn an. Daerons Hand glitt zur Pistole. Die gelben Augen des Tieres schienen voller Gier auf ihn gerichtet. Etwas ragte ihm aus dem Maul. Vermutlich hatte der Wolf ein Schaf gerissen.

Langsam gaben die Wolken den Mond wieder frei. Bleiches Licht flutete über die Welt und tauchte den Wolf in silbernen Glanz. Er war groß, weit größer als die meisten seiner Artgenossen. Sein Fell struppig, die Augen leuchtend. Er ließ seine Beute fallen, warf den Kopf in den Nacken und stieß ein durchdringendes Heulen aus. Der Laut fuhr Daeron geradewegs unter die Haut. Aus der Ferne erscholl das Heulen eines weiteren Wolfes. Einen Moment noch stand das Tier da, dann lief es davon.

Daerons Blick folgte ihm, bis er eins wurde mit der Nacht. Er wollte gerade weiterreiten, als seine Augen dorthin zurückkehrten, wo eben noch der Wolf gestanden hatte. Im Gestrüpp lag etwas. Die Beute des Wolfes. Angestrengt spähte Daeron zwischen den Sträuchern hindurch. Da glaubte er menschliche Formen im fahlen Mondschein zu gewahren. *Catherine ist diesen Weg gegangen.* Eine eisige Hand griff nach Daeron. Er sprang aus dem Sattel. Die Pistole in der Hand, rannte er auf die Stelle zu. *Was, wenn sie …* Dann erkannte er, was es war. Ein abgetrennter Arm. Fleischstücke aus dem Leib gerissen. Ein Kilt voller Schlamm und Blutflecken. Daeron hielt abrupt inne, als die Nacht ihr schreckliches Geheimnis schließlich preisgab. Von unsagbarem Grauen erfüllt starrte er auf Hauptmann Farrells Leichnam.

*

»Nein, Herr, ein Mädchen ist nicht hier.« Angus, der beleibte Messdiener, der auf Daerons Klopfen hin an der Tür des Pfarrhauses erschienen war, schüttelte den Kopf. Kerzenschein kroch aus dem Innern des Hauses und hüllte den Mann in eine flackernde Aura.

Daeron schluckte einen Fluch hinunter. Catherine war nicht in der Kirche gewesen, deshalb hatte er sich entschlossen es im Pfarrhaus zu versuchen. Sein Blick wanderte die Straße entlang. War ihr etwas zugestoßen, so wie Farrell? Der Hauptmann war schon länger tot gewesen. Aber wie war das möglich? Er hatte doch eben noch mit ihm gesprochen!

Farrell … tot … Vater!, dröhnten Catherines Worte in seinem Kopf. Hatte sie es gewusst? War es das, was sie ihm hatte sagen wollen, ehe er aufgebrochen war? Konnte es möglich sein, dass Roderick Bayne am Leben war? *Warum sonst sollten sich seine einstigen Verbündeten plötzlich so weit hervorwagen?*

»Tretet ein. Ich hole Vater Ninian, damit er sich Eurer Verletzung annimmt.«

Daeron war so in Gedanken versunken, dass die Worte des Dieners erst nach einer Weile zu ihm durchdrangen. Zum ersten Mal seit seiner Befreiung erinnerte er sich der Wunde, die Murdoch ihm zugefügt hatte. »Danke, aber ich muss –«

»Das Mädchen suchen?«, vollendete Angus seinen Satz. Als Daeron nickte, meinte der Messdiener: »Vielleicht hat Vater Ninian sie gesehen. Jetzt kommt schon herein!« Er machte einen Schritt zur Seite, um ihn einzulassen.

Daeron trat über die Schwelle und folgte Angus über den Flur in ein Arbeitszimmer. Die einzige Lichtquelle war ein Feuer im Kamin, dessen zuckende Schattenfinger sich quer durch den Raum streckten und über die Bücherregale streiften, die sich vor den kargen Wänden erhoben.

»Nehmt Platz.« Angus deutete auf einen Sessel, der vor einem Schreibtisch stand. »Ich hole Vater Ninian.«

Daeron nickte geistesabwesend. Ein dumpfes Pochen hinter seiner Schläfe ließ ihn die Hand an den Kopf heben. Seine Finger streiften über getrocknetes Blut.

Als Vater Ninian kurz darauf den Raum betrat, hielt er ein kleines Bündel in Händen. »Ich hätte nicht gedacht heute Nacht die rechte Hand des Earls unter meinem Dach zu empfangen. Wie ich hörte, seid Ihr verletzt?« Seine Augen wanderten über Daerons Gesicht. »Setzt Euch, damit ich mir –«

»Habt Ihr eine junge Frau gesehen?«, fiel Daeron ihm ins Wort. Obwohl Vater Ninian sie erkannt haben musste, wenn sie hier war, wollte er ihren Namen nicht preisgeben. »Einen Kopf kleiner als ich, rote Locken. Sie trägt einen Plaid. War sie hier?«

Vater Ninian schüttelte den Kopf und Daeron wollte schon gehen, da sagte der Priester plötzlich: »Moment! Da war jemand. Es könnte tatsächlich ein Mädchen gewesen sein.«

»Wo ist sie?« Daeron tat einen Schritt auf den Priester zu, bereit an ihm vorbeizustürmen, sobald er die Antwort hatte.

»Ich weiß es nicht. Sie ist weggelaufen.«

»Weggelaufen?« *Warum sollte sie das tun?* »Danke, Vater.« Er musste seine Suche fortsetzen, bevor Catherine etwas zustieß. *So wie Farrell.* Daeron wollte zur Tür.

Vater Ninian legte ihm seine knochige Hand auf den Arm und hielt ihn zurück. »Lasst mich zuerst Eure Wunde versorgen.«

Daeron streifte die Hand des Priesters ab. »Ich muss sie finden.«

»Mit Verlaub, Herr, Ihr seht nicht gut aus. Wenn –«

»Nicht gut?« Er lachte bitter. »Ich weiß nicht, wie Ihr an meiner Stelle aussehen würdet, Vater.« Plötzlich musste er es aussprechen. Es drängte ihn danach, herauszufinden, ob es sich ebenso unglaublich anhörte, wie es sich *anfühlte*. »Ich habe gerade einen Toten gesehen, mit dem ich keine Stunde zuvor noch gesprochen habe.«

»Ich verstehe.« Der alte Priester nickte. »Der Tod ist für jeden von uns eine schlimme Sache. Stand er Euch nahe?«

»Nein, Ihr versteht nicht. Nicht einmal annähernd. Er war ein enger Vertrauter, doch das ist es nicht. Der Mann, den ich fand, war nicht erst seit einer Stunde tot.

Es ist, als ... als hätte jemand, der aussah wie er, seinen Platz eingenommen.« *Das klingt vollkommen verrückt!* Der Priester konnte ihm nicht helfen, er würde seine Worte lediglich der Verletzung zuschreiben. »Das alles ist unsinnig. Verzeiht, dass ich Euch damit belästigt habe. Es war ein sehr langer Tag.«

Vater Ninian betrachtete ihn nachdenklich. »Seid Ihr sicher?«

Daeron fuhr sich über die Augen. Es gab so viele Dinge, die er nicht verstand. Dinge, über die er sich Klarheit verschaffen musste. Der Anblick von Farrells Leichnam wollte ihm nicht aus dem Kopf gehen. Ebenso wenig wie Catherines Worte. »Etwas stimmt nicht, aber ich kann nicht sagen, was. Ich kann die Gefahr beinahe körperlich spüren, aber ... Es hört sich alles so bizarr an.«

»Ich kenne Euch seit vielen Jahren und weiß, dass Ihr ein aufrechter Mann seid, der sich nicht so leicht täuschen lässt. Warum versucht Ihr nicht es mir zu erklären?«

Der Priester deutete auf den Sessel. Daeron überlegte einen Moment, dann nahm er Platz. Der Gedanke, kostbare Zeit bei seiner Suche nach Catherine zu verschwenden, nagte an ihm. Zugleich hegte er die leise Hoffnung, Antworten zu finden. War nicht das Haus Gottes der richtige Ort dafür?

Vater Ninian legte das Bündel auf den Schreibtisch und öffnete es. Daerons Augen streiften über Salben und Verbandsleinen, während der Priester Wasser aus einem Krug in eine Schale goss.

»Ich weiß, wie sich das anhören muss«, begann Daeron schließlich. »Ein Toter, mit dem ich eben noch gesprochen habe, obwohl er längst tot sein musste.« Womöglich hätte er selbst begonnen an seinem Verstand zu zweifeln, wenn es nicht noch weitere seltsame Ereignisse gegeben hätte. *Vater.* Ein einziges Wort, gesprochen in Angst. »Sie erwähnte einen Mann, der seit Monaten tot ist – voller Furcht, als wäre er noch unter uns.«

»Sie?« Der Priester stellte die Wasserschale auf dem Tisch ab und sah auf. »Das Mädchen, nach dem Ihr sucht?«

Daeron nickte. »Sie benimmt sich merkwürdig, doch ich weiß nicht, was ihr fehlt. Schon vor einiger Zeit sprach sie von einem Wesen in der Dunkelheit.«

»Hatte sie sich gefürchtet?« Vater Ninian trat neben den Sessel, tauchte ein Tuch ins Wasser und begann die Wunde an Daerons Stirn zu reinigen.

»Gefürchtet? Als ich sie das letzte Mal sah, war sie völlig aufgelöst. Doch das war nicht alles. Das Licht schien ihr Schmerzen zu bereiten und beim Anblick meiner Wunden schreckte sie zurück.« Deutlich erinnerte er sich an ihre Abscheu und ihr Entsetzen, als sie seine blutigen Handgelenke gesehen hatte. »Sie wirkte so schwach.«

Vater Ninian machte sich daran, eine Salbe aufzutragen. Es brannte. Daeron verzog das Gesicht. »Sie hat versucht mir etwas zu sagen«, fuhr er fort, »doch die Worte ... Ich glaube, die Worte verursachten ihr ebenfalls großen Schmerz. Schließlich ist sie zusammengebrochen.«

Vater Ninian stellte den Salbentiegel zur Seite und griff nach einem Verband. Daeron hielt seine Hand fest. »Erspart mir das, Vater.«

Ninian legte das Leinen auf den Tisch zurück. »War sie verletzt?«

»Nein.«

»Seid Ihr sicher?«

Daeron dachte nach. Da war nichts. Außer ... »Ich fand einen Verband an ihrem Fußgelenk, aber das war nichts Ernstes. Nur zwei kleine Wunden. Wie Dornenstiche.«

»Dornenstiche«, murmelte der Vater und trat einen Schritt zurück. Bedächtig wanderte er von einem Ende des Raums zum anderen, die Stirn nachdenklich gefurcht. Als er endlich stehen blieb, fragte er: »Wann hat sie das letzte Mal etwas gegessen?«

»Das war kein Hunger, der sie geschwächt hat. Sie hatte Schmerzen! Ich weiß nicht, was –«

»Beantwortet bitte meine Frage!«

Obwohl Daeron nicht wusste, worauf der Priester hinauswollte, ließ ihn die Eindringlichkeit in Vater Ninians Stimme antworten. »Ich kann mich nicht erinnern, dass sie etwas gegessen hätte, seit ich sie vor zwei Tagen fand. Aber ich war nicht die ganze Zeit bei ihr. Sie war bleich und wirkte sehr mitgenommen. Sie schien schreckliche Schmerzen gehabt zu haben.« Daeron ballte die Hände zu Fäusten. »Ich muss sie finden, Vater. Und ich muss ihr helfen.«

Wenn der Priester nichts für ihn tun konnte, musste er es allein schaffen. Es drängte ihn danach, aufzuspringen und aus dem Raum zu stürmen. In die Nacht hinaus, um seine Suche fortzusetzen. Doch was, wenn der Priester etwas wusste? Wenn er ihm helfen konnte? Daeron zwang sich zur Ruhe. Er würde Catherine finden. Doch erst musste er hören, was Vater Ninian zu sagen hatte.

Aber Vater Ninian sprach nicht weiter. Mit wachsender Anspannung beobachtete Daeron, wie der alte Mann hinter den Schreibtisch trat und sich in seinen Sessel sinken ließ. Die Ellbogen auf die Armlehnen gestützt blickte er ins Nichts. Der Raum erstarrte unter seinem Schweigen. Mit jedem Atemzug glaubte Daeron zu spüren, wie Catherine weiter von ihm fortrückte. Eine Weile zwang er sich, ruhig sitzen zu bleiben, doch die Stille kroch ihm zunehmend unter die Haut.

Schließlich ertrug er es nicht länger und sprang auf. »Wenn Ihr nichts für uns tun könnt, Vater, dann sagt es! Ich kann mir nicht erlauben weitere Zeit verstreichen zu lassen.« Er war schon an der Tür, da ließ ihn die Stimme des Priesters noch einmal innehalten.

»Kennt Ihr die Geschichte der Ushana?«

»Das ist nicht Euer Ernst!«, fuhr Daeron ihn an. »Ich bin geblieben, weil ich mir Hilfe von Euch erhoffte, und Ihr wollt mich mit einer alten Legende erschrecken!« Catherine brauchte ihn! Und er stand hier und ließ sich von den belanglosen Geschichten des alten Priesters aufhalten! »Bei Gott, Mann, Ihr verschwendet meine Zeit!« Er stieß die Tür auf.

»Habt Ihr Euch je gefragt, warum Asgaidh eine Kirche hat, deren Größe für einen Ort wie diesen ausgesprochen ungewöhnlich ist? Sind die Menschen hier nicht furchtsamer und gläubiger als andernorts? Warum finden sich am Tag der Ushana mehr Menschen in der Kirche ein als an jedem anderen hohen Feiertag?«

Daeron runzelte die Stirn. Noch immer schwelte der Zorn in ihm, dennoch wandte er sich zu dem alten Mann um. »Was soll das? Worauf wollt Ihr hinaus?«

Vater Ninians ernste Augen richteten sich auf Daeron. »Ich diene dem Herrn seit drei Jahrzehnten in dieser Kirche. Als ich hierherkam, wunderte ich mich über die Furcht, die die Menschen hier gefangen hält, und begann mich mit ihrem Ursprung zu beschäftigen.«

»Ushana.« Mit einem Mal hatte Daeron das Gefühl, dass Vater Ninian einen Zweck verfolgte. Der Priester wusste etwas und er war bereit sein Wissen zu teilen. Dennoch drängte es ihn zur Eile. »Das ist nicht der geeignete Zeitpunkt, Vater. Wenn ich sie gefunden habe –«

»Werdet Ihr mein Wissen benötigen. Doch dann ist es vielleicht zu spät.«

»Zu spät?«

»Es wäre möglich. Nehmt Euch jetzt die Zeit, auch wenn Ihr glaubt sie nicht zu haben. Es ist wichtig, dass Ihr einige Zusammenhänge erkennt. Nur dann könnt Ihr dem Mädchen helfen.«

Der Nachdruck in Vater Ninians Worten hielt Daeron im Raum. Der Priester schien davon überzeugt, dass er helfen konnte. Der Gedanke, durch seine Ungeduld die Möglichkeit zu vergeben, Catherine zu retten, war unerträglich. Doch was, wenn Vater Ninian sich irrte? Zwischen Hoffnung und Zweifel hin- und hergerissen schloss Daeron die Tür. »Was hat das alles mit Catherine zu tun?«

»Catherine?« Vater Ninian runzelte die Stirn. »Roderick Baynes Tochter?« Der Widerschein des Kaminfeuers spiegelte sich in seinen Augen. »Sie war es, die ich sah? Ich hätte sie niemals erkannt. Aber nach allem, was ich von Euch gehört habe, passt das, *was* ich sah, mit meinen Vermutungen zusammen.«

»Ihr sprecht in Rätseln.«

»Was wisst Ihr über die Ushana?«

Daeron zuckte die Schultern. »Ich weiß, was alle hier wissen. Sie war eine Hexe, die auf dem Scheiterhaufen brannte. Vater, ich weiß wirklich nicht, was das soll! Jeder hier kennt die Geschichte der Ushana.«

Vater Ninian schüttelte den Kopf. »Ihr mögt ihre Geschichte kennen, wie sie seit beinahe zweihundert Jahren überliefert wird, und doch weiß niemand hier etwas über das wahre Wesen der Ushana.« Der Priester richtete seinen Blick auf die zuckenden Flammen im Kamin, aber er schien das Feuer nicht einmal zu bemerken. »Ihr wirklicher Name war Sarah. In den Archiven der Kirche gibt es alte Dokumente, verfasst von ihrem Bruder Earl Tavian MacKay.«

»Warum erzählt Ihr mir das?« Daeron hatte Mühe, nicht doch sofort zu gehen. »Ihr wollt mir wohl nicht erzählen, dass Catherine den Teufel anbetet, so wie die Ushana es tat! Catherine ist weder eine Hexe noch eine Ketzerin!«

»Beruhigt Euch und hört mich zu Ende an.« Vater Ninian räusperte sich und fuhr fort. »Ich sage nicht, dass sie eine Hexe ist. Womöglich versteht Ihr mich besser, wenn Ihr die ganze Geschichte kennt. Die Legende besagt, dass Sarah mit dem Teufel im Bunde war und ihm opferte. Doch die Aufzeichnungen von jenem Priester, dem sich Earl Tavian anvertraute und der später den Prozess gegen Sarah führte, bergen andere Hinweise, deuten sie doch auf eine Kreatur hin, die ungleich greifbarer ist als der Teufel.«

»Sprecht Ihr von Dämonen?«

»Wenn Ihr es so nennen wollt. Ich glaube jedoch, er war einst ein ganz gewöhnlicher Mensch, bevor er zu dem wurde, den Sarah anbetete. Laut den alten Niederschriften huldigte Sarah einem Wesen, das sie in den Verhören der Inquisition nur den Unendlichen nannte. Die Aufzeichnungen berichten davon, dass sie immer wieder sagte, niemand könne ihr etwas anhaben, auch die Flammen des Scheiterhaufens nicht, denn der Unendliche würde kommen und sie erretten. Wenn ich die Schriften richtig deute, war der Unendliche Sarahs Liebhaber. Sie nährte ihn mit dem Blut ihrer Opfer. Im Gegenzug versprach er ihr ewiges Leben.«

»Ich verstehe noch immer nicht, was das alles mit Catherine zu tun haben soll.«

»Deshalb müsst Ihr mehr über die Zusammenhänge erfahren. Bisher wisst Ihr nur, was alle hier wissen. Ich habe nachgeforscht, und was ich herausfand, mindert den Schrecken nicht, den Sarahs Geschichte birgt.« Vater Ninians Augen wanderten über die Schatten, die sich in den Ecken des Raums auftürmten, als suche er nach etwas, das sich darin verborgen hielt. »Während Earl Tavians Herrschaft über Dun Domhainn verschwanden immer wieder Kinder und Neugeborene«, begann er seine Geschichte. »Bald wurden Stimmen laut, Sarah könne etwas damit zu tun haben. Sie lebte sehr zurückgezogen, und obwohl sie längst ihren zwanzigsten Sommer überschritten hatte, war sie noch immer unverheiratet. So manch einer berichtete, sie nächtens in Begleitung eines geheimnisvollen Fremden gesehen zu haben.

Tavian, der seine Schwester abgöttisch liebte, nahm sie stets vor den Anfeindungen des Volkes in Schutz. Doch allmählich regten sich auch in ihm Zweifel, hatte er doch den Fremden eines Nachts in enger Umarmung mit seiner Schwester erblickt und einen Atemzug später war er fort – als wäre er nie dort gewesen. Er fragte Sarah nach ihm, doch sie leugnete überhaupt Gesellschaft gehabt zu haben.

Zu jener Zeit war Mary, die Gemahlin des Earls, schwanger. Tavian sah der Geburt seines Erben mit Sorge entgegen. Was, wenn sein Kind ebenfalls verschwände? Aus Furcht um die Sicherheit seiner Familie ließ er seinen Sohn sofort nach der Geburt gegen ein anderes Kind austauschen und – zusammen mit Mary – heimlich aus Dun Domhainn bringen. Der Earl selbst versteckte sich in seinem Gemach und wartete. Tatsächlich kam Sarah und holte den fremden Säugling aus der Wiege. Tavian ließ sie gewähren, wollte er doch wissen, was mit den Kindern geschah. Er folgte ihr unbemerkt in die Tiefen der Burg. In einer Kammer, inmitten von Knochen und Leichenresten, wurde Tavian Zeuge eines unglaublichen Opferrituals, dessen Anblick sein Haar schlagartig weiß werden ließ. Auf dem Höhepunkt trat der Fremde in die Kammer. Er schien geradewegs aus dem Nichts zu kommen. Sarah verneigte sich vor ihm und hielt ihm den sich windenden Säugling mit den Worten ›Nimm die Gabe deiner Dienerin Ushana‹ entgegen. Der Fremde schlug seine Zähne in den Hals des schreienden Kindes. Von Grauen erfüllt zog sich der Earl zurück. Er verständigte die Kirche von Sarahs unheiligem Treiben und ließ sie von seinen Clankriegern festnehmen.

Die Kirchenchroniken sprechen davon, dass sie schwach war und dem Verhör nicht lange standhalten konnte. Ich glaube vielmehr, dass sie keine Notwendigkeit darin sah, sich langer Folter auszusetzen. Sie lebte in der Gewissheit, ihr Liebhaber würde sie erretten. So gestand sie die unheilige Verbindung mit jenem Mann, den sie den Unendlichen nannte, ebenso wie sie sich dazu bekannte, ihn mit dem Blut der verschwundenen Kinder genährt zu haben. Der Priester sprach sein Urteil und am nächsten Tag wurde im Morgengrauen der Scheiterhaufen entzündet. An jener Stelle, an der sich heute die mächtige tote Eiche erhebt.

Lichterloh in Flammen stehend flehte Sarah den Unendlichen an, er möge seine Dienerin retten. Laut Überlieferung starb sie auf dem Scheiterhaufen, doch die Flammen gerieten außer Kontrolle und verzehrten in einem beispiellosen Inferno Burg und Bewohner. Nur wenige entkamen. Unter ihnen der Earl. Aber er sprach nicht von einer tragischen Feuersbrunst, sondern von der Rache der Ushana, die aus dem Tode zurückgekehrt sei und erfüllt von der Macht des Unendlichen bittere Rache an ihren Richtern genommen habe. Eine Geschichte, die bis heute im Volksglauben überdauert. Womöglich nicht zu Unrecht.

Tavians Geist war von einem Wahnsinn gezeichnet, der schon bald sein Leben forderte. Eines Nachts stieg er auf eine Klippe und stürzte sich in die Tiefe. Seine Witwe und ihr Sohn kehrten nie in die Ruinen Dun Domhainns zurück. Mary MacKay ließ eine neue Burg errichten: Dun Brònach.

Erfüllt von der Furcht, die die Erzählung ihres Gemahls in ihren Geist gepflanzt hatte, klammerte sich Mary an ihren Glauben und umgab sich in ihrem neuen Heim mit heiligen Symbolen. Sie sollten sie vor den Gefahren schützen, von denen sie überzeugt war, dass sie auch jetzt noch in den Ruinen Dun Domhainns lauerten.«

Abgesehen von einigen Details war es ebenjene Geschichte, die Daeron kannte, seit er in Asgaidh lebte. »Ich weiß wirklich nicht, warum Ihr mir das erzählt. Mary fürchtete sich vor Ushanas Rache, daher der Tag der Ushana. Das alles hat nichts mit –«

Vater Ninian gebot Daeron zu schweigen. »Noch mag es sich um eine altbekannte Geschichte handeln, doch was Ihr bisher gehört habt, ist noch nicht alles. Ich habe Nachforschungen angestellt, habe sogar in den Archiven des Vatikans nach jenem Unendlichen gesucht, dem Sarah gehuldigt haben soll, und ich studierte die Aufzeichnungen Tavians, die aus den letzten Tagen seines Lebens stammten. Der Earl glaubte gesehen zu haben, wie sich der Unendliche in den Flammen des Scheiterhaufens manifestierte und Sarah aus ihren Ketten befreite. Sie war bereits tot, doch sein blutiger Kuss holte sie ins Leben zurück. Der Earl schrieb von vielen Clankriegern, die im Sturm von Ushanas Rache ihr Ende fanden. Doch er berichtete auch, wie sie sich am Blute jener labte, die das Inferno überlebt hatten. Die Ushana schwor Tavian ebenfalls zu holen. Bald darauf war er tot.« Vater Ninian richtete sich in seinem Sessel auf. »Ich habe Fälle wie diesen untersucht und ich fand fast immer Hinweise auf einen Fremden, manchmal stieß ich auch auf den Namen des Unendlichen, der es angeblich vermochte, Tote mit seinem Blut ins Leben zurückzuholen.«

Daeron wusste nicht mehr, was er glauben sollte. Ein Teil von ihm wollte den Bericht des Priesters weit von sich schieben. *Aberglauben aus einer finsteren Zeit, der nicht das Geringste mit Catherine zu tun hat.* Sie brauchte einen Heiler, keinen Priester. Doch es gab auch noch eine andere Seite, die ahnte, was Vater Ninian noch offenbaren würde.

»Das alles sind doch nur die Hirngespinste des alten Earls!«, rief er. »Ushana war eine Hexe, die Kinder opferte und dem Satan huldigte. Dafür fand sie ihr Ende auf dem Scheiterhaufen. Ist es ein Wunder, dass der Earl dem Wahnsinn anheimfiel, nachdem er mit ansehen musste, wie seine geliebte Schwester dem Satan opferte? Dann noch zu sehen, wie die Flammen außer Kontrolle gerieten und so viele Opfer forderten ... Wer hätte etwas Derartiges überleben und bei Verstand bleiben können?«

Ninian schüttelte den Kopf. »Nach Tavian MacKays Tod gibt es keine weiteren Aufzeichnungen darüber, dass jemand glaubte die Ushana gesehen zu haben. Es verschwanden keine Kinder und es gab auch sonst keine mysteriösen Todesfälle mehr. Erst zu Earl Bruce' Regierungszeit waren erneut Vermisste zu vermelden. Einige Leichen fand man in den Wäldern ohne einen einzigen Tropfen Blut im Leib. Und wurde nicht erst vor wenigen Tagen ein Haus voller sterblicher Überreste gefunden? Ihr wisst, worauf ich hinauswill.«

»Ein Vampyr?« Daeron wollte lachen, doch das Lachen blieb ihm im Halse stecken.

Vater Ninian nickte ernst. »Es ist schon eine Ironie des Schicksals. In meiner Jugend, während meiner Zeit in Rom, hatte ich großes Interesse an diesen Kreaturen – zu großes Interesse in den Augen des Vatikans. Damals las ich alles über sie, was ich finden konnte, vorwiegend Berichte aus Ungarn und Rumänien. Mein Wissensdurst über diese Wesen, deren Existenz die Kirche bis heute leugnet und als eine Erscheinungsform des Teufels von sich weist, sorgte schließlich dafür, dass man mich hierher, mitten ins Nichts, versetzte, wo ich niemanden mehr mit meinen Theorien *aufwiegeln* konnte. Und ausgerechnet hier finde ich den Beweis, dass es sie tatsächlich gibt!«

»Wollt Ihr behaupten, dass Catherine sich in einen Vampyr verwandelt? Das ist doch absurd!«

»Je länger Ihr Euch den Tatsachen verschließt, umso geringer werden Eure Chancen, ihr zu helfen.« Plötzlich runzelte er die Stirn. »Vorhin sagtet Ihr etwas, das mir zunächst Rätsel aufgab. Jetzt jedoch verstehe ich es. Manche Vampyre, so scheint es, beherrschen die Kunst des Gestaltwandelns.«

Farrell! Endlich begriff Daeron, wie er mit dem Hauptmann hatte sprechen können, obwohl dieser längst tot war. *Die Ushana.* Er schloss für einen Moment die Augen. Hatte er nicht längst geahnt, dass Catherine etwas Schreckliches widerfahren sein musste? Schon in Sutherlands Arbeitszimmer hatte er gewusst, dass etwas mit ihr nicht stimmte. *Aber das ...*

Entschlossen zu tun, was nötig war, um diesen Spuk ein für alle Mal zu beenden, sah er auf. »Warum Catherine? Was will die Ushana von ihr? Was kann ich tun?«

Vater Ninian seufzte schwer. »Es heißt, wenn ein Vampyr einen Menschen umwandeln will, trinkt er zuerst das Blut des Menschen und gibt diesem dann seines. Dadurch bindet er sein Opfer an sich – wird zu seinem Meister. Das Opfer beginnt sich zu verändern. Doch dann muss es das Blut eines Menschen trinken. Ich habe Catherine gesehen und ich befürchte, ihre Verwandlung ist bereits weit fortgeschritten. Wenn es stimmt, was Ihr sagt, und sie seit Tagen nichts gegessen hat, wird sie den Blutdurst nicht mehr lange kontrollieren können – verweigert sie das erste Blut länger als einen Tag und eine Nacht, wird sie sterben. Wenn sie jedoch erst einmal Blut kostet, weiß ich nicht, ob die Verwandlung noch umkehrbar ist.«

Verwandlung. Blutdurst. Sterben. Die Worte des Priesters sengten sich gleichermaßen in Daerons Herz wie in seinen Verstand. Er durchmaß mit großen Schritten den Raum, getrieben von einer Rastlosigkeit, die ihn nicht länger an Ort und Stelle halten, ihn jedoch auch nicht hinaustreiben wollte. Nicht, solange er nicht wusste, wie er Catherine helfen konnte. »Wie kann ich diese Veränderung rückgängig machen, Vater?«

»Die Aufzeichnungen dazu sind widersprüchlich. Manche sagen, es sei nicht möglich ...«

»Es *muss* möglich sein!«

»Wenn es überhaupt eine Hoffnung gibt, dann muss derjenige vernichtet werden, der sie *infiziert* hat.« Vater Ninian erhob sich. »Wartet hier«, sagte er und verließ das Zimmer.

In Daerons Kopf mischten sich Eindrücke und Gefühle der letzten Tage mit der Geschichte, die der Priester ihm eben eröffnet hatte, zu einem entsetzlichen Bild. Immer wieder sah er Catherine vor sich: bleich und gepeinigt von Schmerzen. *Ich will dich nicht verlieren.*

Schließlich kehrte Vater Ninian mit zwei kleinen Fläschchen zurück. »Morgen ist der Tag der Ushana. Ich bin mir nicht sicher, was vor sich geht, doch der morgige Tag mit all seinen Ritualen erscheint mir ...« Er seufzte.

»Ich weiß nicht, was sie vorhat, doch was immer es ist, wird morgen geschehen.« Er hielt Daeron die Fläschchen entgegen. »Weihwasser. Nehmt es, es wird Euch schützen. Ich habe mein Wissen aus Büchern und alten Schriften. Es ist nicht erprobt, doch es ist alles, was ich Euch zu bieten habe. Wenn die Aufzeichnungen stimmen, hält Euch Stechginster die Ushana vom Leib, während Weihwasser – ebenso wie Tageslicht – es vermögen sollte, sie zu verletzen. Am besten besorgt Ihr Euch auch eine Waffe aus Silber! Vergesst Eure Pistole. Ihr müsst die Kreatur enthaupten, um sie zu töten – alles andere ist wirkungslos. Ein Vampyr mag Euch tot erscheinen, doch er heilt schnell. Nur wenn der Leib vor Euren Augen zu Staub zerfällt, ist die Gefahr wirklich gebannt. Vergesst das nie!«

»Das werde ich nicht.« Daeron nickte grimmig und steckte ein Fläschchen Weihwasser in seine Westentasche, das andere verstaute er im Mantel.

Vater Ninian geleitete ihn zur Tür und reichte ihm eine Laterne. »Seid vorsichtig.«

Daeron nickte. Da kam ihm ein Gedanke. »Sagt mir, Vater, wäre es denkbar, dass Ushanas Opfer unter einem Bann steht?«

»Ich las von Fällen, in denen das Opfer des Vampyrs durch die Macht, die sein Meister ausübt, zu gewissen Dingen gezwungen wurde.«

»Dann könnte es sein, dass jemand unter diesem Bann gezwungen wird darüber zu schweigen, was mit ihm geschieht?«

»Das wäre durchaus möglich.« Der alte Mann atmete tief durch, die Stirn in sorgenvolle Falten gelegt. »Ich hätte längst ahnen sollen, dass etwas nicht stimmt. Allein das plötzliche Interesse an Sarahs Geschichte hätte mich misstrauisch stimmen müssen!«

»Was meint Ihr damit?«

»Ihr seid nicht der Erste, mit dem ich darüber spreche. Vor einigen Monaten war Earl Roderick bei mir und erkundigte sich nach der alten Legende.«

Roderick Bayne! Daeron starrte den Priester an. Was, wenn …?

12

Roderick Bayne saß in den Schatten von Sutherlands Salon und starrte auf den abgestorbenen Zweig in seinen Händen, jenen kleinen Teil der Ushana-Eiche, der ihn ans Ziel hätte bringen sollen. Ihm war klar gewesen, dass er Martáinn den Zweig nicht einfach in die Hand drücken und angreifen konnte. Dank des Rings käme er nicht einmal nahe genug an ihn heran, um ihm den Zweig zu reichen. *Der verdammte Ring!*

Gleich nach seiner Begegnung mit ap Fealan vor dem Stall hatte Roderick sich auf den Weg zu Martáinns Gemächern begeben. Es hatte ihm nicht gefallen, dass ap Fealan sich auf die Suche nach Catherine machte, doch das zählte jetzt nicht. Wichtig war nur, dass der Waliser ihm in dieser Nacht nicht ein weiteres Mal in die Quere kam. Wenn er dafür bei Catherine sein musste, ließ sich das nicht ändern.

Roderick war in das Ankleidezimmer des Earls eingedrungen und hatte den Zweig in seinen Gewändern verborgen. In einem Alkoven hatte er gewartet, erfüllt von Ungeduld und dem Drang, endlich zu Ende zu bringen, was er vor langer Zeit begonnen hatte. Es dauerte nicht lange, bis jemand den Raum betrat, doch es war nicht Martáinn, sondern sein Leibdiener. Der Mann nahm die Gewänder und legte sie ordentlich über einen Stuhl. Dabei fiel der Zweig zu Boden. Der Diener bemerkte es nicht. Roderick jedoch begriff, es würde ihm nicht gelingen, den Zweig so in Martáinns Kleidung zu platzieren, dass dieser ihn nicht bemerkte und er beim Ankleiden auch nicht herausfiel. Nachdem der Diener gegangen war, hatte Roderick den Zweig wieder an sich genommen und sich zurückgezogen. Noch immer erfüllte ihn lodernder Zorn. *Ohne den Ring wäre es nie so weit gekommen!*

Das ließ sich nun nicht mehr rückgängig machen. Nachdenklich drehte er den verdorrten Zweig zwischen seinen Fingern. Schließlich wandte er sich an Sutherland. »Ihr müsst etwas für mich besorgen!«

13

Kaum hatte Daeron den Steinbogen durchschritten, flogen seine Blicke voran. Seine Augen folgten dem wankenden Schein der Laterne über den Gottesacker auf der Suche nach Catherine. Bleiche Nebelschwaden hielten die Grabsteine in kühler Umarmung umfangen und dämpften das Geräusch seiner Schritte. Aus der Ferne erklang der Ruf einer Eule. Daeron hielt einen Moment inne, um sich zu orientieren, dann entdeckte er den schmalen Pfad, der verschämt hinter den großen Grabstätten und zwischen den Grüften entlang in den hinteren Teil des Friedhofs führte. Seine Stiefel knirschten auf dem frostigen Boden. Grashalme, überzogen von silbernem Reif, knickten unter der Last seiner Schritte. Daeron duckte sich unter den frostigen Zweigen einer Eiche hindurch. Einen Augenblick später trat er wieder aus dem Schatten des Baumes. Da sah er sie.

Catherine hatte ihn ebenfalls bemerkt. Einen Spaten in Händen, stand sie vor dem Grab ihres Vaters und starrte ihn an. Sie war schrecklich bleich. Trotz der Kälte trug sie nicht einmal einen Umhang, keine Laterne erhellte ihr Tun. Dann sah er die Erde, die sich zu ihren Füßen häufte. *Genau, wie ich angenommen habe.*

Mit einer fahrigen Bewegung wischte sie sich den Schweiß von der Stirn. »Geh!«, sagte sie, noch ehe er sie erreicht hatte. Ein Wort, dessen Eindringlichkeit ihn bis ins Mark traf, glaubte er doch den Grund dafür zu kennen.

»Fürchtest du, du könntest mir etwas antun?«

Ihre Lippen formten Sätze, die ihren Mund nicht verlassen wollten. »Bitte«, flüsterte sie endlich. »Du darfst nicht –«

Daeron schüttelte den Kopf und stellte seine Laterne ab. »Ich werde dich nicht allein lassen. Nie wieder.« Entschlossen tat er die letzten Schritte, die ihn noch von ihr trennten. Catherine wich zurück. Ihr Absatz sank in den Erdhaufen. Sie zog den Fuß hastig heraus und geriet ins Stolpern. Daeron bekam sie am Arm zu fassen und zog sie an sich. Für die Dauer eines Herzschlags hielt er sie fest und wünschte sich, er könne alles Übel der Welt von ihr fernhalten. Er spürte ihr Zittern und die Wärme ihres Atems an seinem Hals, ein Gefühl, das ihn fast um den Verstand brachte. Obwohl ihn die Sorge beinahe zerfraß, konnte er in diesem Moment an nichts anderes denken, als sie zu küssen. Langsam wandte er den Kopf. Seine Lippen streiften über ihr Haar. Da befreite sie sich aus seinem Griff.

Er sah sie an. Der Anblick ihrer bleichen Züge genügte, ihn an die Gefahr zu erinnern, in der sie schwebte. *Verweigert sie das erste Blut länger als einen Tag und eine Nacht, wird sie sterben.* Er schalt sich einen selbstsüchtigen Narren. *Sie kämpft um ihr Leben und ich denke daran, sie zu küssen!*

Seine Augen richteten sich auf das halb geöffnete Grab. Er nahm ihr den Spaten aus der Hand und begann zu graben. Schaufel um Schaufel hob er das Erdreich zur Seite und arbeitete sich immer tiefer. Dabei war er sich deutlich der Blicke bewusst, mit denen Catherine jede seiner Bewegungen verfolgte.

»Was tust du hier?«, brachte sie schließlich hervor. »Wie hast du mich überhaupt gefunden?«

Daeron ließ den Spaten sinken und sah sie an. »Das erkläre ich dir später. Jetzt finden wir erst die Antwort auf die Frage, die uns beide beschäftigt.« Schweigend nahm er seine Tätigkeit wieder auf. Schon bald waren sein Hemd und seine Weste schweißdurchtränkt. Der Wind strich mit eisigen Fingern über seinen erhitzten Leib. Angespornt von dem Gedanken an Catherine, die hinter ihm am Rand der Grube stand, rammte er die Schaufel wieder und wieder in den frostigen Boden. Er dachte daran, aufzuhören und sie von hier fortzubringen, wusste er doch genau, was ihn erwarten würde, wenn er das Grab offenlegte: ein leerer Sarg. Doch noch immer gab es eine leise Stimme des Widerstands in ihm, die an den Worten des Priesters zweifelte. Vampyre! Tote, die aus ihrem feuchten Grab zurückkehrten! Was, wenn es nur die Mär eines verrückten alten Mannes war? Er musste sichergehen, musste auch den letzten Zweifel in sich töten, wenn er Catherine wirklich helfen wollte.

Binnen eines Tages und einer Nacht. Verstohlen wanderte sein Blick zu ihr, streichelte ihre bleichen Wangen. Zu sehen, dass sie vor Schwäche schwankte, erschreckte ihn. *Wie viel Zeit bleibt ihr noch?*

Immer wieder ging er in Gedanken den Ablauf der vergangenen Nacht durch. Es musste geschehen sein, als sie zu Farrell wollte. Etwa zur gleichen Zeit also, als Sutherland ihn in die Falle gelockt hatte. Wenn dem so war, blieben ihr noch ein oder zwei Stunden. Höchstens.

Wieder wuchtete er die Schaufel in die Erde. Diesmal stieß er auf Widerstand. Er schlug noch einmal mit der Schaufel auf den Boden und vernahm das Geräusch von Metall auf Holz. Der Sarg. Endlich! Mit hastigen Bewegungen entfernte er die letzte Schicht Erde. Kreischend schrammte das Metall über das Holz. Dann starrte ihm die schmucklose Oberfläche eines Eichensargs entgegen. Über ihm sog Catherine scharf die Luft ein.

Daeron legte einen schmalen Steg an der Seite frei, gerade breit genug, um dort stehen zu können. Sobald seine Füße Halt gefunden hatten, setzte er das Schaufelblatt in den Spalt zwischen Deckel und Sarg. Für einen Moment hielt er inne. Dann stieß er zu. Knirschend zwängte sich die Schaufel in den Spalt. Ächzend gab das Holz dem Druck nach. Mit einem letzten Ruck hob Daeron den Sargdeckel. Der Anblick, der sich ihm im fahlen Mondschein bot, war ein anderer als erwartet.

»Das kann nicht sein!«, keuchte Catherine.

Daeron wandte sich von dem stark verwesten Leichnam ab, der ihm aus dem Sarg entgegenstarrte. Er stemmte sich am Rand der Grube ab und kletterte aus dem Grab. Erdbrocken lösten sich von seinen Gewändern und fielen zu Boden, als er sich neben Catherine aufrichtete.

»Das kann nicht sein«, murmelte sie immer wieder. »Das ist doch nicht möglich.«

Obwohl Daeron den Beweis dafür, dass an Vater Ninians Geschichte nichts dran war, unmittelbar vor Augen hatte, wollte sich keine Erleichterung einstellen. Die Erzählung des Priesters hatte ihm eine Erklärung für all die unbegreiflichen Dinge gegeben, die er im Laufe der Nacht gesehen hatte. Die war jetzt dahin.

Was war mit Catherine los? Was war dem Hauptmann zugestoßen? Wie war es möglich, dass …? Daeron hielt inne, als ihm ein anderer Gedanke kam. Roderick Bayne ruhte in seinem Grab, doch das bedeutete nicht, dass in den Worten des Priesters nicht doch die Wahrheit verborgen lag. *Ich habe mir eingebildet, Bayne würde hinter all dem stecken.* Das war ein Irrtum. Er konnte es drehen und wenden, wie er wollte, es war immer der gleiche Name, der ihm in den Sinn kam: *Ushana.*

Neben ihm stieß Catherine einen spitzen Schrei aus. Daeron fuhr herum. Sie starrte immer noch den Leichnam an, doch die Erschütterung war aus ihren Zügen gewichen, hatte einer Aufregung Platz gemacht, die ihn erstaunte. »Das ist nicht mein Vater!«

»Catherine.« Daeron legte eine Hand auf ihren Arm. »Der Leichnam ist so stark verwest, dass man sein Gesicht nicht mehr erkennen kann, dennoch ist es dein Vater. Kleidung, Größe, Statur. Alles passt. Ich weiß, was du durchmachst, doch das ist –«

»Nein, du verstehst nicht!«, rief sie. »Ich bin nicht verrückt! O Gott, ich bin wirklich nicht verrückt. Die ganze Zeit über dachte ich, er –« Plötzlich fuhr sie heftig zusammen und griff sich an die Stirn. »Ich dachte – ah!« Sie schwankte.

Daeron schlang einen Arm um ihre Taille und stützte sie. »Du musst mir nichts erklären. Ich weiß, was mit dir los ist.« *Und ich weiß, was dir zustoßen wird, wenn du keine Nahrung bekommst.* »Lass uns zurückreiten. Dann erkläre ich dir alles. Es gibt einige Dinge, die du noch nicht weißt.«

Der Schmerz in ihren Augen wich langsam. Was blieb, war offenes Erstaunen. Schließlich löste sie sich aus Daerons Griff und ging näher an den Rand der Grube. »Das ist nicht mein Vater«, beharrte sie. Sie wandte ihm den Rücken zu, so dass Daeron nicht sehen konnte, ob der Schmerz in ihre Züge zurückgekehrt war, doch er glaubte es am leisen Zischen ihres Atems erkennen zu können. »Komm her und sieh dir das an.« Als Daeron neben sie trat, deutete sie nach unten. »Sieh dir seine Stirn an. Was siehst du?«

Daeron spähte nach unten. Von Rodericks Gesicht war kaum etwas geblieben, lediglich die dünne Haut, die sich über seine Stirn spannte, war noch deutlich zu erkennen. »Da ist nichts weiter als eine kleine Narbe an seiner Schläfe.«

»Und genau das ist es! Mein Vater hat dort keine Narbe! Verstehst du? Das ist nicht mein Vater«, wiederholte sie, jedes Wort betonend. Dann flüsterte sie: »Bei Gott, dann ist alles kein Traum!«

Doch, das ist es. Es ist ein Albtraum. Er wollte erwidern, dass sie ihren Vater seit Jahren nicht gesehen hatte und gar nicht wissen konnte, ob er sich nicht während dieser Zeit eine Verletzung an der Schläfe zugezogen hatte, aber er schwieg. Er hatte Roderick Bayne kurz vor seinem Tod selbst gesehen. Da war tatsächlich keine Narbe gewesen. »Du bist ihm begegnet, nicht wahr? Und aus irgendeinem Grund kannst du nicht über die Dinge sprechen, die mit ihm zu tun haben.«

Catherine nickte. »Ich –« Augenblicklich verzerrte sich ihr Gesicht vor Schmerz. Dennoch setzte sie ein weiteres Mal an. »Er hat –« Dieses Mal war es Daeron, der sie zum Schweigen brachte, indem er ihr einen Finger auf den Mund legte.

»Sag nichts.« Er zog sie an sich. »Ich werde nicht zulassen, dass er dir etwas antut.«

*

Als Daeron sie vom Friedhof führte, war Catherine kaum im Stande, aus eigener Kraft einen Fuß vor den anderen zu setzen. Immer wieder geriet sie ins Taumeln und war dankbar, dass Daeron sofort da war, um sie zu stützen.

Draußen, auf der anderen Seite des Steinbogens, wartete sein Pferd. Sobald er aufgesessen hatte, hob er sie vor sich in den Sattel. Er schlang den Arm um sie und hielt sie so fest, als fürchte er sie zu verlieren, wenn er seinen Griff nur ein wenig lockerte. Wie sehr hatte Catherine sich während der vergangenen Stunden nach seiner Nähe gesehnt. Und nun war es gerade diese Nähe, die sie am meisten fürchtete. Zu groß war ihre Angst, seine Wärme zu spüren. Seinen Herzschlag. Das Leben, das durch seine Adern pulsierte ... Sie rückte so weit von ihm ab, wie sein Griff es zuließ.

Bald lösten sich vor ihnen die Umrisse Dun Brònachs aus der Nacht. Wie ein schwarzes Ungetüm lauerte die Burg über ihnen, bereit jeden zu verschlingen, der es wagte, einen Fuß ins Innere zu setzen.

Falls Daeron beim Anblick des dunklen Gemäuers etwas Ähnliches empfand, ließ er es sich nicht anmerken. Er trieb sein Pferd durch das Tor zum Stall und schwang sich aus dem Sattel. Bevor Catherine absitzen konnte, griff er nach ihr und half ihr hinunter. Statt sie auf die Beine zu stellen, hob er sie hoch und trug sie ins Haus.

»Du fühlst dich eiskalt an«, sagte er leise.

Doch obwohl Catherine nicht einmal einen Mantel trug, fror sie nicht mehr. Die nächtliche Kälte vermochte nicht länger sie zu berühren. Eine weitere Veränderung.

In Daerons Schlafzimmer wartete Betha auf sie. Als sie Catherine sah, sprang sie auf. »Himmel, Kind!« Bethas Stimme ließ Catherine zusammenzucken. »Ist dir etwas zugestoßen? Du bist ja leichenblass! Ich werde –«

»Schür das Feuer im Kamin, dann lass uns allein«, befahl Daeron streng und setzte Catherine auf das Bett.

Betha verneigte sich leicht. »Natürlich, Herr.« Hastig legte sie einige Scheite nach. Sobald die Flammen emporwuchsen und den Raum mit knisternder Wärme erfüllten, zog sie sich mit einem letzten Blick auf Catherine zurück.

Daeron warf seinen Mantel zur Seite und ließ sich in den Sessel sinken, den Betha neben das Bett gestellt hatte. Lange Zeit saß er einfach nur da und sah Catherine an. Als wollte er sich jede Einzelheit einprägen. Mit jedem Atemzug, den die Stille währte, lastete sie schwerer auf Catherine. Sie wollte ihn fragen, wie er sie gefunden hatte und wie er von ihrem Vater wissen konnte.

Farrell! Ich muss Daeron warnen! »Der Haupt...« Der Schmerz schlug zu wie ein Raubtier. »Er ist ...« Ein flammender Blitz durchzuckte ihren Schädel. Ihr stockte der Atem. »... tot!«, stieß sie hervor. Sie wollte weitersprechen, wollte ihm endlich alles erklären, doch die Qual schnürte ihr die Stimme ab. Kein Laut kam mehr über ihre Lippen. Hilflos öffnete sie den Mund, ohne dabei zu wissen, ob sie nach Luft schnappen oder die Worte herausschreien wollte, die sie so sehr peinigten. Kalter Schweiß strömte aus ihren Poren und überzog Stirn und Rücken. Ihre Brust verkrampfte sich. Ein Keuchen wand sich in ihrer Kehle, strebte nach außen. Catherine tat einen qualvollen Atemzug. Jetzt erreichte der Schmerz ihren Nacken, fuhr in ihre Schultern und breitete sich weiter aus. Doch auch hinter ihrer Stirn wollte er nicht nachlassen. Greller Lärm bohrte sich in ihr Gehör und steigerte sich zu einem unerträglichen Stakkato. Sie presste die Hände gegen die Schläfen, versuchte die schwarzen Flecken zu vertreiben, die sich vor ihren Augen ausdehnten und ihr mehr und mehr die Sicht raubten.

»Catherine!« Ein einziges Wort, das viel zu laut durch

den tosenden Strudel ihrer Pein drang. Blinzelnd zwang sie sich, nach dem Ursprung zu suchen. Neben ihr saß Daeron auf dem Bett und hielt sie an den Schultern gepackt. Er redete auf sie ein, ohne dass sie ihn verstand. Der Schmerz seiner Worte verschlang alles.

»Zu laut«, keuchte sie.

Da schloss er den Mund. Das Inferno erstarb. Was blieb, war ein leises Echo hinter ihrer Stirn. »Geräusche?« Seine Stimme war jetzt ein angenehmer Hauch. »Ist das ein Teil der Veränderung?«

Catherine sah überrascht auf. Sie wollte ihn fragen, woher er das wissen konnte, doch sie wagte es nicht, da sie fürchtete, der Schmerz würde zurückkehren. Stattdessen nickte sie nur stumm. Daeron zog sie an sich und schloss sie fest in die Arme. Einmal mehr stieg ihr sein Duft in die Nase, verführerisch lebendig. Zitternd versuchte sie sich zu befreien, doch Daeron gab sie nicht frei.

»Ich weiß, was mit dir geschieht«, sagte er sanft.

Schon auf dem Friedhof hatte er das gesagt. Dort hatte sie es als einen Versuch, sie zu beruhigen, abgetan. Jetzt jedoch ... *Woher kann er es wissen?*

»Ich war bei Vater Ninian.« Daeron löste seine Umarmung und griff nach ihren Händen. Voller Erstaunen und mit wachsendem Entsetzen lauschte Catherine seinen gedämpften Worten, die ein Bild von Ushanas Legende malten. Mit jedem weiteren Satz verflog ihre Erleichterung darüber, dass sie ihm nichts erklären musste, ein Stück mehr. Dumpfe Hoffnungslosigkeit breitete sich in ihr aus, sobald sie das ganze Ausmaß seiner Worte begriff.

Vampyr, schrie eine Stimme in ihr. Ihr Verstand versuchte noch sich dagegen zu sperren, doch in ihrem Herzen wusste sie längst, dass Daeron die Wahrheit sprach. Das war es, was mit ihr geschah. Kein Fluch und auch kein Zauber. Sie verwandelte sich.

Nachdem Daeron am Ende seiner Schilderung angelangt war, vermochte Catherine lange Zeit nicht zu sprechen. Ihre Hände, die immer noch in seinen ruhten, zitterten so stark, dass er seinen Griff unwillkürlich verstärkte. Sie wollte ihm sagen, dass das alles nicht sein konnte, doch seine Erzählung hatte ihr den Atem genommen.

»Verstehst du, was ich gesagt habe?«, fragte er schließlich. »Du brauchst Nahrung.«

»Nahrung?« Sie entzog ihm ihre Hände und sprang auf. *Blut!* Das war es, was er mit Nahrung meinte. »Ich werde nicht ... mich nicht ... Auch wenn es wahr ist, was du sagst, werde ich nicht zulassen, dass es geschieht! Eher sterbe ich!«

»Das werde *ich* nicht zulassen.« Daeron erhob sich. »Ich werde alles tun, um zu verhindern, dass dir etwas zustößt!«

»Dazu ist es zu spät.« Der Schmerz, den sie in seinen Augen fand, veranlasste sie den Blick zu senken. »Ich danke dir für alles, was du für mich getan hast. Es tut mir leid, dass wir nie die Chance hatten ...« Tränen schnürten ihr die Kehle zu. Ihre Finger streiften über seinen Handrücken, dann wandte sie sich ruckartig ab und stürzte auf die Tür zu.

»Nein!« Daeron war blitzschnell auf den Beinen. Er packte sie am Arm und riss sie herum. »Bleib hier!«

Seine Worte dröhnten laut in ihrem Schädel. »Lass mich los!«

»Denkst du wirklich, ich würde einfach zusehen, wie du diesen Raum verlässt, um in den Tod zu gehen? Ich werde dich nicht kampflos aufgeben, Catherine. Niemals!«

»Ach, und wie willst du mir helfen?«, fuhr sie ihn an.

»Es gibt einen Weg und du weißt es.« Seine Worte ließen sie erstarren. Daeron, der sie noch immer am Arm gepackt hielt, zog sie zu sich heran. »Niemand sagt, dass du töten musst, um am Leben zu bleiben. Nimm etwas von meiner Kraft.«

»Nein«, keuchte sie atemlos.

»Ich will, dass du lebst! Für mich!«

»Nicht auf diese Weise!«, rief sie, von der Eindringlichkeit seiner Worte schockiert. Der Gedanke, dass er sie zwingen wollte Blut zu trinken – *sein* Blut –, verlieh ihr ungeahnte Kräfte. Mit einem heftigen Ruck riss sie sich los. Sofort griff er wieder nach ihr und packte sie bei den Schultern. Catherine trat nach ihm und traf ihn unterhalb des Knies. Er sog scharf den Atem ein. Statt sie jedoch loszulassen, verstärkte er den Druck seiner Finger und zog sie weiter zu sich heran.

»Lass mich los!« Brüllend schlug sie auf ihn ein. Ihre Fäuste trommelten gegen seine Brust, ohne dass er auch nur zusammenzuckte. Catherine spürte, wie ihre Kräfte jetzt rasch schwanden, doch sie wollte nicht aufgeben. Da drehte Daeron sie herum und umschloss ihren Oberkörper von hinten mit den Armen. Strampelnd versuchte sie sich zu befreien.

»Hör endlich auf!«, knurrte er neben ihrem Ohr.

Sie kämpfte weiter gegen ihn an, doch inzwischen gelang es ihr kaum noch, sich zu bewegen. Ihr verzweifelter

Ausbruch hatte sie vollends erschöpft. Schließlich sank sie kraftlos zusammen.

Daeron wartete, als wollte er sichergehen, dass ihre Gegenwehr tatsächlich erlahmt war. Schließlich ließ er sich an der Wand auf den Boden sinken und zog sie mit sich. Schwer atmend lehnte sie an seiner Brust und wünschte, es gäbe einen Weg, ihm zu entkommen. Sie spürte, wie er einen Arm bewegte. Mit dem anderen hielt er sie noch immer fest umschlungen.

»Bitte zwing mich nicht dazu«, flüsterte sie heiser.

»Dann tu es freiwillig.« Er schob den Ärmel hoch und hielt ihr sein entblößtes Handgelenk hin. Catherines Blick fing sich an der Wunde, die die Kette dort hinterlassen hatte. Sie heilte, doch noch immer stieg ein leichter Blutgeruch daraus empor. Unwillkürlich leckte sie sich über die Lippen.

Dann wandte sie abrupt den Kopf ab. »Nicht!«

Wieder bewegte er sich. Er zückte seinen Dolch und ritzte sich mit der Klinge ins Handgelenk. Sobald Blut hervorquoll, ließ er die Waffe fallen, packte Catherine und hielt ihr erneut seinen Arm hin. »Trink!«

»Nein!«, stieß sie hervor, kaum noch in der Lage, den durchdringenden Blutgeruch aus ihren Sinnen zu bannen. Sie wollte den Kopf abwenden, doch Daeron folgte jeder ihrer Bewegungen mit seinem Arm. Ein dünnes Rinnsal Blut rann über die Innenseite seines Handgelenks; eine Versuchung, die, wenn Catherine ihr erlag, alles für immer verändern würde. Abscheu und Gier erfüllten sie gleichermaßen, rangen in ihrem Innersten so heftig miteinander, dass ihr schwindlig wurde. Sie hielt den Atem an, versuchte wieder den Blutgeruch zu verdrängen, der ihre Wahrnehmung nun vollständig beherrschte. Doch der metallische Geruch erschien ihr mit jedem Moment weniger abstoßend.

Catherine hing in Daerons Griff. Ihr Körper hatte seiner Kraft nichts mehr entgegenzusetzen, ihr Geist jedoch war noch nicht bereit aufzugeben. Sie kniff die Augen fest zu, wild entschlossen sie nicht mehr zu öffnen. *Ich komme dagegen an!*

Da spürte sie eine Berührung in ihrem Gesicht. Sie riss entsetzt die Augen auf. Daeron drückte sein Handgelenk auf ihren Mund, sein Blut benetzte ihre Lippen. Warm und lebendig, so durchdringend, dass sie es auf ihrer Zunge zu schmecken glaubte, ohne es gekostet zu haben. Ihre Eckzähne veränderten sich, wuchsen dem Blut entgegen. Dann schlug sie ihre Zähne in Daerons Fleisch.

Sein Lebenssaft rann ihre Kehle hinab und erfüllte sie mit Wärme und Stärke. Begierig saugte sie sein Blut, getrieben vom bloßen Instinkt eines Tieres. Sein Blut zu trinken erfüllte sie mit ungeahnter Lust. Es war erregend, zu spüren, wie Daerons Kraft in sie strömte. Jeder andere Gedanke war ausgelöscht. Bis ein Geräusch sie aus ihrem triebhaften Wahn riss. Langsam kehrten ihre Sinne zurück. Da war es wieder. Ein Stöhnen. Daeron! Schockiert ließ Catherine von ihm ab. Er hielt sie noch immer umfangen, doch die eiserne Kraft war aus seinen Gliedern gewichen. Er war bleich und sein Blick verschleiert, dennoch lächelte er. Seine Finger zitterten, als er die Hand hob und ihr das Blut aus dem Mundwinkel wischte.

»Nächstes Mal«, keuchte er, »nimm nicht ganz so viel.«

Nächstes Mal! Die Blutgier war schlagartig verflogen und auch der Geruch verlockte sie nicht länger, ihre Zähne in sein Fleisch zu schlagen. Sie schmeckte noch immer sein Blut auf ihren Lippen, doch plötzlich erschien es ihr nicht mehr süß und lebendig, sondern faulig und tot. *O Gott, was habe ich nur getan? Was ist aus mir geworden?*

Etwas in ihr zerbrach. Dieses Mal ließen sich die Tränen nicht zurückhalten. Angewidert von sich selbst lag sie in Daerons Armen und weinte um den Verlust ihrer Menschlichkeit.

*

Lange Zeit hielt Daeron sie nur fest, ohne etwas zu sagen. Der Schwindel und die Schwäche, die ihn überkommen hatten, fielen allmählich von ihm ab und das Pochen in seinem Handgelenk verklang. Was blieb, war Erleichterung, in die sich jedoch bald Zweifel mischten. *Was, wenn sich die Verwandlung jetzt nicht mehr umkehren lässt?* Er schüttelte den Kopf. Ohne sein Blut wäre sie gestorben. Jetzt hatte er zumindest eine Chance, sie zu retten.

Ihr starker Wille beeindruckte ihn. Sie hatte hart dagegen angekämpft, und wenn er sie nicht gezwungen hätte, wäre sie eher in den Tod gegangen, als das Geschenk des Lebens von ihm anzunehmen.

Der Anblick ihrer Zähne hatte ihn für einen Moment entsetzt. Scharfe Fangzähne wie bei einem Raubtier, die sich in sein Fleisch gegraben hatten. Jetzt war davon nichts mehr zu erkennen. Ihr Gebiss sah aus wie immer.

Catherine zitterte auch jetzt noch, doch die Tränen waren schließlich zu einem unregelmäßigen Schluchzen verebbt. Es zerriss ihm das Herz, ihren Schmerz zu sehen.

Immer wieder redete er sich ein, dass ihm keine Wahl geblieben war. *Was auch immer jetzt mit ihr geschieht, ist meine Schuld.*

Daeron stand auf und hob sie auf seine Arme. Im Gegensatz zu vorher fühlte sich ihre Haut nicht länger kalt und leblos an. Die Wärme seines Blutes floss jetzt darunter. Er trug sie zum Bett, breitete sorgsam die Decke über sie und strich ihr sanft über die Stirn. Selbst im schwachen Schein des Kaminfeuers war deutlich zu erkennen, dass die Blässe in ihren Zügen einem rosigen Schimmer gewichen war.

»Dich sterben zu lassen wäre mir unerträglich«, sagte er leise. »Ich hoffe, du kannst mir eines Tages verzeihen.« Catherine starrte ins Nichts. Daeron nickte. Wie konnte er erwarten, sie würde ihm vergeben, wenn sie noch nicht einmal das Ausmaß seines Handelns kannte. *Ich kenne es ja selbst nicht.* Ein letztes Mal streiften seine Fingerspitzen über ihre Wange, dann richtete er sich auf. »Ich bin nebenan, wenn du mich brauchst.« Er wandte sich ab und ging zur Tür.

»Daeron.«

Ein leises Wort, das ihn innehalten ließ. Aus Furcht vor dem, was er in ihren Augen finden würde, wagte Daeron kaum sich zu ihr umzudrehen. Abscheu. Ekel. Womöglich Hass. Als er sich schließlich doch umwandte, sah er nichts dergleichen. Alles, was er in ihrem Blick fand, waren Furcht und Einsamkeit.

»Bitte lass mich jetzt nicht allein«, sagte sie heiser.

»Catherine, ich –«

Sie schüttelte den Kopf. »Du musst mir nichts erklären.«

Er wollte sich in den Sessel setzen, da reckte sie ihm

ihre Hand entgegen. Ein wenig zögernd ergriff er ihre Finger und ließ zu, dass sie ihn näher heranzog. Es gab so vieles, was er ihr sagen wollte. Dinge, die zwischen ihnen noch immer unausgesprochen waren. *Wie kann ich nach allem, was sie durchgemacht hat, daran denken?*

Er versuchte sich zurückzunehmen und seine eigenen Gefühle zu verdrängen, um ihr der Freund zu sein, den sie jetzt brauchte. Als er zu ihr ins Bett stieg und sie in seine Arme schloss, tat er es, um ihr Trost und Nähe zu geben.

Catherine lag still neben ihm, den Kopf an seine Brust gelehnt. Der Geruch von Erde hing in ihrem Haar und strömte ihm in die Nase. Lange Zeit waren ihre regelmäßigen Atemzüge die einzigen Geräusche im Raum, lediglich vom Knistern des Feuers im Kamin unterbrochen. Daeron dachte schon, sie sei eingeschlafen, als ihre Stimme plötzlich die Stille durchbrach.

»Warum hast du nie mit mir gesprochen?«, flüsterte sie. »Ich meine, damals, als du versucht hast …«

Daeron lächelte. Ausgerechnet sie nahm jene Unterhaltung wieder auf, die sie nie zu Ende geführt hatten. »Ich wusste nicht, wie. Ich konnte mit Pferden und Schwertern umgehen. Mit dir … das war etwas anderes. Das erforderte mehr Mut. Und den hatte ich damals nicht.«

»Und heute? Was ist heute?«, fragte sie und hob den Kopf, um ihn anzusehen.

Er zog sie noch enger an sich. »Ich liebe dich, Catherine. Das habe ich immer getan.« Seine Lippen nahmen die ihren in Besitz und forderten ein, was er sich seit so langer Zeit ersehnt hatte. Catherine vergrub ihre Finger in seinem Haar, gab dem Drängen seiner Zunge nach und öffnete die Lippen. Sie erwiderte seinen Kuss, erst zärtlich, dann immer leidenschaftlicher, bis Daeron sich von ihrem Mund löste. Seine Lippen strichen über ihren Hals, schmeckten salzigen Schweiß und eine ihr eigene, verführerische Süße. Er spürte ihren heißen Atem auf seiner Haut, die Berührung ihres Körpers, der sich gegen den seinen presste. Ihre Brüste, der sanfte Schwung ihrer Hüften. Daeron unterdrückte ein Stöhnen. Seine Hand wollte weiterwandern, Catherine aus ihren Kleidern befreien, stattdessen suchte er ihren Blick. Ihre Augen waren dunkel vor Verlangen, doch dahinter sah er noch mehr: Furcht, Verzweiflung und Erschöpfung.

»Ruh dich aus, Catherine«, sagte er, ohne sie freizugeben.

Sie murmelte einen Protest. Ihre Finger schoben sich unter sein Hemd und strichen fordernd über seine Brust und seine Hüfte. Die Intensität, mit der sie seinen Körper erkundete, machte es ihm schwer, ihr zu widerstehen. Doch bald wurden ihre Berührungen sanfter, bis ihre Hand schließlich still lag.

14

Kalt spiegelte sich der Schein der Laterne in den Fensterscheiben der Großen Halle wider. Dahinter lauerte die Finsternis, drängte gegen die Scheibe, als verlange sie Einlass. Daerons Augen streiften über die lange Tafel in der Mitte des Raumes. Festlich gedeckt für die abendliche

Feier schimmerte sie im Glanz des edelsten Porzellans und Kristalls. Dreiarmige Kerzenleuchter, umgeben von Gestecken aus getrocknetem Stechginster, waren über die Länge der Tafel verteilt. Dazwischen war ausreichend Platz gelassen worden, damit die Platten voller Köstlichkeiten aufgetragen werden konnten, die eigens für das heutige Festmahl zubereitet worden waren. Der Tag der Ushana. Heute würde es geschehen. *Das werde ich nicht zulassen.*

Nachdem Catherine in seinen Armen eingeschlafen war, hatte Daeron gehofft, sie würde ein wenig Ruhe finden. Doch nicht einmal der Schlaf hatte es vermocht, die Qual aus ihren Zügen zu vertreiben. Lange Zeit hatte er still neben ihr gelegen und sich damit begnügt, sie zu betrachten. Schließlich hatte er es nicht länger ausgehalten. Entschlossen, sie von den Schrecken zu befreien, die sie wie ein dunkler Schleier umgaben, hatte er seinen Waffengürtel gepackt und das Schlafzimmer verlassen.

Noch bevor sie erwachte, wollte er wieder bei ihr sein. Aber zuerst brauchte er Waffen. Er hatte daran gedacht, in die Waffenkammer zu gehen. Doch dort würde er nicht finden, wonach er suchte. Er brauchte keinen Stahl und auch nicht das Blei einer Pistolenkugel, sondern etwas, womit er der Kreatur, die einmal Roderick Bayne gewesen war, ein Ende bereiten konnte.

Daeron schaute zu den beiden Breitschwertern, die sich über dem Kamin an der Wand kreuzten. Darunter hing ein Dolch. Das Licht der Laterne brach sich im kalten Silber der Klingen und hüllte sie ein, als wären sie von einer Aura aus Eis umgeben. Er hatte die kostbaren Stücke immer bewundert. Viel zu wertvoll und ungeeignet für einen ernsthaften Kampf, waren sie ihm zugleich stets unnütz erschienen. Bis heute. *Silber und Weihwasser.* Damit konnte er Bayne besiegen. Vater Ninians Weihwasser trug er noch immer bei sich. Jetzt war es Zeit für das Silber.

Daeron stellte seine Lampe am Ende der Tafel ab. Der liebliche Geruch des Stechginsters stieg ihm in die Nase und verlor sich erst, als er vom Tisch wegging und vor den Kamin trat. Er reckte den Arm nach dem Silberdolch und nahm ihn aus seiner Halterung. Mit grimmiger Zufriedenheit schaute er auf die Klinge. Er wollte gerade nach einem der Schwerter greifen, da hörte er, wie hinter ihm die Tür geöffnet wurde.

Martáinn! Froh ihn nicht extra aufsuchen zu müssen, um ihn über die Geschehnisse ins Bild zu setzen, wandte sich Daeron um. »Gut, dass du hier –« Der Anblick von Hauptmann Farrell ließ ihn verstummen. Seine Augen wanderten über die vertrauten Züge des Hauptmanns, suchten nach etwas, das ihm hätte verraten können, dass sich jemand anderer als Farrell selbst hinter diesem Gesicht verbarg. Doch er fand nichts. Die Illusion war perfekt.

»Was macht Ihr hier, Hauptmann?«

»Ich war hungrig. Als ich auf dem Gang vorbeikam, sah ich einen Lichtschimmer und wollte nachsehen.« Schwang da ein süffisanter Unterton in Farrells Stimme mit? Ein Tonfall, den der Krieger niemals angeschlagen hätte, auch wenn es eindeutig seine Stimme war. »Habt Ihr Catherine Bayne gefunden?«

»Das habe ich.« Daerons Finger krampften sich um den Dolch. Alles in ihm schrie danach, sich auf Roderick zu stürzen. Doch er musste sich zurückhalten, ihn in Sicherheit wiegen und warten, bis er nahe genug heran war. Erst dann durfte er zuschlagen.

»Geht es ihr gut?« Roderick stand noch immer an der Tür.

Komm her! »Sie ist stark.«

Bayne nickte und machte Anstalten zu gehen. Dann richtete sich sein Blick auf die Waffe in Daerons Hand. »Gibt es Schwierigkeiten?«

Daeron schaute auf den Dolch. War das der Weg, Bayne näher zu locken? »Seit meinem ersten Tag hier habe ich diese kunstvollen Waffen stets bewundert. Von Zeit zu Zeit komme ich her, um sie zu bestaunen.« Jetzt sah er auf. »Etwas scheint mit der Halterung nicht zu stimmen. Es will mir einfach nicht gelingen, die Klinge wieder an ihren Platz zu bringen. Da Ihr schon hier seid, könnt Ihr mir rasch zur Hand gehen.« Gerne hätte er *Hauptmann* hinzugefügt, doch das vertraute Wort wollte ihm nicht über die Lippen kommen.

Als Roderick den Tisch umrundete, konnte Daeron den Impuls nicht mehr unterdrücken, seine Finger um das Heft der Waffe zu schließen. Augenblicklich hielt Roderick inne. Für einen Moment glaubte Daeron so etwas wie Überraschung in seinen Zügen zu entdecken. Ein leiser Anflug von Verwunderung, der kurz aufflackerte und sofort wieder von jener starren Gleichmut überlagert wurde, die dem Hauptmann zu eigen war.

»Ihr wisst es also«, sagte Roderick trocken. Es war eine Feststellung. Keine Frage. Er deutete auf die Klinge in Daerons Hand. »Glaubt Ihr, das würde Euch etwas nutzen?«

»Sagt Ihr es mir«, entgegnete Daeron kalt.

Bayne zog sein Schwert und kam näher. »Wie habt Ihr es herausgefunden?«

»Womöglich ist Eure Macht nicht so groß, wie Ihr denkt.« Daeron umfasste das Heft des Dolches fester. Er musste warten, bis Bayne nahe genug heran war. »Warum das alles?«, fragte er. »Martáinn und ich, das kann ich verstehen. Aber warum Catherine?«

»Ich brauche sie«, war die schlichte Antwort.

Roderick war jetzt keine zehn Schritt mehr entfernt. Auf diese Distanz unmöglich zu verfehlen. Daerons Augen ruhten auf ihm, nahmen ein letztes Mal Maß, ehe er den Dolch werfen würde. Er holte aus. Roderick bewegte sich blitzschnell. Die Schwertspitze flog heran. Daeron riss den Dolch herum. Die Klingen prallten aufeinander und fuhren kreischend aneinander entlang. Baynes Arm schoss vor. Seine Finger schlossen sich mit erstaunlicher Kraft um Daerons Waffenhand. Daeron riss ein Knie in die Höhe und rammte es seinem Gegner in den Magen. Bayne wankte nicht einmal. Stattdessen packte er Daeron und schleuderte ihn wie ein Spielzeug von sich. Mit einem Aufprall, der ihm die Luft aus den Lungen presste, ging Daeron zu Boden. Sofort war Bayne über ihm, doch jetzt hatte Daeron die Waffenhand wieder frei. Er warf sich nach vorne, stieß Bayne den Dolch in die Seite und riss ihn sofort wieder aus seinem Fleisch. Bayne fuhr zurück, eine Hand auf die Wunde gepresst. Blut quoll zwischen seinen Fingern hervor.

Der Treffer verschaffte Daeron nur wenig Zeit. Die Silberklinge hatte es zwar vermocht, Roderick zu verletzen, doch er ging trotzdem sofort wieder zum Angriff über. Mit einem Schwerthieb, so rasend schnell, dass Daeron ihn kaum kommen sah, fegte Bayne ihm den Dolch aus der Hand. Die Waffe schlitterte unter die lange Tafel. Daeron sprang auf die Beine. Des Silberdolchs beraubt riss er sein Schwert aus der Scheide. Die Stahlklinge konnte Bayne nicht töten, doch sie würde ausreichen, um sich seine Waffe vom Leib zu halten. Mit einem wuchtigen Hieb wehrte er Baynes nächsten Angriff ab und ging sofort in die Offensive. Drei kurz hintereinander ausgeführte Attacken zwangen Bayne zurück. Daeron nutzte den Moment, um sich nach dem Silberdolch umzusehen. Die Waffe war bis ans andere Ende der Tafel gerutscht.

Mit einem Satz sprang Daeron auf den Tisch. Teller und Besteck klirrten. Gläser kippten um. Kerzen stürzten aus den Leuchtern und rollten umher, als Daeron auf die gegenüberliegende Seite des Tisches zulief. Eine Erschütterung verkündete, dass Roderick ihm gefolgt war. Daeron fuhr herum. Baynes Klinge raste auf ihn zu. Daeron schlug den Angriff zurück und warf sich gegen Bayne, um ihn vom Tisch zu drängen, doch Bayne war zu schnell und zu geschickt. Er duckte sich unter Daerons hastig ausgeführter Attacke hinweg und sprang vor. Es gelang Daeron gerade noch, sein Schwert zwischen sich und seinen Gegner zu bringen. Die Klingen prallten so heftig aufeinander, dass Daeron die Erschütterung bis ins Schultergelenk hinauf spürte. Ein Gefühl von Taubheit breitete sich in seinen Fingerspitzen aus. Seine Hand krampfte sich um den Schwertgriff, während sein Arm einen Halbkreis beschrieb, als er die Klinge herumfahren ließ. Der Stahl schrammte an Rodericks Schwert entlang, dann riss Daeron seine Klinge herum. Die ruckartige Bewegung schleuderte Bayne die Waffe aus der Hand, doch auch

Daeron entglitt sein Schwert. Die beiden Klingen rutschten über den Tisch und fielen zu Boden.

Bayne holte aus und trat Daeron vor die Brust. Die Wucht des Trittes warf Daeron von den Beinen. Krachend schlug er auf den Tisch. Porzellan brach unter seinem Aufprall. Glas splitterte. Ein trockenes Knirschen erfüllte sein Ohr. Dann nahm er den süßlichen Geruch von Stechginster wahr. Ein Teil des Tischschmucks war unter dem malmenden Druck seines Körpers zerbröselt.

Daeron bemühte sich wieder auf die Beine zu kommen. Bayne packte ihn und riss ihn herum. Ein massiver Fausthieb raubte Daeron beinahe die Besinnung. Einen Augenblick später spürte er Baynes Griff in seinem Nacken. *Er will mir das Genick brechen!*

Daeron versuchte sich ihm zu entwinden. Er schlug und trat nach Bayne, doch seine Gegenwehr verpuffte im Nichts. Verzweifelt packte er ein Büschel Stechginster und schlug damit nach seinem Gegner. Im selben Moment ließ Bayne von ihm ab und wich fauchend ein paar Schritte zurück. Geduckt stand er vor Daeron, suchte einen Weg an dem Gewächs vorbei. Daeron wusste, dass er ihn damit nicht lange aufhalten konnte. Und der Silberdolch lag noch immer unerreichbar unter dem Tisch. *Das Weihwasser!*

Daeron wartete, bis Bayne sich einmal mehr heranwagte, dann schleuderte er ihm den Stechginster entgegen. Als er zurückfuhr, griff Daeron in seine Westentasche und zog das Weihwasser heraus. Vor ihm durchschnitt Baynes Bewegung zischend die Luft. Dann war Bayne über ihm. Daeron bäumte sich auf und stieß ihm die Hand mit dem Weihwasser ins Gesicht. Glas splitterte.

Scherben bohrten sich in Daerons Handfläche und hinterließen blutige Schnitte. Bayne fuhr kreischend zurück und presste sich eine Hand auf die linke Gesichtshälfte. Farrells Züge verschwammen und dahinter trat Roderick Baynes ausgezehrtes Antlitz hervor. Dort, wo das Weihwasser die Haut berührt hatte, schälte sie sich von seinem Gesicht. Der Geruch von verbranntem Fleisch stieg Daeron in die Nase.

Brüllend vor Schmerz holte Bayne aus und schleuderte Daeron vom Tisch. Er krachte in eine Stuhlreihe an der Längsseite der Tafel. Das Holz zerbarst unter seinem Aufprall. Hinter ihm bewegte sich Bayne. Daeron befreite sich aus den Trümmern und kämpfte sich auf die Beine. In der Erwartung eines erneuten Angriffs fuhr er herum. Doch Roderick Bayne war nicht mehr da. Daeron starrte auf die offene Tür. *Catherine!*

Was, wenn er zu ihr wollte? *Er ist verletzt.* Das Weihwasser hatte ihm tatsächlich Schaden zugefügt. Daeron hoffte, Bayne würde sich zurückziehen und seine Wunden lecken. Dennoch konnte er den Gedanken kaum ertragen, dass Catherine in diesem Moment allein war.

Er hob den Silberdolch auf und steckte ihn in seinen Gürtel. Scherben knirschten unter seinen Sohlen, als er zum Kamin ging und eines der Schwerter von der Wand riss.

*

Überall in seinen Räumen waren die Vorhänge vorgezogen und sperrten das trübe Mittagslicht aus. Catherine stand im Schlafzimmer vor dem Kamin, noch immer in den schmutzigen Plaid gehüllt. Sie hatte die Arme um den Oberkörper geschlungen und schaute in die Flammen. Daeron schloss leise die Tür hinter sich. Da wandte sie sich zu ihm um.

»Mein Gott, Daeron!« Der Anblick seiner blutigen Hand ließ sie zurückfahren. Sie drehte sich weg.

»Das ist nichts Ernstes. Nur ein paar Schnitte. Mach dir keine Sorgen.« Daeron legte die Silberwaffen und ein dickes Bündel Stechginster, das er in einem der Gänge von der Wand gerissen hatte, auf die Kommode. »Dein Vater weiß jetzt, dass ich die Wahrheit kenne.« Er ging zum Schrank, holte ein sauberes Hemd heraus und hängte es über die Sessellehne. »Ich war in der Großen Halle, als er kam.« Während er berichtete, was geschehen war, zog er sein Hemd aus und riss es in Streifen. Dann trat er vor die Waschschüssel und wusch sich das Blut von der Hand. Catherine stand wie erstarrt am Kamin und zwang ihren Blick zu Boden. Bei dem Versuch, den Verband anzulegen, entglitt ihm der Stoff. Da nahm er die Zähne zu Hilfe. Sobald der Verband saß, schlüpfte er in das saubere Hemd.

»Vater Ninian hatte Recht. Das Weihwasser konnte ihn verletzen, ebenso wie Silber! Ich werde noch einmal in die Kirche gehen und mehr Weihwasser holen. Du wartest hier auf mich.« Einen Moment zögerte er aus Furcht, sie könne erneut vor ihm zurückweichen, dann ging er zu ihr und zog sie in seine Arme. Er spürte ihr Zittern und drückte sie noch enger an sich.

Er wollte sie gerade freigeben, da hob sie den Kopf und in diesem Moment fanden ihre Lippen die seinen. Sein Blut, das nach dem Kampf noch immer in Aufruhr war, geriet in Wallung. Leidenschaftlich erwiderte er ihren Kuss, ließ seine Zunge über ihre Lippen, in ihren Mund gleiten, während seine Hände unter ihr Hemd fanden. Er spürte ihre Hände auf seinem Körper, ebenso wie seine jetzt über den ihren strichen. Catherine seufzte leise an seinen Lippen und drängte sich ihm entgegen. *Du benimmst dich wie ein Tier, ap Fealan!* Sofort löste er sich von ihr und zog seine Hände zurück. »Nicht so!«, keuchte er atemlos.

Catherine sah ihn verwirrt an. Ihre Wangen glühten und ihre Brust hob und senkte sich unter heftigen Atemzügen. Daeron griff nach ihrer Hand. »Ich habe mir das immer gewünscht«, sagte er und streichelte ihren Handrücken. »Aber nicht so. Nicht jetzt. Ich will, dass wir Zeit füreinander haben. Solange dein Vater hier ist, geht das nicht.«

»Aber was, wenn keiner von uns –«

Daeron wollte nicht hören, wie sie über den Tod sprach. Hastig legte er ihr einen Finger auf die Lippen. »Wir werden ihn besiegen. Und danach haben wir alle Zeit der Welt.« Für einen Moment lehnte er seine Stirn an ihre. »Alle Zeit der Welt«, wiederholte er leise, dann küsste er sie noch einmal. »Der Bann wird dich daran hindern, Martáinn zu warnen. Denkst du, du kannst ihm einen Brief übergeben?«

»Ich habe schon einmal versucht ihm eine Warnung zu schreiben. Vergebens.«

»*Ich* werde den Brief schreiben. Du musst ihn nur übergeben. Schaffst du das?«

Catherine zögerte. Schließlich nickte sie. Da ging er nach nebenan. Auch hier prasselte ein Feuer im Kamin und erfüllte den Raum mit stickiger Hitze. Das Feuer war die einzige Lichtquelle. Für einen Moment dachte Daeron daran, die Vorhänge zurückzuziehen, doch plötzlich sah er in jedem noch so kleinen Akt eine Verschwendung kostbarer Zeit. Statt zum Fenster ging er zu seinem Sekretär und nahm ein Blatt Papier. Er griff nach der Feder, tauchte sie in das Tintenfass und begann zu schreiben.

Roderick Bayne ist zurück, mit Kräften jenseits des Vorstellbaren. Nur Silber und Weihwasser vermögen es, ihn zu verletzen. Stechginster hält ihn fern. Bleib bei Catherine und gib auf sie Acht, bis ich zurück bin. Stell ihr keine Fragen, sie kann sie dir nicht beantworten. Hüte dich vor Farrell.

Daeron

Kaum war die Tinte trocken, faltete er das Papier zusammen. Er wandte sich an Catherine. »Kannst du zu ihm gehen?«

»Ich denke schon.«

»Du bist dir nicht sicher?« Ein Bild blitzte in seinen Gedanken auf. Catherine, die vor Martáinns Gemächern vom Schmerz überfallen und zur Umkehr gezwungen wurde. *Wir werden kein Risiko eingehen.* »Ich werde einen Diener schicken. Er soll Martáinn in meine Gemächer rufen. Du wartest hier auf ihn.«

»Kann der Diener nicht den Brief ...«

»Nein! Martáinn wird zweifeln. Wenn er den Brief alleine liest, besteht die Gefahr, dass er spät oder möglicherweise gar nicht zu dir kommt.« Unter Catherines Blicken kehrte Daeron ins Schlafzimmer zurück, legte den

Schwertgürtel an und zog seinen Mantel an. Dann griff er nach dem Stechginster und ging zum Fenster. Er wollte den Vorhang zurückziehen.

»Bitte lass ihn zu. Das Licht schmerzt in meinen Augen.«

Daeron nickte und schlüpfte hinter den Stoff, um einen Teil des Krauts vors Fenster zu hängen. Dasselbe machte er in den anderen Räumen. Sogar an den Kaminen befestigte er etwas davon. Nachdem er fertig war, zückte er den Silberdolch und steckte ihn Catherine an den Gürtel. Zuletzt legte er ihr das Fläschchen mit dem Weihwasser in die Hand und schloss ihre Finger darum. »Sei vorsichtig.«

Als Daeron seine Räume verließ und die Tür hinter sich zuzog, befestigte er das letzte Büschel Stechginster außen am Türstock.

15

Catherine wanderte unruhig im Zimmer umher. Daerons Blut hatte vieles verändert. Es gelang ihr jetzt besser, ihren Verstand vor dem Lärm zu verschließen, der von allen Seiten auf sie einbrandete. Ihre Augen waren noch immer lichtempfindlich, doch dafür war ihre Sicht im Dunkeln weit besser. Der Ekel, den sie dabei empfunden hatte, sein Blut zu trinken, war noch immer nicht verblasst. Er war zu ihrem ständigen Begleiter geworden, ebenso wie das Entsetzen, das sie seit Tagen empfand.

In ihrer Verzweiflung hatte sie Daeron die Schuld daran geben wollen. Erst nachdem die Schwäche von ihr abgefallen war, hatte sie erkannt, dass das nicht gerecht war. Daeron hatte alles getan, um sie zu retten, und er würde sie auch weiterhin beschützen. Catherine wusste nicht, ob er sie wirklich von dem Fluch befreien konnte, den ihr Vater über sie gebracht hatte. Ganz sicher jedoch würde er stets für sie da sein.

Noch immer glaubte sie seine Küsse und Berührungen auf ihrer Haut zu spüren. Ihre Wangen glühten bei der Erinnerung daran, welche Gefühle und Sehnsüchte er in ihr geweckt hatte. Doch Daeron hatte Recht, es war nicht der richtige Moment. Sie hoffte nur, dass er sich nicht irrte, wenn er sagte, ihnen bliebe noch alle Zeit der Welt.

Daerons Blut hatte Catherine ihre Kraft zurückgegeben, doch wie lange würde es dauern, ehe der Durst zurückkehrte? Wie lange, bis sie erneut schwach werden würde? Was dann? Die Verwandlung war weiter vorangeschritten. Catherine fühlte sich fast körperlich von dem Silberdolch abgestoßen, den Daeron ihr an den Gürtel gesteckt hatte. Lange Zeit starrte sie auf den verzierten Griff, der ihr aus dem Gürtel entgegenragte, bevor sie wagte die Finger auf ihn zu legen. Als ihr die Berührung keine Schmerzen verursachte, ließ sie die Hand erleichtert wieder sinken.

Ihre Augen glitten zu der Nachricht, die Daeron auf dem Sekretär zurückgelassen hatte. Sie fragte sich, ob sie tatsächlich in der Lage sein würde, sie an Martáinn zu übergeben. Ein wenig zögernd trat sie näher, strich über die raue Oberfläche des Papiers und stellte sich vor, wie sie es Martáinn geben würde. Sie würde einfach die Hand ausstrecken und ihm die Nachricht reichen. Womöglich konnte sie ihm sogar sagen, dass sie von Daeron stammte. Catherine horchte in sich hinein, suchte nach einer Veränderung, die die Vorstellung in ihr verursachen mochte. Sie wartete auf den Schmerz, doch er blieb aus. Das brachte sie zu der Überzeugung, dass sie es tun konnte. *Ich übergebe ein Stück Papier. Mehr nicht.*

Ein Klopfen schreckte sie auf. *Martáinn!* Erleichtert griff sie nach dem Brief, eilte zur Tür und riss sie auf.

Wie ein dunkler Schatten wuchs Farrells Gestalt vor ihr auf. Catherine schrak zusammen. Das Wissen, welches Monster sich hinter der Maske des Hauptmanns verbarg, ließ sie zurückweichen.

»Bleib stehen, Catherine!«

Obwohl alles in ihr danach schrie, sich weiter zurückzuziehen, ließ sein Tonfall sie augenblicklich innehalten. Als hätten seine Worte Macht über ihren Körper. Sie wollte nach dem Dolch greifen, den Daeron ihr an den Gürtel gesteckt hatte. Ihr Vater schüttelte den Kopf. Eine unscheinbare Bewegung, die ausreichte, um sie davon abzuhalten, die Waffe zu ziehen. Er hob die Hand und deutete auf den Stechginster, der über ihm im Türstock hing. »Nimm das weg.«

Catherines Finger krampften sich um den Brief, während sie gegen den Zwang ankämpfte, seinem Befehl zu folgen. Noch einmal wiederholte er seine Aufforderung. Dieses Mal konnte sie nicht anders. Während sich ihr Verstand noch immer weigerte, führte ihr Körper seine Anweisungen aus. Der stechende Gestank des Krautes stieg ihr in die Nase und schreckte sie ab, doch Rodericks Befehl war stärker. Ihre Finger schlossen sich um den Stechginster, der sich zischend in ihre Handflächen sengte. Catherine riss ihn vom Türstock und ließ ihn mit einem Aufschrei fallen.

Erschrocken starrte sie auf ihre Hand. Rosig glänzte das verbrannte Fleisch. Winzige Rauchschwaden kräuselten sich daraus empor. Frische, unversehrte Haut schloss sich über der Wunde und bereits nach wenigen Herzschlägen deutete nichts mehr darauf hin, dass dort eine Verletzung gewesen war.

Sobald ihm der Stechginster nicht länger den Weg versperrte, setzte ihr Vater den Fuß über die Schwelle. Er schloss die Tür hinter sich und trat in den zuckenden Schein des Kaminfeuers. Erst jetzt sah Catherine die Verbrennungen, die das Weihwasser in seinem Gesicht hinterlassen hatte. Eine tiefe Wunde, die sich über die gesamte linke Gesichtshälfte zog.

Er bemerkte ihren Blick. »Es wird heilen – es dauert nur etwas länger.« Seine Augen richteten sich auf den Brief in ihrer Hand. »Was ist das?«

»Nichts.« Catherine war bis an den Sekretär zurückgewichen und wollte das Papier in eine Schublade stecken, als ihr Vater die Hand danach ausstreckte.

»Gib es mir!«

»Nein!« Sie wartete darauf, dass er es ihr erneut befehlen würde. Erwartete das Gefühl, sich seinem Willen nicht länger widersetzen zu können. Stattdessen entriss er ihr einfach die Nachricht. Er überflog die wenigen Zeilen, dann warf er den Brief ins Feuer. Entsetzt beobachtete Catherine, wie sich die Flammen durch das Papier fraßen und ihre Hoffnung in Asche verwandelten. Wie sollte sie Martáinn jetzt noch warnen?

»Du wirst noch einmal etwas für mich tun.« Ihr Vater

zog ein Medaillon aus seiner Tasche und hielt es in die Höhe. »Gib das MacKay. Sag ihm, es sei ein Geschenk von dir.«

Catherines Blick hing an dem ovalen Schmuckstück, folgte den verschlungenen Gravuren über die goldene Oberfläche. Sie konnte nichts Bedrohliches erkennen. Was sie sah, wich jedoch von dem ab, was sie empfand. Das Medaillon mochte harmlos wirken, doch sie konnte die Bedrohung *spüren*, die davon ausging. Eine düstere Macht. *Gefahr!* Über das Schmuckstück hinweg richteten sich ihre Augen auf ihren Vater.

»Ganz recht.« Er nickte und legte ihr das Medaillon in die Hand. »Der Eichenzweig darin wird ihn unschädlich machen.«

»Ich werde nicht –«

»Dir bleibt keine Wahl. Ebenso wenig wie mir.« Für einen Moment dachte Catherine, er wolle noch etwas sagen, dann jedoch machte er kehrt und ging zur Tür. Ehe er das Zimmer verließ, wandte er sich noch einmal um. »Heute werde ich zu Ende bringen, was ich vor langer Zeit begonnen habe.«

*

Catherine wusste nicht, wie lange sie schon auf das Schmuckstück in ihrer Hand starrte.

Nachdem ihr Vater gegangen war, hatte sie versucht es ins Feuer zu werfen, doch ihre Finger hatten sich geweigert ihren Wunsch zu erfüllen. Ebenso wenig hatte sie es vermocht, es unter ihrem Absatz zu zermalmen. Sie hatte es zu Boden fallen lassen, aber in dem Augenblick, als sie den Fuß hob, war der Schmerz in ihren Körper zurückgekehrt und erst von ihr gewichen, als sie es wieder an sich genommen hatte. Doch da war noch etwas, was sie davon abhielt, das Medaillon zu zerstören. Etwas in ihr, das ihre Gegenwehr ins Wanken brachte. Die Macht, die ihr Vater über sie hatte, war offenbar gewachsen. Sobald sie versuchte sich zu widersetzen, litt sie Höllenqualen. Aber noch schlimmer war das Gefühl, dass sich ihr Körper seinem Befehl nicht länger entziehen *wollte*.

Gehörte das zur Veränderung? Wurde sie langsam zu einem Monster, wie er eines war? Eine Kreatur, die ohne Skrupel andere ins Verderben stürzte? Sie wollte weinen, doch sie hatte keine Tränen mehr.

Schließlich kam Martáinn.

Wie schon vor einigen Tagen auf dem Marktplatz trug er auch jetzt den grün-schwarzen Kilt, die kostbare Felltasche und seine Uniformjacke. Ganz wie Catherine es von ihm zu besonderen Anlässen gewohnt war. Der Tag der Ushana war einer dieser Anlässe.

»Catherine, was ist geschehen?«, platzte er heraus, kaum dass er den Salon betreten hatte. »Wo ist Daeron?« Ehe sie wusste, wie ihr geschah, stand er vor ihr. Seine Augen wanderten über ihre Züge, ihren schmutzigen Plaid, dann streckte er die Hand nach ihr aus und strich ihr über die Wange. »Geht es dir nicht gut? Du siehst erschöpft aus.«

Hastig schüttelte sie den Kopf. »Ich habe nur schlecht geschlafen.«

»Der Diener sagte, es sei dringend.«

Mein Vater ist zurück und will dich umbringen! Sie wollte die Worte herausschreien, doch sie zerfielen unter der

Macht ihres Vaters zu Asche, wie das Schreiben, das er ins Feuer geworfen hatte. »Ich habe ein Geschenk für dich.« Sie hielt das Medaillon in die Höhe, so dass es im Feuerschein glitzerte. »Ein Glücksbringer.«

»Das ist es? Bei Gott, ich dachte, es sei etwas geschehen!« Sein Blick fiel auf das Schmuckstück. Da breitete sich ein erleichtertes Lächeln über seine Züge. »Das ist hübsch. Ich hoffe, es ist kein Abschiedsgeschenk.«

Doch, das ist es, denn wenn du es annimmst, ist es dein Tod!

»Natürlich nicht.«

»Dann kann ich hoffen, dass du bei mir bleibst?«

»Lass uns später darüber sprechen.«

Martáinns Lächeln wurde breiter. »Du machst mir Hoffnung.«

Für dich gibt es keine Hoffnung mehr.

Es drängte sie, ihm von ihrer Liebe zu Daeron zu erzählen. Es war nicht gerecht, ihn länger in dem Glauben zu lassen, sie sei noch immer das kleine Mädchen, das in den Sohn des Earls verliebt war. Doch die Wahrheit über ihre Gefühle wollte ihr ebenso wenig über die Lippen kommen wie die Warnung vor den Machenschaften ihres Vaters. Während sie noch um Worte rang, wurde ihr klar, warum dem so war. In dem Moment, in dem sie Martáinn offenbarte, dass sie seine Gefühle nicht erwiderte, würde er das Medaillon niemals annehmen. Der Bann ihres Vaters zwang sie das Schmuckstück zu übergeben. Zugleich verhinderte er alles, was diese Übergabe zunichtemachen konnte.

Martáinn griff nach Catherine, um sie in seine Arme zu ziehen, doch sie wich ihm aus. »Warte! Erst nimm mein Geschenk.« Catherine streckte die Hand aus. Glänzend ruhte das ovale Schmuckstück in ihrer Handfläche. »Du *musst* es nehmen.«

Martáinn runzelte die Stirn. »Das klingt ja beinahe, als hättest du Angst, ich könnte dein Geschenk zurückweisen.« Er betrachtete das Medaillon. »Es ist wunderschön.«

Bedächtig berührte er ihre Fingerspitzen und ließ seine Finger sacht daran entlanggleiten. Catherines Hand zuckte leicht. Sie wollte sie zurückreißen, bevor er das Medaillon ergreifen konnte, doch ihr Arm gehorchte ihr nicht. Martáinns Hand legte sich über das Schmuckstück.

Nein! Catherines Finger klammerten sich um das Medaillon. Sie ballte die Hand zur Faust und umschloss das Schmuckstück. Hart und kalt bohrten sich die Kanten in ihre Handfläche.

»Catherine?«, fragte er sanft. »Ist alles in Ordnung?«

Ein tosendes Brennen durchfuhr ihren Leib. Sie biss mahlend die Kiefer aufeinander. Der Schmerz und die Selbstbeherrschung, die sie brauchte, um das Schmuckstück nicht loszulassen, machten es ihr unmöglich, seine Frage zu beantworten.

»Catherine? Du bist leichenblass!«

Catherines Finger zitterten. Der Schmerz war jetzt so stark, dass sie leise keuchte. Dennoch weigerte sie sich das Medaillon freizugeben und versuchte stattdessen die Hand zurückzuziehen.

»Catherine! Bei Gott, was ist mit dir? Sag doch etwas!«

Gib es ihm!, erklang Rodericks donnernde Stimme in ihrem Kopf. Catherines Wille zerbrach. Sie geriet ins Wanken. Martáinn machte Anstalten, sie zu stützen, doch ehe er die Hand von ihrer nehmen konnte, legte

Catherine ihre freie Hand über die seine. »Nimm es«, stieß sie hervor. »Bitte. Es ist mir wichtig!«

Da endlich griff Martáinn zu und nahm ihr das Schmuckstück aus der Hand. Obwohl er nie anderen Schmuck als das Amulett seiner Mutter getragen hatte, hängte er sich jetzt das Medaillon um den Hals; golden schimmernde Verdammnis im Gewand eines harmlosen Geschenks.

Catherine schloss die Augen. Für einen Moment drangen nur Martáinns regelmäßige Atemzüge und das leise Knistern des Feuers an ihr Ohr. Dann glaubte sie einen Lufthauch zu spüren, so leicht, dass selbst sie ihn kaum bemerkt hatte. Sie öffnete die Augen. Martáinn stand noch immer vor ihr, mit dem Rücken zur Tür. Voller Entsetzen starrte sie auf ihren Vater, der auf ihn zuglitt. Nicht einmal fünf Schritt trennten ihn noch von seinem Ziel.

Martáinn! Ein leises Krächzen entrang sich ihrer Kehle.

»Himmel, Catherine! Mit dir stimmt doch etwas nicht!«

Ihr entsetzter Blick war noch immer über seine Schulter gerichtet, wo ihr Vater sich langsam näher schob. *Siehst du nicht, wohin ich schaue?*, schrie eine Stimme in ihr. *Dreh dich um, Martáinn!*

Doch Martáinn wandte sich stattdessen zum Fenster in ihrem Rücken. »Kein Wunder, wenn es dir nicht gut geht«, sagte er und trat an ihr vorbei. »Die Luft hier drin ist wirklich grässlich.« Schon hatte er das Fenster erreicht. Er packte den schweren Vorhang und riss ihn mit einem entschiedenen Ruck zur Seite. Trübes Nachmittagslicht tastete sich in den Raum. Ein Lichtstrahl berührte Roderick. Er fuhr zur Wand zurück. Blinzelnd kämpfte Catherine gegen die Helligkeit an, die ihre Augen tränen ließ und auf ihrer Haut brannte. Sie zwang sich den Blick nicht von ihrem Vater zu nehmen und beobachtete gebannt, wie er in eine Nische glitt und so vollkommen mit der Dunkelheit verschmolz, dass sie ihn einen Herzschlag später kaum mehr erkennen konnte. *Das Licht ist sein Feind!*

Martáinn stieß das Fenster auf. Ein Hauch frischer Luft streifte über Catherines Wangen. Sie wandte sich um, darauf bedacht, sich zwischen den Schatten an der Wand und Martáinn zu halten, der jetzt wieder in die Mitte des Raums trat.

Ehe sie etwas sagen konnte, klopfte es. Auf Martáinns »Herein« trat John in den Raum und verneigte sich vor dem Earl. »Die Pferde sind fertig, Herr.« Als er den Kopf wieder hob, entdeckte er Catherine. Verwirrt runzelte er die Stirn. John war ihr Verbündeter gewesen. Er hatte ihr geholfen. Gerne hätte sie ihm eine Erklärung gegeben, doch dafür war weder Zeit noch wäre sie überhaupt in der Lage dazu.

Ihre Aufmerksamkeit kehrte zu Martáinn zurück. »Du willst weg? Jetzt?« *Du darfst nicht gehen! Sobald du diesen Raum verlässt und in das Dämmerlicht des Flurs eintauchst, wird Vater dich töten!*

»Ich habe noch etwas zu erledigen. Mach dir keine Sorgen, ich werde rechtzeitig um Mitternacht zurück sein.«

»Und die Messe davor?« Wie konnte sie ihm klarmachen, dass er nicht gehen durfte? Dass draußen der Tod wartete?

»Ich habe Vater Ninian gesagt, dass ich für mich allein

im Gebet versunken um den Beistand Gottes bitten und um meine Familie trauern möchte.« Er griff nach ihrer Hand. »Um Mitternacht bin ich zurück. Dann können wir die Nacht der Ushana begehen, wie wir es so viele Jahre getan haben.« Er hob ihre Hand an seine Lippen und hauchte ihr einen Kuss auf die Fingerspitzen. Mit einem verschmitzten Lächeln fügte er hinzu: »Vielleicht auch ein bisschen anders als früher.«

Catherine verstand nicht, warum er ausgerechnet am Tag der Ushana die Burg verlassen wollte. Alles in ihr schrie danach, ihn hier im Tageslicht zu halten. Doch was dann? Die Dämmerung rückte bereits auf den Schwingen des Windes näher. Was würde geschehen, wenn sie bei Sonnenuntergang noch immer hier stünden – im selben Raum mit ihrem Vater? *Daeron wird rechtzeitig zurückkehren! Er wird Martáinn retten!*

Martáinn sah sie eindringlich an. »Was ich zu tun habe, ist von großer Bedeutung für die Zukunft Asgaidhs. Für unser aller Zukunft! Ich erkläre es dir später.«

Wenn du jetzt gehst, wird es kein Später mehr geben! Sie wollte ihn anflehen, er solle bleiben, doch sie wusste, es würde nichts nützen. Sie hatte es in seinen Augen gesehen. Was auch immer er vorhatte, war ihm so wichtig, dass er sich von niemandem davon abhalten lassen würde. Nicht einmal von ihr.

Martáinn gab ihre Hand frei und bedeutete John ihm zu folgen. Er war kaum aus dem trüben Licht des Zimmers in das Halbdämmer des fensterlosen Flurs getaucht, da warf Catherine die Tür hinter ihm zu. Ihr Blick flog zum Versteck ihres Vaters. Er trat aus der Nische. Catherine hielt erschrocken den Atem an und beobachtete, wie er sich an der Wand entlangschob, dort, wo ein letzter Rest Dunkelheit im Kampf gegen das schwindende Licht des Tages überdauert hatte.

Ich muss ihn aufhalten! Obwohl sie wusste, dass sie ihm nicht gewachsen sein würde, griff Catherine an. Ihr blieb keine Zeit, den Dolch zu ziehen. Sie stürzte ihrem Vater entgegen, packte ihn bei der Schulter und riss ihn mit sich – in die Mitte des Raumes. Das Licht fraß sich in seine Haut. Dort, wo es ihn berührte, stiegen kleine Rauchfäden empor. Ein Zischen erfüllte die Luft. Der Geruch von Rauch mischte sich mit dem Gestank von verbranntem Fleisch. Roderick stieß ein unmenschliches Fauchen aus. Ein Laut, so erschreckend, dass Catherine um ein Haar von ihm abgelassen hätte. Hastig verstärkte sie ihren Griff und versuchte ihn zu Boden zu werfen. Ihr Vater hatte seine Überraschung jedoch überwunden und schleuderte sie mit solcher Kraft von sich, dass sie am anderen Ende des Raumes gegen den Kamin prallte.

Catherine schlug mit dem Kopf gegen das Mauerwerk und sackte keuchend zu Boden. Schwärze breitete sich vor ihren Augen aus. Ihre Arme und Beine zitterten, dennoch versuchte sie sich aufzurichten. Schwindel toste durch ihren Kopf, und die Gestalt ihres Vaters verschwamm. Noch immer stiegen kleine Rauchschwaden aus seinem Fleisch empor und vermischten sich mit dem Nebel, der ihre Sinne auslöschte.

16

Roderick fegte den Gang entlang, hinter Martáinn und seinem Burschen her. Wie er rasch feststellen musste, hatte Catherines Eingreifen ihn lange genug aufgehalten, dass der Earl das Gebäude verlassen konnte. Es dämmerte bereits, doch noch waren Roderick die Hände gebunden. Er konnte den Schutz des Hauses nicht verlassen, ehe nicht auch der letzte Schimmer Tageslicht erloschen war. Bebend vor Zorn zog er sich in Sutherlands Gemächer zurück. Sein Helfer war nicht da, so dass ihm zumindest dessen Fragen erspart blieben.

Er wanderte unruhig auf und ab. Den Blick auf das Fenster gerichtet wartete er nur darauf, dass der Zeitpunkt kam, an dem er MacKay endlich folgen konnte. Sein Leib schmerzte, dort wo das Licht seine Haut berührt und sein Fleisch versengt hatte, doch die Wunden heilten bereits. In wenigen Stunden würde nichts mehr darauf hindeuten, dass es sie je gegeben hatte.

Wie gerne hätte er Catherine sein Handeln erklärt, aber er wusste, er würde nicht zu ihr durchdringen. Die Heftigkeit, mit der sie sich gegen ihn wehrte, verschloss ihre Ohren und ihren Verstand. Vielleicht würde sie ihm zuhören, wenn alles vorüber und MacKay und der Waliser tot waren. Jetzt jedoch war jeder Versuch einer Erklärung vergebens.

Es war erstaunlich, zu sehen, über welch eisernen Willen sie verfügte. Er war ihr Meister! Seine Macht über sie sollte mit fortschreitender Veränderung wachsen, stattdessen erwehrte sie sich seiner mit weit größerer Vehemenz, als ihr Zustand es hätte zulassen dürfen. Ihr Widerstand gegen seinen Einfluss war ungebrochen. Auch wenn sie es nicht vermochte, sich seinem direkten Befehl zu entziehen, schien sie doch immer wieder einen Weg zu finden, zumindest Teile seiner Anweisungen zu umgehen.

Er fragte sich noch immer, wie es ihr gelungen war, ap Fealan alles zu erklären. Der Waliser wusste nicht nur, was vor sich ging, er wusste auch, wie er Roderick gefährlich werden konnte. Damit hatte er nicht gerechnet, als er ihm in der Großen Halle begegnet war. Er hatte ap Fealan unterschätzt und um ein Haar wäre ihm das zum Verhängnis geworden. Das nächste Mal jedoch wäre er vorbereitet.

Als die Dämmerung sich wie schwarze Schattenfäden über das Land legte, verließ Roderick die Burg.

17

Catherine schlug die Augen auf.

Blinzelnd betrachtete sie Daeron, der im Schein des Kaminfeuers über ihr kniete. Er musste eben erst zurückgekehrt sein, denn er trug noch immer seinen Mantel und das Schwertgehenk. Sie glaubte schon, er hätte die Vorhänge erneut vorgezogen; als sie jedoch zum Fenster sah, starrte ihr die Schwärze der Nacht durch die Scheiben entgegen.

»Martáinn!« Sie fuhr abrupt hoch und geriet ins Wanken. Sofort griff Daeron nach ihr, um sie zu stützen.

»Bei Gott, Catherine, was ist passiert? Bist du verletzt? Wo ist –«

Seine Worte gingen in einem Rauschen unter. Ihr Kopf schmerzte und sie spürte eine eigenartige Schwäche in ihren Gliedern. Ein vertrautes Gefühl, das sie während der vergangenen Tage auf Schritt und Tritt begleitet hatte.

Nein! Sie wollte nicht wahrhaben, dass sie so kurz nachdem sie Daerons Blut gehabt hatte, schon wieder den Drang danach verspüren sollte. Musste sie wirklich erst einen Menschen aussaugen, um ihren Blutdurst wenigstens für eine Weile zu stillen? Die bloße Vorstellung ließ sie erschauern. Sie zwang sich den Gedanken an Nahrung von sich zu schieben und ihre Aufmerksamkeit auf die Probleme zu richten, die unmittelbar vor ihr lagen.

»War *er* das?« Catherine wandte sich ihm zu. »Roderick«, wiederholte er, während sie noch versuchte den Sinn seiner Worte zu erfassen. »Hat er das getan?«

Sie nickte und machte sich darauf gefasst, dass der Schmerz ihren Körper durchzucken würde, doch er blieb aus. Erstaunt schöpfte sie neuen Mut. »Er ist –«, setzte sie an und brach schlagartig ab, als die Qual wie ein heißes Eisen durch ihren Leib fuhr. »Er will –« Keuchend krümmte sie sich zusammen. Brennender Schweiß rann ihren Rücken hinab. Ihre Haut schien in Flammen zu stehen. Dennoch versuchte sie es erneut. Dieses Mal wollte es ihr nicht einmal mehr gelingen, den Mund zu öffnen.

»Um Gottes willen, hör auf!«

Die Angst in seiner Stimme griff nach ihr. Catherine hielt sich daran fest, als wäre sie ein Seil, das sie vor dem Absturz bewahren konnte. Ihre Finger gruben sich in Daerons Schultern, während sie verzweifelt nach einem Weg jenseits des Schmerzes Ausschau hielt. Auf seine erste Frage hatte sie ihm ohne Schwierigkeiten geantwortet. Warum? Fieberhaft suchte sie nach einer Erklärung, als ihr klar wurde, dass sie ihm gar nicht geantwortet hatte.

»Frag mich noch einmal!«, verlangte sie, kaum dass sie wieder zu Atem gekommen war.

»Ich werde nicht –«

»Tu es!«

In seinen Augen kämpften Sorge und der Wunsch, ihr zu helfen, gegeneinander an. Es dauerte einen Moment, bevor seine Lippen erneut eine Frage formten. »War dein Vater hier?«

Catherine nickte. Nichts geschah. »Frag weiter!«

»Du kannst ...« Er stieß erleichtert den Atem aus. »Hat Martáinn die Nachricht bekommen?«

Sie schüttelte den Kopf. Wieder kein Schmerz. Nur der Schrecken in Daerons Zügen angesichts der schlimmen Neuigkeiten.

»Wo ist er? Wo ist Martáinn?« Sobald er begriff, dass sie die Frage nicht beantworten konnte, fragte er: »Ist er noch in der Burg?«

Wieder schüttelte sie den Kopf.

Daeron sprang auf und riss sie mit sich auf die Beine. »Du bleibst bei mir, solange ich nicht weiß, wo er ist und ob auch du in Gefahr bist. Komm mit!« Er packte sie bei der Hand und zog sie mit sich auf den Flur hinaus.

Catherine mochte eine Möglichkeit gefunden haben, seine Fragen zu beantworten, von dem Medaillon jedoch konnte sie ihm auf diese Weise nichts erzählen. Noch immer wusste sie nicht, welchen Zweck es erfüllen sollte, doch ebenso wenig ließ sich die Erinnerung daran abschütteln, wie bedrohlich es sich angefühlt hatte.

Sie rannten den Gang entlang, nach unten in die Eingangshalle. Nirgendwo begegnete ihnen eine Menschenseele. Dun Brònach war wie ausgestorben, denn bis auf ein paar Wachen hatten sich die Bewohner in die Kirche zurückgezogen, um Schutz vor der Ushana zu erflehen, ehe sich alle um Mitternacht am Marktplatz versammeln würden, wo die Feierlichkeiten ihren Höhepunkt fanden, wenn Martáinn den Scheiterhaufen entzündete.

In der Halle stieß Daeron die Tür auf und zog Catherine mit sich in die Kälte der Nacht hinaus. Er überquerte den Burghof so schnell, dass sie Mühe hatte, mit ihm Schritt zu halten. Erst am Tor hielt Daeron inne und wandte sich an einen der Clankrieger, die hier Wache hielten.

»Hast du den Earl gesehen?«

Der Krieger nahm Haltung an. »Ja, Herr! Er hat die Burg noch vor Einbruch der Dämmerung verlassen.«

Für einen Moment schloss Catherine erleichtert die Augen. Zumindest war es ihr gelungen, ihren Vater lange genug aufzuhalten, dass Martáinn Dun Brònach verlassen konnte.

»Wo ist er hin?«

»Nach Norden, Herr. In die Berge. Ein Bursche war bei ihm.«

John. Wozu um alles in der Welt brauchte Martáinn bei seinem Vorhaben einen Diener? Daeron machte kehrt und hielt auf den Stall zu. Catherine folgte ihm. »Was hast du vor?«

»Ich muss ihm nach.« Er riss die Stalltür auf, suchte

das nötige Sattelzeug zusammen und holte sein Pferd aus dem Verschlag. »Dun Domhainn liegt im Norden«, überlegte er laut, während er das Pferd sattelte. »Weißt du, was er dort wollen könnte?«

»Nein.« *Aber ich weiß, dass er in großer Gefahr schwebt. Vater ist ihm sicher längst auf den Fersen.* »Was wirst du den Wachen sagen?«

»Gar nichts.«

Catherine starrte ihn an. »Du willst doch nicht etwa allein gehen?«

»Es würde viel zu lange dauern, die Clankrieger zusammenzurufen. Und was soll ich ihnen sagen? Denkst du, einer von ihnen würde mir auch nur ein Wort glauben?«

»Sie müssen dir nicht glauben!«, fuhr sie ihn an, erschreckt von dem Gedanken, dass er sich ihrem Vater allein entgegenstellen wollte. »Du musst ihnen nichts erklären. Du brauchst ihnen nur zu *befehlen* dir zu folgen und sie werden es tun!«

»Um sich dann einem Gegner gegenüberzusehen, dem sie nicht gewachsen und vor dem sie nicht einmal gewarnt sind.« Er schüttelte den Kopf. »Ich gehe allein. Diese Männer könnten ohnehin nichts gegen Roderick ausrichten. Sie haben weder Weihwasser noch Silberwaffen. Ich werde sie nicht in den sicheren Tod schicken.«

»Aber selbst willst du sehenden Auges ins Verderben laufen!«

»Ich bin vorbereitet.« Er schlug mit der Hand gegen seinen Mantel. Die Weihwasserfläschchen antworteten mit einem leisen Klirren.

Du verdammter selbstloser Narr! Catherine ging zu einer

Wand, an der Sättel und Zaumzeug aufgereiht hingen. Sie griff nach einer Satteldecke, da fiel Daerons Schatten auf sie. Er legte ihr eine Hand auf den Arm und hinderte sie daran, die Decke aufzuheben.

»Was soll das werden, Catherine?«

»Ich komme mit.«

»Auf keinen Fall! Du bist –«

»Ich bin vielleicht die Einzige, die noch etwas gegen ihn ausrichten kann«, fiel sie ihm ins Wort. Deutlich erinnerte sie sich daran, wie leicht ihr Vater vorher mit ihr fertig geworden war. Dennoch – oder gerade deswegen – wollte sie Daeron nicht allein ziehen lassen. »Ich kenne ihn besser als jeder andere! Womöglich kann ich ihn ablenken, damit du an ihn herankommst.«

Daerons Hand lag noch immer auf ihrem Arm. Für einen Moment schloss er die Augen. Als er sie wieder öffnete, nahm er ihr die Decke aus der Hand und begann ein zweites Pferd zu satteln.

18

D*u denkst, ich wüsste nicht, was du vorhast, MacKay.* Roderick schob sich langsam an die halb eingefallene Kammer tief unter den Grundfesten Dun Domhainns heran. *Du wirst enttäuscht sein: Ich weiß es nicht nur, ich werde es auch verhindern!*

Es war nicht schwer gewesen, ihn zu finden. Es gab nur einen Ort, an den MacKay in dieser Nacht gehen konnte. Gedämpft drang die Stimme des Earls an Rodericks Ohr.

Er sprach zu seinem Diener. Belanglose Worte, für die Roderick sich nicht weiter interessierte. Schritt um Schritt näherte Roderick sich, wobei seine Füße keinerlei Geräusch auf dem steinernen Untergrund verursachten. Er glitt über das Geröll hinweg und folgte dem Verlauf der ausgetretenen Steinstufen nach unten. In einiger Entfernung lockte der Schein von MacKays Lampe und hüllte einen Teil des Gangs in zuckendes Orange. Der Rest lag in Finsternis. Dennoch fand Roderick sich mühelos zurecht. Wo er zu Lebzeiten nur Schwärze auszumachen vermocht hätte, wiesen ihm jetzt Schemen aus unterschiedlichen Grautönen den Weg.

Beinahe spielerisch glitt Rodericks Hand über die kalte Steinmauer. Er war nun so dicht herangekommen, dass er den Burschen sehen konnte, der im Eingang der Kammer stand.

»Herr, wollt Ihr mir nicht sagen, wie ich Euch behilflich sein kann?« Leises Unbehagen schwang in der Stimme des Jungen mit, doch keine Furcht. Vielmehr schien es ihm zu missfallen, dass er den Earl zwar begleiten, ihm aber im Augenblick nicht dienlich sein konnte. *Dabei hättest du allen Grund, dich zu fürchten.*

Roderick trat lautlos hinter den Burschen. Blitzschnell packte er zu und drehte seinen Kopf mit einem Ruck herum. Das Genick des Jungen brach mit einem leisen Knacken. Er war tot, bevor er überhaupt bemerkte, dass er sich in Gefahr befand. Roderick zog seine Hände zurück und ließ den Leichnam fallen.

MacKay hatte ihn noch nicht bemerkt. Der Earl stand mit dem Rücken zur Tür am anderen Ende der niedrigen Kammer und entzündete eine Reihe alter Kerzenstümpfe, die auf einem Mauervorsprung über dem steinernen Altarblock standen. Die verwitterten Dochte fingen Feuer und trieben Roderick den Geruch von verbrennendem Staub in die Nase. Die kleinen Flammen knisterten leise und flackerten im Luftzug heftig auf und ab.

MacKay blies den Zündspan aus. »Du wirst mir noch früh genug helfen können, John.« Er wandte sich seinem Burschen zu und schrak zusammen. »Hauptmann Farrell! Teufel noch mal, wollt Ihr, dass mir das Herz stehenbleibt? Was habt Ihr überhaupt hier zu suchen? Seht zu, dass Ihr nach Asgaidh zurückkommt!« In versöhnlicherem Ton fügte er hinzu: »Oder wollt Ihr etwa den Gottesdienst verpassen?« Da fiel sein Blick auf den toten Burschen zu Rodericks Füßen. »Was zum –«

Roderick ließ den Schleier fallen, der ihm seit Tagen das Aussehen des Hauptmanns verlieh, und offenbarte sein wahres Gesicht.

»Bayne! Wie ist das möglich?«

»In dieser Welt ist vieles möglich, das müsstest du doch am allerbesten wissen.« Roderick trat langsam näher. MacKay wich zurück. Roderick entging nicht, wie die Hand des Earls unwillkürlich an seine Seite glitt, ohne dort eine Waffe zu finden. *Wie unvorsichtig die Burg unbewaffnet zu verlassen.*

Rodericks Augen wanderten durch den niedrigen Raum, über die groben Felswände und fingen sich für einen Moment in den geheimnisvollen Symbolen, die in den Altarstein gemeißelt waren. Sein Blick streifte die Blutrinne entlang, über die vier Metallringe hinweg, die in die Steinoberfläche eingelassen waren, und blieb an einem Ledertuch hängen, das dort lag. Darunter zeichnete sich die Form eines Dolches ab. Ushanas uralter Ritualdolch. Roderick hatte die Waffe das erste Mal gesehen, als er die Ruinen durchstreift hatte, nachdem ihn Ushanas Kuss ins Leben zurückgeholt hatte.

»Ich wollte dich sofort töten – womöglich *sollte* ich das auch tun. Doch das wäre eine solche Verschwendung.« Roderick trat näher. Nach wenigen Schritten hatte er Martáinn MacKay da, wo er ihn haben wollte: wehrlos in eine Ecke gedrängt.

19

Catherines Atem dampfte in der eisigen Nachtluft. Reif knirschte unter ihren Sohlen. Langsam näherten sie sich dem verfallenen Steinbogen, hinter dem sich die Ruinen Dun Domhainns vor dem Berg erhoben.

Daeron hatte darauf bestanden, die Pferde im Schutz einer Felsformation zurückzulassen und den Rest des Weges zu Fuß zu gehen. Er wollte vermeiden, dass sie schon von weitem gesehen wurden. Obwohl Catherine seine Überzeugung teilte, dass sowohl Martáinn wie auch ihr Vater hier sein mussten, hatten sie bisher keine Anzeichen gefunden, die auf ihre Anwesenheit hindeuteten.

Bis gestern noch hätte nichts und niemand es vermocht, sie auch nur in die Nähe der alten Burg zu bringen. Ganz sicher nicht am Tag der Ushana. Die alte Legende hatte Catherine schon immer mit Schrecken erfüllt, und das, obwohl sie bis vor kurzem nicht einmal sicher gewesen war, ob sie die Geschichten glauben sollte, die man sich über die Schwester des Earls erzählte. Jetzt, da sie wusste, dass die Wahrheit weit schrecklicher war als die Überlieferung, vermochte Catherine kaum das Grauen zu bändigen, das sie beim Anblick der Ruine überfiel, deren zackige Umrisse sich im silbern schimmernden Mondschein abzeichneten. Sie bemerkte erst, dass sie stehen geblieben war, als Daeron nach ihrer Hand griff und sie weiterzog. Einen Atemzug später wurden ihre Gestalten vom Torbogen verschlungen.

Die Erinnerungen, die innerhalb der Mauern lauerten, schienen alles Licht aufgesogen zu haben. Selbst das milchige Weiß des Nebels, der sich von den Bergen herabsenkte, war von einem fahlen Schleier gedämpft. Tiefschwarz, als hätte jemand die Welt in einen gewaltigen Trauerflor gehüllt, erstreckte sich die verfallene Burganlage vor ihnen.

Der Baum in der Mitte des Hofes ließ Catherine den Atem anhalten. Dort, wo sich einst der Scheiterhaufen erhoben haben musste, wuchs die Ushana-Eiche aus dem felsigen Boden empor. Nicht einmal der Nebel vermochte zu verbergen, dass der Baum ebenso schwarz und tot war wie alles hier. Flüsternd streifte der Wind durch das kahle Geäst und brachte es in Bewegung. Wie dürre Arme reckten sich ihr die knorrigen Äste entgegen, winkten sie heran. Catherine zwang ihren Blick von der Eiche fort, die mit einem Mal viel zu lebendig wirkte.

»Dort ist etwas«, flüsterte Daeron neben ihr und spähte angestrengt in die Nacht.

Catherine erkannte sofort, was er meinte. Zwei Pferde warteten dort. Daeron versuchte noch immer etwas in den Schatten auszumachen. Da erinnerte Catherine sich daran, dass sich auch ihre Augen verändert hatten und sie die Dunkelheit anders als Daerons zu durchdringen vermochten. »Pferde«, sagte sie leise.

»Dann ist Martáinn also wirklich hier. Ich verstehe noch immer nicht, warum.« Er schüttelte den Kopf. »Sehen wir zu, dass wir ihn finden.«

Vorsichtig setzten sie ihren Weg zwischen den Ruinen fort. Die Burganlage war groß und durch die schiere Anzahl der einzelnen Gebäude, deren verfallene Überreste nach allen Seiten verstreut lagen, unübersichtlich.

»Wir kommen viel zu langsam voran«, sagte Catherine leise, als Daeron ihr einmal mehr über die Trümmer einer Mauer hinweghalf. »Auf diese Weise finden wir ihn niemals rechtzeitig.«

»Hast du einen besseren Vorschlag, als alles der Reihe nach abzusuchen?«

»Wir trennen uns. Du gehst –«

»Kommt nicht in Frage!«, entfuhr es ihm. Rasch dämpfte er seine Stimme wieder. »Ich muss wahnsinnig sein, dass ich mich überhaupt darauf eingelassen habe, dich mitzunehmen. Denk ja nicht, ich würde dich jetzt allein lassen!«

»Daeron, wir müssen –«

»Catherine, nein!«

»Hör mich an«, raunte sie und griff nach seiner Hand, »bitte.« Seine Augen schimmerten im Mondschein, während er mit angespannter Miene wartete, dass sie fortfuhr. Catherine wusste, er wollte nicht hören, was sie zu sagen hatte. Die Furcht, sich eingestehen zu müssen, dass sie Recht hatte, stand deutlich in sein Gesicht geschrieben.

»Uns läuft die Zeit davon, Daeron.« Der bloße Gedanke, die Ruinen allein zu durchstreifen, verursachte ihr eine Gänsehaut, doch ihnen blieb keine andere Wahl. »Wenn wir uns nicht trennen, werden wir Martáinn womöglich nicht finden, bevor es zu spät ist! Er ist dein bester Freund!«

»Natürlich ist er das! Und ich habe ganz sicher nicht vor, ihn im Stich zu lassen.«

»Dann lass uns das Richtige tun.«

»Das ist Wahnsinn, Catherine.«

»So wie alles, was in den vergangenen Tagen geschehen ist.«

Für einen Moment sah er sie nur an, dann nickte er. »Hast du den Silberdolch noch, den ich dir gegeben habe?« Catherine legte die Hand an ihren Gürtel. Mit einem grimmigen Lächeln griff er in seine Manteltasche und zog zwei weitere Fläschchen hervor wie jenes, das er ihr heute Mittag gegeben hatte. »Wenn du Roderick siehst, warte nicht ab, bis er nahe genug heran ist, dass du den Dolch einsetzen kannst. Benutze das Weihwasser, um ihn dir vom Leib zu halten. Wenn du auch nur den Verdacht hast, er könnte in der Nähe sein, zieh dich zurück und hole mich. Ich will nicht, dass du ihm allein gegenüberstehst.«

»Ich glaube nicht, dass er mich umbringen würde.« Er hätte es heute Nachmittag tun können. Doch obwohl sie ihn angegriffen hatte, war sie von ihm verschont worden.

Daeron schwieg. Was sie in seinem Blick fand, war Erwiderung genug. Was ihr Vater ihr angetan hatte, war schlimmer als der Tod. Er griff nach ihrer Hand und drückte sie. »Ruf um Hilfe und ich bin sofort da.« Er schlang seinen Arm um ihre Taille, zog sie zu sich heran und küsste sie ungestüm. Catherine schmiegte sich an ihn. Ihr Herzschlag und Atem beschleunigten sich. Ehe sie sich jedoch in seinem Kuss verlieren konnte, gab er sie wieder frei und machte abrupt kehrt, um seine Suche zwischen den Ruinen fortzusetzen.

Catherine zwang ihre Aufmerksamkeit auf die andere Seite des Burghofes, wo sich neben dem Skelett des Haupthauses die Überreste einiger Gesindehäuser in den Schatten der Burgmauer duckten. Vorsichtig streifte sie zwischen den Ruinen umher. Immer wieder hielt sie inne und lauschte in die Nacht hinein in der Hoffnung, ihre geschärften Sinne würden ihr mehr verraten. Doch entweder dämpfte der Nebel jedes Geräusch oder aber Martáinn war nicht nahe genug, um ihn zu hören.

Catherine stieg über die Reste einer Stallmauer hinweg. Da löste sich ein Stein unter ihren Schuhsohlen. Sie verlor das Gleichgewicht. Es gelang ihr gerade noch, sich abzufangen und einen Sturz zu verhindern. Das leise Klacken des Steins, der langsam den Geröllhaufen hinunterrollte, dröhnte erschreckend laut in ihren Ohren. Mit angehaltenem Atem sah sie sich um. Wenn ihr Vater in der Nähe war, musste er das gehört haben.

Als selbst nach einer Weile alles still blieb, wollte Catherine ihren Weg fortsetzen. Da gewahrte sie einen sanften Lichtschimmer, der zu ihrer Linken über den Boden kroch. Sofort blieb sie stehen. Ihre Augen folgten dem Ursprung bis zu einer Öffnung. Halb verborgen hinter der Ruine des Gesindehauses führte eine schmale Steinstiege unter der Burgmauer in die Tiefe. Ein Zugang, den sie ohne das Licht niemals entdeckt hätte.

Catherine sah sich nach Daeron um, doch sie konnte ihn zwischen den Trümmern nicht ausmachen. Unentschlossen wandte sie sich wieder der Öffnung zu. Wenn sie jetzt ging, um nach Daeron zu suchen, verschwendete sie womöglich kostbare Zeit, die Martáinns Leben retten konnte.

Ruf um Hilfe und ich bin sofort da. Das konnte sie unmöglich tun. Nicht wenn ihr Vater nicht gewarnt werden sollte. Sie schluckte einen Fluch hinunter und wandte sich den Stufen zu. *Nur einen kurzen Blick.* Sobald sie wusste, was sie unten erwartete, würde sie Daeron holen. Ob sie ihn rufen oder nach ihm suchen wollte, hing ganz davon ab, was sie am Fuße der Treppe vorfinden würde.

Vorsichtig setzte sie den Fuß auf die oberste Stufe. *Ich muss den Verstand verloren haben!* Modrige Feuchtigkeit erfüllte die Luft mit ihrem schweren Aroma und hüllte Catherine mehr und mehr ein, je tiefer sie hinabstieg. Wasser perlte von den Wänden und sammelte sich in kleinen Pfützen auf dem Boden. Ein dicker Teppich aus Flechten dämpfte ihren Schritt. Plötzlich vernahm sie ein Geräusch. Ein leiser Singsang schwebte durch den Gang. Die Stimme war unverkennbar. *Vater.*

Alles in ihr schrie danach, umzudrehen und zurück nach oben zu laufen, um Daeron zu suchen. Doch etwas zog sie weiter. Stufe um Stufe ließ sie hinter sich, angelockt von seinem monotonen Gesang. Worte in einer fremden Sprache, die ihren Verstand streiften und ihr wieder entglitten, bevor es ihr gelang, ihre Bedeutung zu erfassen.

Nur zwei Stufen trennten Catherine noch vom Ende

der Treppe. Jetzt erkannte sie zu ihrer Linken einen Durchbruch im Mauerwerk, der in eine Kammer zu führen schien. Von dort kamen das Licht und der Gesang. Sie setzte den Fuß auf die letzte Stufe. Ein weiterer Schritt, dann könnte sie in die Kammer schauen. Vorsichtig schob sie sich an die Ecke heran. Aus dem Augenwinkel bemerkte sie einen Schatten auf dem Boden, der menschliche Gestalt annahm, als sie den Kopf wandte. *John.* Sein Hals war unnatürlich verrenkt, doch seine Züge zeigten nicht das geringste Anzeichen von Schrecken. Er hatte den Tod nicht bemerkt, der auf leisen Sohlen zu ihm gekommen war.

Catherines Blick schoss in den Raum. Ihr Vater stand vor einem Steinaltar und wandte ihr den Rücken zu. Die Arme in die Höhe gereckt, die Hände zu Klauen gekrümmt. Sein Gesang war zu einem leisen Murmeln abgeklungen. Da entdeckte sie Martáinn. Er regte sich nicht. Lederriemen, gehalten von vier eisernen Ringen, die in den Stein eingelassen waren, fesselten seine Arme und Beine auf den Altar. Der Stein unter ihm war dunkel gefärbt von uraltem getrocknetem Blut. Seine schweißnassen Züge waren ohne jedes Leben. Für einen Moment fürchtete Catherine, sie sei zu spät gekommen. Dann jedoch sah sie, wie sich seine Brust unter regelmäßigen Atemzügen hob und senkte. Sein Hemd war schmutzig und am Ärmel zerrissen, dennoch schien er unverletzt.

Ihr Vater beendete seinen Gesang und ließ die Arme sinken. »Ich habe auf dich gewartet, Catherine«, sagte er, ohne sich umzudrehen.

Catherine erstarrte. »Wie lange weißt du schon, dass ich hier bin?«

Mit einem leisen Lächeln wandte er sich ihr zu. »Ich weiß es, seit du deinen Fuß auf die oberste Treppenstufe gesetzt hast.«

Sie schaute zu Martáinn. Seine Augen waren noch immer starr zur Decke gerichtet und so leer, dass Catherine sich fragte, ob irgendetwas von dem, was um ihn herum vorging, zu ihm durchdrang. Da bemerkte sie einen Dolch, der neben seinem Kopf auf dem Altarstein lag. Das Licht der Kerzen wurde von der gezackten Klinge aufgefangen und enthüllte die verschlungenen Runen, die in den Griff der Waffe geätzt waren. Wenn es ihr gelänge, an ihrem Vater vorbeizukommen, bräuchte sie nur den Dolch zu ergreifen und damit Martáinns Fesseln zu durchtrennen, dann ...

Was dann? Sie wusste nicht, was ihr Vater getan hatte, um Martáinn in diesen Zustand zu versetzen. Was, wenn sich daran nichts änderte, nachdem sie ihn von seinen Fesseln befreit hatte? Was, wenn Martáinn ihr gar nicht zu Hilfe kommen *konnte?*

»Versuch es nicht.« Die Worte ihres Vaters rissen Catherines Blick von Martáinn. »Ich weiß, dass du in mir das Böse siehst, Catherine. Doch nicht immer sind ...« Er brach ab und schüttelte den Kopf. Ein Anflug von Bedauern huschte über seine Züge. »Zwecklos, es dir zu erklären. Du bist nicht bereit mir zuzuhören. Ich werde es dir zeigen.«

Er bewegte sich so plötzlich, dass Catherine erschrocken zusammenzuckte. Mit einem Ruck riss er Martáinn das Hemd vom Leib. Kerzenlicht fing sich in dem goldenen Medaillon, das sie ihm hatte geben müssen. Die Kette war zur Seite gerutscht, so dass der Anhänger jetzt über seiner Schulter auf dem Stein ruhte. Doch es war nicht das einzige Schmuckstück, das seinen Körper zierte. Da war noch das Amulett seiner Mutter. Catherines Augen folgten dem vertrauten Lederband zu Martáinns nackter Brust, wo sie nun zum ersten Mal das Schmuckstück erblickte, das er all die Jahre eifersüchtig gehütet hatte.

Das kann nicht sein! Eine kreisrunde Scheibe ruhte auf Martáinns schweißglänzender Brust. Es war unmöglich, zu sagen, woraus sie gemacht war, es schien jedoch weder aus Metall noch aus Holz zu sein. Leben durchpulste sie, als loderten Flammen unter der Oberfläche. Dann sah Catherine die Zacken, die wie eine nadelspitze Zahnreihe aus der Unterseite ragten und sich in Martáinns Brust gruben. Erfüllt von einer ständigen Bewegung verschmolz das Amulett mehr und mehr mit Martáinns Fleisch, sank tiefer darin ein, bis es eins mit ihm wurde. Das Lederband, das das Amulett um seinen Hals gehalten hatte, löste sich und fiel von ihm ab, während die Haut weiter über die rot pochende Scheibe wuchs, bis sie sich wie ein Relief darunter abzeichnete.

Entsetzen schnürte Catherine die Kehle zu. »Mein Gott! Was hast du ihm angetan!«, keuchte sie. »Genügt es dir nicht, uns alle zu töten? Bereitet es dir Vergnügen, zu sehen, wie wir leiden?«

Die Miene ihres Vaters zeigte keine Regung. »Nicht ich habe ihm das angetan. Das ist Bruce' Werk.«

»Lügner!«, entfuhr es ihr. »Bruce hätte nie –«

»Was hätte er nie? Seinen Sohn in *das* da verwandelt?« Seine Klaue zeigte auf Martáinn, in dessen Züge das Leben zurückzukehren schien. Womöglich war es aber auch nur der flackernde Kerzenschein oder ihr Schrecken, der ihr vorgaukelte, der milchige Schimmer wäre aus seinen Augen gewichen.

»Was willst du mir da sagen? Dass Bruce wie du aus seinem Grab zurückgekehrt ist, um seinem Sohn das anzutun?« Sie hatte sich nicht gerirrt. Seine Augen waren nicht länger tot, bewegten sich. Das gab ihr die Kraft und den Mut fortzufahren. Alles würde gut werden, wenn sie ihren Vater nur lange genug ablenken konnte, bis sie einen Weg fand, Martáinn zu befreien.

»Du hältst Bruce noch immer für untadelig! Denkst du, er hat die Gefangenen aus purer Güte aus dem Kerker entlassen? Hast du überhaupt eine Ahnung, wie viele von ihnen den Tod in den Wäldern fanden? Bruce hat sie alle …«

Martáinn stöhnte. Blinzelnd wandte er den Kopf. Seine Hände reckten sich ihr entgegen, so weit die Fesseln es zuließen. »Catherine«, ächzte er.

Sie machte einen Schritt auf ihn zu. Ihr Vater, der sich bisher nicht vom Altar fortbewegt hatte, stellte sich ihr in den Weg und nahm ihr damit die Sicht auf Martáinn. »Du bist noch immer schwach. Du brauchst Nahrung.«

Seine Worte erinnerten Catherine an etwas, was sie seit Stunden in sich trug. Einmal mehr verspürte sie den Hunger in sich. Unwillkürlich schüttelte sie den Kopf. *Ich kann dagegen ankämpfen. Das habe ich schon einmal getan.* Immerhin hatte sie erst letzte Nacht Blut getrunken. So schnell konnte der Hunger nicht zurückkehren. Das wollte sie nicht zulassen! Dennoch hatten die Worte etwas in ihr geweckt, was sich nicht mehr beiseiteschieben ließ.

Ihr Vater packte sie. Seine Finger gruben sich in ihr Handgelenk und zogen sie näher heran. Noch immer stand er zwischen ihr und Martáinn. »Mein Ritual hat ihn wehrlos gemacht. Nimm mein Geschenk an. MacKay wird ohnehin sterben.«

Ich muss an ihm vorbei! Sie dachte daran, den Silberdolch zu zücken und anzugreifen. Doch der Gedanke, zu scheitern und dann zusehen zu müssen, wie ihr Vater Martáinn womöglich aus purem Zorn tötete, hielt sie zurück.

»Du brauchst das Blut«, sagte er eindringlich.

»Nein!« *Ich bin stark! Stärker als gestern! Du kannst mich nicht zwingen!* Doch was, wenn sie so tat, als könnte sie sich nicht länger gegen ihn wehren? Wenn sie *vorgab* nun endlich völlig unter seinem Bann zu stehen, um an ihm vorbeizugelangen. Sie würde den Dolch packen und die Fesseln durchtrennen. Martáinn wäre frei, bevor ihr Vater begriff, dass sie ihm etwas vorgemacht hatte.

»Dein Wille ist stark, doch du hast bereits einmal deinen Durst gestillt, sonst wärst du jetzt nicht mehr in der Lage, dich auf den Beinen zu halten.« Seine Klauen umfassten noch immer ihr Handgelenk, doch er versuchte nicht länger, sie gewaltsam zu sich zu ziehen. »Erinnere dich daran, wie das Leben deinen Leib durchströmte! Hast du die Kraft gespürt, die dir das Blut gab? War es nicht wie ein Rausch?«

Es war widerlich! Doch zugleich war es erregend gewesen. Etwas, was sie anderen gegenüber überlegen machte. Warum hatte sie das letzte Nacht noch nicht wahrhaben wollen?

»Ich weiß, wie schwierig es zu Anfang ist. Doch es wird besser. Und mit jedem Mal leichter. Es ist mein Geschenk. Komm! Nimm es dir!« Er trat einen Schritt beiseite und gab den Weg zu Martáinn frei.

Zögernd, als kämpfe ein kleiner Teil von ihr noch einmal – vergeblich – darum, sich seinem Willen zu widersetzen, schob Catherine sich an das Kopfende des Altarsteins heran. Sie zwang sich, nicht auf den Dolch zu schauen, der sich nun ganz in ihrer Nähe befand – leichter erreichbar als der Silberdolch an ihrem Gürtel. Stattdessen richtete sich ihre Aufmerksamkeit auf Martáinns Hals. Das war es, was ihr Vater von ihr erwartete. Er beobachtete sie. Sie durfte jetzt keinen Fehler machen. Dennoch sollte sie sich zumindest davon überzeugen, wo genau der Dolch lag. Sie musste sicherstellen, dass ihre Hand ihn nicht verfehlte, wenn sie danach griff. Es wollte ihr jedoch nicht gelingen, den Blick von Martáinns Lebensader zu nehmen, die deutlich sichtbar an seinem Hals pochte. So köstlich, so verlockend. *Nein! Der Blutdurst hat keine Macht über mich! Ich muss nur Vater in Sicherheit wiegen!* Sie musste den Dolch packen! Ehe ihr Vater näher kam und ihr nicht mehr die Zeit blieb, die Fesseln zu durchtrennen. Doch ihre Hand bewegte sich nicht.

»Denkst du wirklich, du könntest mich täuschen? Glaubst du, du kannst das Verlangen nach Blut bezwingen, wenn sich dir ein Mahl so einfach darbietet?«, fragte ihr Vater ruhig. »Ich weiß, was du versuchst, doch ich weiß auch, wie stark der Hunger nach Blut ist!«

Laut hallte Martáinns Herzschlag in ihrem Kopf wider, begleitet vom Rauschen seines Blutes. Seine Poren verströmten eine Wärme, die die Kälte ihres eigenen Leibes mildern würde, wenn sie sie nur in sich aufnahm.

»Das ist nicht wahr!«, rief sie, bemüht ihre Sinne vor dem Drängen zu verschließen, das die Worte in ihr auslösten.

Ich muss endlich den verdammten Dolch nehmen! Doch sie konnte die Augen nicht von Martáinns Halsschlagader losreißen. Es wäre so einfach ... *Nein!*

»Sieh mich an, Catherine.« Der beschwörende Tonfall ihres Vaters ließ ihr keine andere Wahl. Langsam wandte sie sich ihm zu. Ihr Widerstand geriet ins Wanken. Sie würde tun, was er sagte. Wer war sie, dass sie glaubte ihm trotzen zu können?

Ihr Vater nickte. »Und jetzt trink!«

Seine Worte löschten jeden anderen Gedanken in ihr aus. Alles, was blieb, war der Wunsch nach Blut. Sie grub die Finger in Martáinns Haar und drehte seinen Kopf zur Seite. Unwiderstehlich lebendig lag seine Halsschlagader nun unmittelbar vor ihr. Ihre Eckzähne wuchsen, als sie sich langsam über Martáinn beugte.

*

»Und jetzt trink!«

Roderick Baynes Stimme schallte die Treppe empor. Entsetzen beschleunigte Daerons Schritte. Getrieben von der Angst um Catherine stürzte er in die Kammer und hielt abrupt inne.

Bayne stand neben einem Altarstein, doch er vermochte es nicht, Daerons Aufmerksamkeit zu fesseln. Nicht nachdem er Catherine entdeckt hatte, die sich nicht weit entfernt über Martáinn beugte. Das Haar umgab sie wie ein Schleier und verhüllte ihre Züge. Martáinns Hände waren zu Fäusten geballt, während er wie rasend an den Riemen zerrte, die ihn an den Altar fesselten.

»Catherine! Nicht!«

Catherine hob den Kopf. Doch es war eine Fremde, die Daeron entgegenblickte. Die Frau vor ihm glich nur noch oberflächlich jener Catherine, die er schon so lange kannte und liebte. Ihr Gesicht war eine steinerne Maske. Die Augen farblos und kalt. Daeron war nicht einmal sicher, ob sie ihn überhaupt erkannte.

»Catherine«, sagte er eindringlich. »Du darfst dich nicht verlieren! Denk an all die Dinge, die dich ausmachen! Du bist nicht die Kreatur, zu der er dich –«

»Schweigt!«, herrschte Bayne ihn an.

Daeron ließ sich nicht ablenken. »Lass nicht zu, dass er dir deine Menschlichkeit raubt. Er will dich zu seinem Werkzeug machen. Du bist stark! Wehr dich!«

Ihre Züge veränderten sich, der schrecklich leblose Ausdruck fiel von ihr ab und offenbarte ihre Menschlichkeit. Der strahlende Grauton kehrte in ihre Augen zurück, die sich auf Martáinn richteten. Ein erstickter Schrei kroch ihre Kehle empor. Entsetzt wich sie einen Schritt zurück.

Daeron betrachtete Martáinn prüfend. Er war bei Bewusstsein und schien unversehrt. Zumindest am Hals. Woher die Verletzung an seiner Brust stammte, konnte er nicht erkennen. Dunkelrot wie ein Bluterguss zeichnete sich dort eine kreisrunde Schwellung ab, deren Ursprung sich Daeron nicht erklären konnte. *Womöglich hat er gegen Bayne gekämpft.* Er wandte sich wieder Catherine zu. Das Grauen in ihren Zügen war von solchem Ausmaß, dass er einen Schritt auf sie zu tat.

»Bleibt, wo Ihr seid, ap Fealan!«, donnerte Bayne.

Daeron bereitete sich darauf vor, angegriffen zu werden, doch statt ihn zu attackieren, schob Bayne sich an

Catherine heran. Seine Klauen schlossen sich um ihren Nacken. »Noch ein Schritt und ich breche ihr das Genick!«

Daeron hielt inne. Seine Hand glitt in die Manteltasche und schloss sich um eines der Weihwasserfläschchen, die andere legte er auf den Schwertgriff. *Wenn er stirbt, ist Catherine frei.* »Versteckt Euch nicht feige hinter einem Weiberrock, Bayne!«, forderte Daeron. »Stellt Euch im offenen Kampf!«

Roderick Bayne verzog verächtlich das Gesicht. »Ihr seid kein Gegner für mich.« Er verstärkte seinen Griff um Catherines Genick und drehte ihren Kopf zu sich herum, bis sie ihn ansehen musste. »Und du wirst tun, was ich von dir verlange!«

Blitzschnell holte er mit der freien Hand aus und ritzte mit seiner Klaue Martáinns Hals auf. Blut quoll träge aus der Wunde und rann seinen Hals hinab. Bayne hob die Hand und fuhr mit seinem blutigen Finger über Catherines Lippen. Sofort veränderten sich ihre Züge wieder, wurden seelenlos, bis er nicht einmal einen Rest jener Frau erkannte, die sie gewesen war. Sie öffnete den Mund und entblößte lange Fangzähne. »Trink!« Bayne drückte sie hinab, bis ihre Lippen Martáinns Hals berührten.

»Nein! Catherine, nicht!«, brüllte Daeron. »Sieh mich an!« Ihm blieb keine Zeit, sein Schwert zu ziehen. All seine Sinne waren darauf gerichtet, Catherine zurückzuhalten. Was, wenn es längst zu spät war? Was, wenn es keine Rettung mehr gab? *Ich werde dich nicht verlieren!* Er riss das Weihwasser aus seiner Tasche und warf sich Bayne entgegen, der ihm noch immer den Weg versperrte.

Der Angriff kam blitzschnell. Während Daeron noch

versuchte Catherine zu erreichen, holte Bayne aus. Seine Klauen gruben sich in Daerons linke Seite und zerfetzten sein Fleisch. Warmes Blut durchtränkte sein Hemd, strömte mit dem Leben aus seinem Körper. Schwäche traf ihn wie ein Fausthieb. Keuchend brach Daeron in die Knie.

*

Der Blutrausch erfüllte Catherine bis in die letzte Faser ihres Körpers. Sie spürte die Veränderung, die mit Martáinns Blut durch ihre Adern strömte. Eine animalische Kraft, die mit jedem Schluck anwuchs, während das Leben langsam aus Martáinns Leib entwich. Da war noch immer der Widerhall von Daerons Stimme, der durch die Ekstase drang, die Catherine gefangen hielt. Seine Worte jedoch vermochte sie nicht mehr zu verstehen. Dann war Daerons warme Stimme plötzlich aus ihrem Geist verschwunden, tastete nicht länger nach ihr. Hatte er ihr wahres Ich nicht länger ertragen und war gegangen?

Catherine hob den Kopf. Da sah sie ihn. Er lag zusammengekrümmt auf dem Boden, eine Hand an die blutige Seite gepresst, die andere um ein Fläschchen gekrampft. Sein Atem ging unregelmäßig und seine Augenlider flatterten. Der Anblick seines geschundenen Leibes berührte etwas in ihr. Sie spürte, wie sich die scharfen Spitzen ihrer Eckzähne zurückzogen. Plötzlich brannte Martáinns Blut auf ihren Lippen. Beißend stieg ihr der Metallgeruch in die Nase und grub sich in ihre geschärften Sinne. Mit einem Schrei fuhr sie zurück.

»Daeron!« Catherine starrte auf die große Wunde in

seiner Seite. Unter entsetzlichen Mühen versuchte er sich aufzurichten, da holte ihr Vater aus und trat ihm das Weihwasser aus der Hand. Daeron sackte zusammen und regte sich nicht mehr. Dunkelheit schwamm in seinem Blick.

»Du hast ihn umgebracht!«, schrie sie.

Die Augen ihres Vaters waren auf Daeron gerichtet, als wollte er abschätzen, ob er ihm noch einmal gefährlich werden konnte. »Benutze deine Sinne. Dann merkst du, dass er noch lebt!«

Catherine wollte vor Angst und Verzweiflung schreien. Sie wollte an Daerons Seite eilen, doch weder ihre Stimme noch ihre Beine gehorchten ihr. Sie stand einfach nur da und sah zu, wie der Mann, den sie liebte, langsam verblutete.

»Catherine.« Martáinns Flüstern durchdrang die Leere, die sie mehr und mehr erfüllte, und holte sie ein Stück weit in die Gegenwart zurück. »Den Dolch!«

Was willst du jetzt noch ausrichten? Sie hatte sein Blut getrunken. Weit mehr, als sie gestern von Daeron bekommen hatte. Martáinn wäre kaum im Stande, sich aus eigener Kraft aufzurichten. Dennoch ließ sie sich von seiner Stimme leiten. Sie packte die Klinge, die noch immer neben seinem Kopf lag, und durchtrennte die Riemen an seinen Armen.

»Nein!«, brüllte Roderick und sprang vor.

In dem Moment, in dem ihr Vater den Altar erreichte, setzte Martáinn sich auf. Catherine, die sah, wie ihr Vater ausholte, schrie auf. Martáinn riss ihr den Dolch aus der Hand und duckte sich unter Rodericks Angriff hinweg. Doch seine Beine waren noch immer an den Altar gefesselt, so dass er ihm nicht entfliehen konnte. Seine Finger schlossen sich um den Dolch.

Ich muss ihm Zeit verschaffen! Catherine machte einen Satz über den Altar und stürzte sich auf ihren Vater. Sie sprang ihm in den Rücken, klammerte sich mit den Beinen an ihm fest und packte ihn bei den Haaren. »Du Mörder!«, schrie sie und zerrte so fest an Rodericks Schopf, dass es ihm den Kopf in den Nacken bog. Mit der anderen Hand tastete sie nach dem Silberdolch an ihrem Gürtel.

Ihr Vater bewegte sich so schnell, dass sie sich nicht länger halten konnte. Mit einem Ruck schüttelte er sie ab und warf sie wie ein lästiges Insekt zu Boden. Der Aufprall war so hart, dass sie leicht benommen liegen blieb. Ihr Vater wandte sich Martáinn zu, der sich inzwischen von seinen Fesseln befreit und vom Altar erhoben hatte. Keine zwei Schritt trennten die beiden noch voneinander.

»Martáinn!« Wankend kämpfte Catherine sich auf die Knie, während sie beobachtete, wie Martáinn sich nach Daerons Schwert bückte. Er riss es aus der Scheide und holte aus. Catherines Vater fuhr zurück, doch er war bereits zu nah. Die silberne Klinge durchbohrte seinen Brustkorb mühelos.

»Wie oft muss ich dich noch aufschlitzen, bis du endlich dort bleibst, wo du hingehörst!«, brüllte Martáinn und drehte die Klinge in der Wunde herum. Dann trat er ihm vor die Brust und zog das Schwert zurück. Roderick fiel auf die Knie. Martáinn holte aus und schlug ihm mit einem Hieb den Kopf ab. Voller Entsetzen starrte Catherine auf den kopflosen Rumpf ihres Vaters, der in einer beinahe demütigen Haltung auf den Knien lag. Sein Leib begann sich zu verändern. Die Konturen verschwammen wie Nebel, der langsam vom Wind auseinandergetrieben wurde. Als fegten unzählige Jahreszeiten in atemberaubender Geschwindigkeit über ihn hinweg, löste sich seine Haut vom Leib. Muskeln und Fleisch verdorrten und zerfielen. Der Geruch von altem Staub erfüllte die Luft. Leise raschelnd glitten seine Gewänder zu Boden. Darunter kam ein bleiches Skelett zum Vorschein. Einen Moment noch stand es aufrecht. Dann fielen die Knochen mit einem trockenen Knirschen in sich zusammen, schabten klappernd aneinander, bevor sie langsam dahinschwanden. Einen Moment später waren auch sie fort. Lediglich ein Häufchen Staub kündete noch davon, dass Roderick Bayne hier gewesen war. Martáinn fegte es mit dem Fuß beiseite. Er riss sich Baynes Medaillon vom Hals und ließ es fallen.

Catherine löste ihren Blick von der Stelle, an der eben noch ihr Vater gestanden hatte. Endlich kam sie auf die Beine. *Daeron!* Sie wollte zu ihm.

»Warte! Nicht so schnell!« Martáinn warf das Schwert fort und griff nach ihr. Er bekam sie am Plaid zu fassen und zog sie an sich, bis sie mit dem Rücken an seiner Brust lehnte. Einen Arm schlang er fest um ihren Leib.

»Martáinn, es geht mir gut. Wir müssen …«

»Wie konnte Roderick dir das antun?«

Martáinns Worte brandeten über Catherine hinweg, ohne sie zu berühren. Ihre Augen ruhten auf Daeron. Er regte sich nicht mehr. Der Blutfleck an seiner Seite hatte sich erschreckend weit ausgebreitet. »Wir müssen ihm helfen«, stieß sie hervor. »Rasch.« Sie wollte sich von Martáinn lösen, doch er gab sie nicht frei.

»Du hattest mein Blut«, sagte er sanft neben ihrem

Ohr und packte mit der anderen Hand den Dolch, der noch immer auf dem Altarstein lag, »da ist es nur gerecht, wenn ich jetzt deines bekomme.«

»Was redest du da?«

Heiß pulsierend bohrte sich das Amulett unter seiner Haut in ihren Rücken. Er bog ihren Kopf zur Seite und küsste ihren Hals. »Du hast mich gerettet. Dafür danke ich dir.«

»Martáinn, was ist in dich gefahren? Lass mich los! Du machst mir Angst! Wir müssen Daeron helfen!« Die Erinnerung, wie sich das Amulett in sein Fleisch gegraben hatte, überfiel sie wie ein dunkler Schatten. Ihr Vater war tot! Konnte er dennoch gesiegt haben?

Mit der Spitze des Dolches schob Martáinn ihr Haar zur Seite, dann legte sich das kühle Metall auf ihre Haut, fuhr langsam, beinahe liebevoll darüber. »Roderick kann mir nun nichts mehr anhaben. Niemand wird mir jetzt noch im Weg stehen. Auch du nicht.«

Schrecken griff mit eisigen Händen nach Catherine. »Mein Gott! Er hat versucht mir etwas zu sagen, doch ich wollte ihm nicht zuhören.«

Obwohl sie Martáinns Gesicht nicht sah, konnte sie spüren, dass er lächelte. »Meine Gefühle für dich waren immer aufrichtig. Lange Jahre warst du mir eine enge Freundin. Du kanntest mich wie kaum jemand sonst. Ich habe das immer als gegeben hingenommen. Doch erst nach dem Tod meiner Eltern, als ich nicht ins Glen Beag zurückkehren konnte, ist mir bewusst geworden, wie viel du mir wirklich bedeutest.« Er zog sie noch fester an sich. Mit jedem Wort strich sein heißer Atem über ihren Hals. Der vertraute Geruch von Sandelholz umwehte ihn und stieg ihr in die Nase. Doch da war noch etwas anderes, ungleich Düstereres, das ihn wie eine faulige Aura umgab. »Ich hätte dich gerne für die Ewigkeit an meiner Seite gewusst. Als meine Frau hättest du es gut gehabt. Doch ich darf mir jetzt keine Sentimentalitäten erlauben. Nachdem John tot ist, brauche ich ein anderes Opfer.« Er wisperte die Worte, die ihren Tod verkündeten, mit der Sanftmut einer Liebeserklärung in ihr Ohr. Seine Lippen liebkosten ihren Hals. »Glaube mir, wenn ich könnte, würde ich jemand anderen wählen. Doch Daeron hat nicht mehr genug Leben im Leib und die Zeit drängt.«

»Bei Gott, Martáinn!«

»Quält es dich, nicht zu wissen, was dein Vater dir sagen wollte?«, raunte er.

Catherine stemmte ihre Hände gegen seinen Arm und versuchte ihn von sich zu schieben, bis sie vor Anstrengung keuchte. Martáinn verstärkte den Druck des Dolches. Das kühle Metall grub sich in ihren Hals, bis es in ihre Haut schnitt und sie zur Ruhe zwang.

»Du bist deinem Vater ähnlicher, als du denkst«, fuhr Martáinn fort, ohne die Klinge von ihrem Hals zu nehmen. »Auch er hat ein Gespräch belauscht, das nicht für seine Ohren bestimmt war. Meine Eltern sprachen über den Tag der Wandlung. Jenen Tag, an dem ich werden würde wie sie. Am Tag der Ushana, in meinem einundzwanzigsten Sommer.« Catherine sog hörbar den Atem ein, da hauchte Martáinn ihr einen Kuss aufs Haar. »Roderick war entschlossen das zu verhindern. Vater war unvorsichtig. Er hat Roderick unterschätzt und nicht geahnt, dass dieser um sein wahres Wesen und seine Schwächen wusste. Schwächen, die er sich zu Nutze machte, um meine Eltern auszulöschen.« Er schwieg einen Moment. »Selbstmord!«, zischte er dann. »Seine Männer kamen, als sie schliefen. Abgeschlachtet haben sie sie und ihre Leiber dann vom Turm geworfen. Dasselbe hätte er mit mir getan, wenn es mir nicht geglückt wäre, mich jahrelang vor ihm zu verbergen.« Martáinn spuckte aus. »Elender Mörder!«

Es fiel Catherine noch immer schwer, zu begreifen, was Martáinn ihr soeben offenbart hatte. *Der Tag der Wandlung.* »Aber du bist kein Vampyr.« Sie hatte gesehen, wie er im Licht gestanden hatte. Erst auf dem Marktplatz, später in Daerons Schlafzimmer, als er eigenhändig die Vorhänge zurückgezogen hatte.

»Nein, das bin ich nicht. Noch nicht. Es war der größte Wunsch meiner Eltern, mir ebenfalls das Geschenk des immer währenden Lebens zu geben. Da ich jedoch nach der Umwandlung nicht mehr altern würde, wollten sie damit warten, bis ich erwachsen war. Vater zwang die Ushana, einen Zauber in das Amulett zu binden. Und heute Nacht wird es, zusammen mit einem Opfer, meine Umwandlung vollenden. Drei Jahre musste ich mich verbergen in ständiger Furcht, Rodericks Häscher könnten mich finden. Daeron dachte, ich sei in Gefahr! Er war immer so besorgt um mich. Dieser Narr!« Martáinn lachte verächtlich. »In Wahrheit habe ich die Zeit genutzt, um mich auf den Kampf gegen Roderick vorzubereiten. Die Rituale waren langwierig und schmerzhaft. Nacht für Nacht verband sich das Amulett mit meinem Fleisch, labte sich an meinem Blut und erfüllte mich im Gegenzug mit seiner Kraft. Doch schon bald werde ich es nicht länger benötigen!«

Überdeutlich verspürte Catherine den Druck des Amuletts in ihrem Rücken. »Ich verstehe das nicht«, presste sie hervor. »Wozu das alles?«

»Wozu?« Die Sanftheit war aus Martáinns Stimme gewichen. Er strahlte jetzt eine Kälte aus, die sie innerlich erstarren ließ. »Ist dir nie aufgefallen, wie klein und unbedeutend das Glen Beag ist? Tavian MacKay mag mit diesem lächerlichen Stück Land zufrieden gewesen sein, das sein Vater ihm einst anvertraute. Doch sieh dich um, Catherine. Das Tal ist so abgelegen, dass nicht einmal die Rotröcke es für nötig halten, hierherzukommen! Wir sind nicht von Bedeutung! Für niemanden. Vater hat versucht politischen Einfluss zu nehmen, doch niemand nahm ihn ernst. Schottland hat uns vergessen! Mit der Macht, die die Ushana uns in die Hände legte, wird es mir gelingen, etwas Bedeutendes zu schaffen! Schon bald werden alle hier sein wie ich. Eine neue, überlegene Form der Existenz! Dann wird uns niemand mehr ignorieren können!«

»Du bist wahnsinnig!«, stieß sie hervor und stemmte sich erneut gegen seinen Griff.

»Es hat keinen Sinn, sich länger zu wehren.« Martáinns Stimme bebte vor Erwartung. Die Erregung angesichts dessen, was vor ihm lag, war offenbar stärker als jedes Gefühl, das er je für sie gehabt haben mochte. Er riss sie herum, bis sie mit dem Rücken gegen den Altarstein stieß. Einen Atemzug später ruhte der Dolch erneut an ihrer Kehle.

Catherine bemühte sich die Klinge zu ignorieren, die kühl auf ihrer Haut lag. »Du hast gesehen, wie ich dein Blut getrunken habe! Was hast du dabei empfunden?«

Ihre Augen fingen seinen Blick und hielten ihn fest. »Wie war es für dich, zu sehen, was die Blutgier aus mir gemacht hat? Ist es das, was du willst? Ewiges Leben auf Kosten der Menschen, die dir etwas bedeuten? Menschen, die du liebst!« Der Gedanke an all die Jahre der Freundschaft schnürte ihr die Kehle zu. »Daeron hat so viel für dich getan. Hat dir das alles nichts bedeutet? Kannst du wirklich mit ansehen, wie er verblutet? Bitte, Martáinn! Es ist noch nicht zu spät. Du kannst noch immer zurück. Wir sind für dich da, wenn du –«

Ein Schatten huschte über Martáinns Züge. Ein kurzer Moment, in dem Catherine das Gefühl hatte, zu ihm durchzudringen. Dann verstärkte er seinen Griff. »Du hast mein Wort, dass es schnell gehen wird. Zumindest das kann ich noch für dich tun.«

Was machte das noch für einen Unterschied? Sie hatte binnen einer Nacht alles verloren, was ihr wichtig war. Ohne das Wissen um Martáinns Vorhaben hätte sie sich womöglich bereitwillig in ihr Schicksal gefügt. So jedoch gab es zumindest noch einen Teil in ihr, der verhindern wollte, dass Martáinn seine Pläne in die Tat umsetzen konnte. Aber was sollte sie jetzt noch gegen ihn ausrichten?

»Martáinn, sieh mich an!«, verlangte sie. Ihre Stimme zitterte. »Du hast gesehen, was Vater aus mir gemacht hat. Ich habe dein Blut getrunken! Das Blut meines besten Freundes! Ist es das, wozu du werden willst? Zu einer Kreatur, der es in ihrer Gier gleichgültig ist, wem sie damit schadet?«

»Denkst du etwa, ich hätte mich nicht unter Kontrolle?«, entgegnete er. »Nur weil du dich nicht zügeln kannst, bedeutet das noch lange nicht, dass es mir ebenso ergeht! Ich kann mich beherrschen!«

»Wenn du den Durst erst verspürst, wirst du einen Punkt erreichen, an dem es dich nicht mehr gibt. Dann gibt es nur noch die Kreatur! Martáinn –«

»Du bist wie dein Vater!«, fuhr er sie an. »Warum hältst du so an der alten Ordnung der Dinge fest? Hat dich diese Welt so glücklich gemacht? Es ist Zeit für eine Veränderung!«

»Was du Veränderung nennst, ist Teufelswerk!«

Martáinn lachte. Ein bitterer Laut, der geradewegs aus den Tiefen seiner Seele aufzusteigen schien. »Und wie würdest du das bezeichnen, was Roderick getan hat? Er hat dich gezwungen mein Blut zu trinken.«

Darauf wusste sie nichts zu erwidern. In dem Bestreben, Unheil vom Glen Beag fernzuhalten, war ihrem Vater jedes Mittel recht gewesen. Dafür war er zum Mörder geworden – und zum Monster. *Er hat nicht einmal davor zurückgeschreckt, mich für seine Zwecke zu benutzen.*

»Du hättest längst von deinem Menschsein ablassen können, Catherine. Schon vor der heutigen Nacht. Dein Vater gab dir diese Möglichkeit, doch du hast sie nicht genutzt. Warum hast du dich so gegen die Verwandlung gewehrt? Drängt es dich nicht danach, dem elenden menschlichen Dasein in all seinen Beschränkungen zu entfliehen? Du hättest etwas Besonderes sein können! So bist du nicht mehr als alle anderen.«

Martáinns Anblick schmerzte. Er war ihr so vertraut und nah wie eh und je. Doch die Erinnerung an damals hatte nichts mit dem gemein, zu dem er geworden war.

»*Catherine*«, keuchte Daeron.

Ein winziger Moment, der genügte, Martáinns Aufmerksamkeit abzulenken. Sein Griff lockerte sich, die Klinge senkte sich ein Stück. Mit einem Ruck riss Catherine sich los und tauchte unter Martáinns ausgestrecktem Arm hindurch. Ihre Hand fand den Silberdolch an ihrem Gürtel. Während Martáinn noch versuchte sie wieder zu fassen zu bekommen, zog sie die Waffe und stieß zu.

Die silberne Klinge bohrte sich in seine Brust, geradewegs ins Zentrum des Amuletts. Das unheilvolle Schmuckstück schien vor der Berührung des Silbers zurückzuzucken. Es bewegte sich unter seiner Haut. Martáinn schrie. Sein Fleisch wölbte sich. Das Amulett drängte durch seine Haut nach außen. Ein zorniger roter Wirbel durchpulste seine Oberfläche. Doch dort, wo die silberne Klinge es berührte, färbte sich das blutige Rot grau. Bald tobten nur noch wenige rote Schlieren unter der Oberfläche und einen Atemzug später waren auch sie verschwunden, zu einem durchdringenden Grau erstarrt wie Wasser, das langsam zu Eis gefror.

Catherine riss den Dolch zurück. Da löste sich das Amulett endgültig aus Martáinns Fleisch und fiel zu Boden. Der Aufprall ließ es in Tausende winziger Splitter zerspringen, die leise unter ihren Sohlen knirschten, als Catherine sich bewegte.

Martáinn war verstummt. Hasserfüllt starrte er sie an, das Gesicht zu einer Grimasse verzerrt, die keinerlei Ähnlichkeit mehr mit jenem Mann hatte, der einst ihr Freund gewesen war. In seinen Augen lag eine Entschlossenheit, die deutlich sagte, dass er sich seine Pläne nicht zerstören lassen wollte. Catherines Finger schlossen sich fest um das Heft des Dolches. Noch einmal hob sie die

Waffe. Dieses Mal trieb sie ihm die Klinge mit aller Kraft ins Herz.

»Du hast dich geirrt, Martáinn«, sagte sie, als sie das Schwert aufhob und ihm mit einem einzigen Hieb den Kopf abtrennte. »Ich bin sehr wohl etwas Besonderes!«

20

Es fiel Daeron schwer, Catherine zu fixieren, die jetzt neben ihm kniete. Sie sah mitgenommen aus. Erschöpft und bleich. Doch ihre Züge hatten sich erneut verändert. Ebenso wie ihre Augen. Sorge war an Stelle der unmenschlichen Leere getreten, die sich zuvor darin gespiegelt hatte. *Sorge um mich.*

Aber warum? Mit ihm war alles in Ordnung. Ihm war lediglich kalt und seine Beine fühlten sich taub an. Da sah er die Tränen in ihren Augen und plötzlich erinnerte er sich: Rodericks Klaue, die sein Fleisch zerfetzte. Der erneute Angriff, als er versuchte sich aufzurichten. Schon da hatte Daeron gespürt, dass er zu viel Blut verlor. Ihm waren die Sinne geschwunden und es grenzte an ein Wunder, dass er überhaupt noch einmal zu sich gekommen war. *Ich werde es nicht schaffen und sie weiß es.* Tatsächlich war die Kälte jetzt weitaus durchdringender. Ein Zeichen, dass der Tod ganz nah war.

»Du hast es geschafft«, brachte er hervor, froh darüber, dass mit Roderick Baynes Tod nun auch der Fluch des Vampyrs von ihr abgefallen war. *Vater Ninian hatte Recht.*

Catherine strich ihm mit zitternden Fingern über die Stirn. »Sprich jetzt nicht. Wenn es dir wieder besser geht, bleibt uns genug Zeit, um –«

Daeron schüttelte den Kopf. »Ich wollte noch so vieles mit dir erleben. Es tut mir leid, dass es nun nicht mehr –«

Ein verzweifeltes Schluchzen brach aus ihr hervor. Da hob er eine Hand und strich ihr über die Wange. Sein Blut hinterließ dunkle Spuren auf ihrer bleichen Haut.

»Daeron.« Weinend beugte sie sich über ihn und drängte sich an seine Brust. »Ich will dich nicht verlieren.«

»Nicht weinen, Catherine. Bitte.«

Als sie ihn zärtlich küsste, sah Daeron, wie ganz allmählich die Farbe aus ihren Augen wich. Da begriff er, dass Rodericks Tod sie nicht von dem Fluch befreit hatte. *Das ist meine Schuld! Ich hätte sie retten können, wenn ich sie nicht gezwungen hätte mein Blut zu trinken!*

»Ich werde dich nicht verlieren«, hauchte sie an seinen Lippen. Trotz seines Entsetzens gab sich Daeron ihrem Kuss hin. Er spürte ihre Lippen auf seinen, das sanfte Drängen ihrer Zunge. Dann gruben sich ihre Zähne in seine Unterlippe. Ein eisiger Schauder ergriff ihn und ließ sein Herz gefrieren. So sollte es nicht enden! Aber wie dann? Sollte er einfach hier liegen und auf den Tod warten? Er fühlte noch immer den Druck ihrer Zähne. Doch da war auch noch die verführerische Berührung ihrer Lippen. Daeron konnte sich ihrem Kuss nicht länger entziehen. Er *wollte* es nicht mehr. Trotz der Schwäche, die seinen Körper mehr und mehr in Besitz nahm, zog er Catherine an sich. Mit wachsender Erregung erwiderte er ihren blutigen Kuss. Langsam saugte sie das verbliebene Leben aus seinem Leib.

Noch immer von der Süße ihrer Lippen erfüllt entschwand sein Bewusstsein im Nebel. Da löste sie ihre Lippen von seinen. Es kostete Daeron unendlich viel Kraft, die Lider zu heben. Doch dann riss er die Augen vor Schreck weit auf, als er sah, wie Catherine sich mit ihren scharfen Zähnen die Zunge aufritzte, bis Blut hervorquoll.

Ein Laut des Grauens kroch über seine Lippen. Dann versank er in Dunkelheit, bis sich noch einmal ihre Lippen warm auf die seinen legten. Ihr Blut rann in seinen Mund. Berauschend und unwiderstehlich. Daeron verlor sich in ihrem Kuss, der ihm ein Leben nahm, um ihm ein anderes zu schenken.

Dun Domhainn –

Schottische Highlands im Jahre 1727

Durch Bruce MacKays Bann an den Rändern der Wirklichkeit gefangen konnte die Ushana weder gesehen werden noch in das Geschehen eingreifen, das sich vor ihren Augen abspielte.

Ein junger Mann war der Erste, der die Ruinen von Dun Domhainn betrat. Die Ushana hätte dem Fremden keine Beachtung geschenkt, hätte sie nicht ihre eigene Kraft in ihm gespürt. Dann sah sie das Amulett um seinen Hals. Der alte MacKay hatte sie einst gezwungen einen Teil ihrer Macht in das Schmuckstück zu binden. Der Junge war also gekommen, um seine Verwandlung zu vollenden.

Dieser Narr.

Die Ushana folgte ihm in die Opferkammer. Seine Vorbereitungen nährten ihre Hoffnung, sein Ritual könne den Unendlichen herbeirufen. Wenn er kam, würde er sie von ihren Fesseln befreien. Doch der Unendliche erschien nicht. Dafür kamen andere. Einer von ihnen war Roderick Bayne. Ein weiterer Mensch, der es nur darauf abgesehen hatte, sie zu knechten und ihre Macht für seine eigenen Zwecke zu nutzen. Voller Befriedigung beobachtete die Ushana, wie Bayne und der junge MacKay in dem darauffolgenden Kampf den Tod fanden.

Als es vorüber war, waren nur eine Frau und ein Krieger geblieben. Er lag im Sterben. Sie war dem Leben längst entrissen und zu einer Existenz verdammt, die weit schlimmer war als der Tod.

Die Ushana war einst denselben Weg gegangen. Nachdem die Flammen ihren Leib längst verzehrt hatten, war sie noch immer nicht im Stande gewesen loszulassen. Sie hatte geglaubt, der Unendliche würde sie erlösen. Stattdessen hatte sein Kuss sie mit dem Fluch eines Daseins in Einsamkeit belegt; von den Menschen gefürchtet und von ihm vergessen. Über Jahrhunderte bestimmten Blut, Schrecken und Wahnsinn ihr Sein. Die Ushana war mächtig und stark. Nichts hätte sich ihr in den Weg stellen dürfen. Dennoch hatte es ein einziger schwacher Mensch vermocht, sie hier gefangen zu setzen.

Im Laufe der Zeit war der Wahnsinn von ihr gewichen und der brennende Wunsch nach Rache erkaltet. Seither sehnte sie sich nach dem Ende. Die Grenzen menschlichen Lebens lagen jedoch längst hinter ihr und mit ihnen die Hoffnung auf den Tod. Es war der Ushana nicht möglich, ihrer Existenz selbst ein Ende zu bereiten. Auch die Menschen würden sie nicht vernichten, wussten sie doch nicht einmal, dass sie noch immer hier war.

Der durchdringende Geruch von Blut erfüllte jetzt die Luft. So intensiv und verlockend, dass es die Ushana danach verlangte, selbst ihre Zähne in den Leib des Kriegers zu schlagen. Sie würde sein Blut nehmen und sein Leiden beenden, doch sie war an einen Ort jenseits der Welt verbannt, an dem sie weder sein Blut kosten noch die junge Frau davor warnen konnte, demselben Irrglauben zu erliegen, dem auch die Ushana einst erlegen war.

Zum ersten Mal seit beinahe zweihundert Jahren empfand die Ushana Mitleid. Zu genau wusste sie, was jetzt in der Frau vorging, die hoffte ihren Liebsten zu erretten, indem sie ihn mit ihrem blutigen Kuss vor dem Tod bewahrte. In Wahrheit jedoch verdammte sie ihn zu demselben Schicksal, das auch vor ihr lag: einem Dasein in Blut und Schatten, das schon bald von der Suche nach Erlösung bestimmt sein würde.

Glossar

Ben: gälisch für Berg

Chief: Titel des Clanoberhaupts

Clan: gälisch für Sippe oder Stammesverband

Dun: gälisch für Burg

Glen: gälisch für Tal

Haggis: schottisches Nationalgericht; gefüllter Schafsmagen

Kilt: Schottenrock

Plaid: Vorläufer des Kilts; ein großes Stück Wollstoff, dessen untere Hälfte in Falten gelegt und mit einem Gürtel um die Hüfte befestigt wird, während die obere Hälfte wie eine Schärpe über die Schulter gelegt und mit einer Spange befestigt wird

Tartan: Stoff im schottischen Karomuster